L'Odyssée de la Baleine-Miroir

Clara Albert

Clara Albert écrit depuis son enfance. En 2016, elle fait partie des lauréates du Prix Clara, concours international de nouvelles francophones. Son texte « On n'entend que ce qu'on écoute » est alors publié aux Éditions Héloïse d'Ormesson.

En 2024, elle saute le pas et se lance dans l'auto-édition. Elle publie d'abord « Le Gardien », puis commence sa première trilogie, « L'Odyssée de la Baleine-Miroir », dont vous tenez le deuxième tome.

En parallèle, elle partage son parcours et ses textes sur les réseaux sociaux.

L'Odyssée de la Baleine-Miroir

Tome 2

La recherche

Clara Albert

© 2025 Clara Albert

Illustration de couverture : Myriam Thomas

Le Code de la propriété intellectuelle et artistique n'autorisant, aux termes des alinéas 2 et 3 de l'article L.122-5, d'une part, que les "copies ou reproductions strictement réservées à l'usage privé du copiste et non destinées à une utilisation collective" et, d'autre part, que les analyses et les courtes citations dans un but d'exemple et d'illustration, " toute représentation ou reproduction intégrale, ou partielle, faite sans le consentement de l'auteur ou de ses ayants droit ou ayants cause, est illicite " (alinéa 1er de l'article L. 122-4). Cette représentation ou reproduction, par quelque procédé que ce soit, constituerait donc une contrefaçon sanctionnée par les articles 425 et suivants du Code pénal.

Édition : BoD · Books on Demand, 31 avenue Saint-Rémy, 57600 Forbach, bod@bod.fr

Impression : Libri Plureos GmbH, Friedensallee 273, 22763 Hamburg (Allemagne)

ISBN : 978-2-3225-6059-2

Dépôt légal : mars 2025

À Marie et Louis, ma fratrie.

Tar-Mara

Retrouvez cette carte en ligne sur mon blog

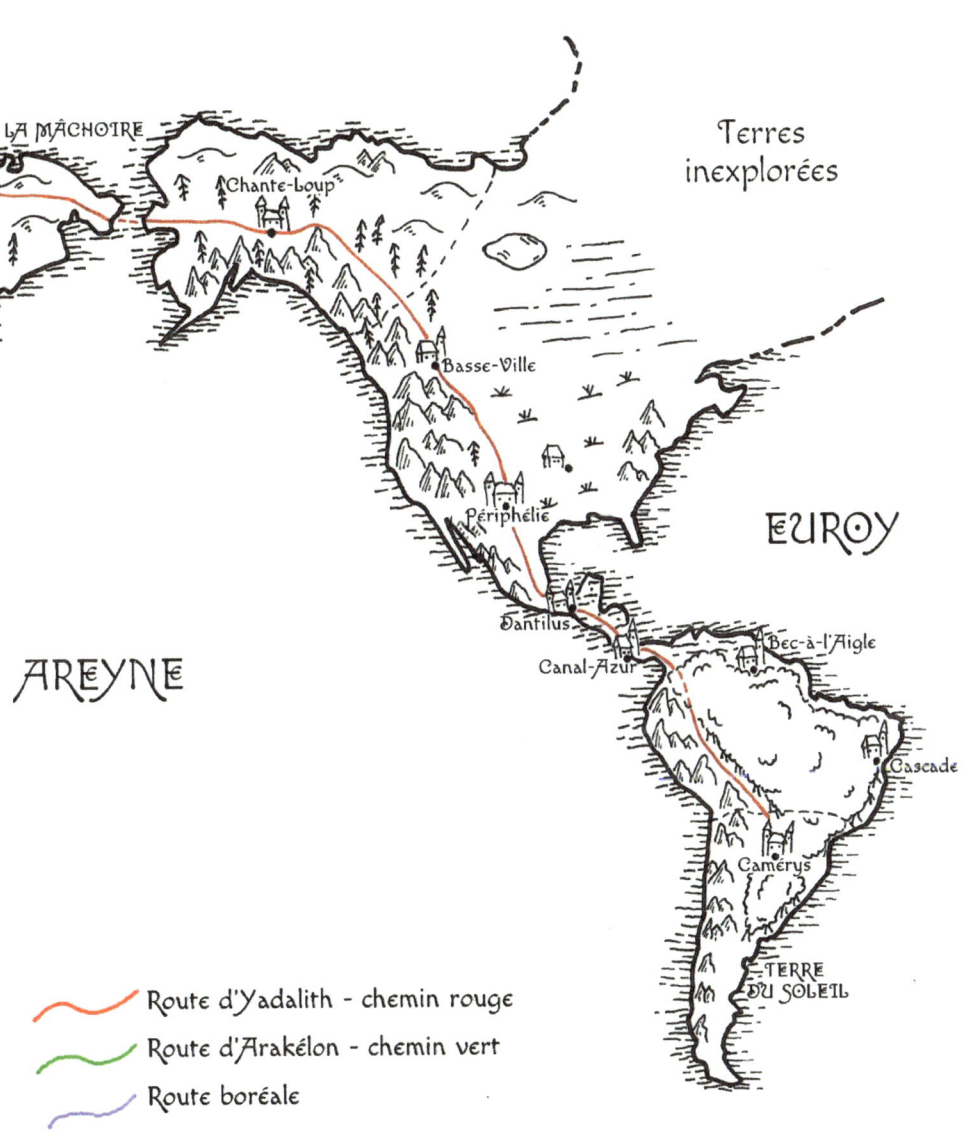

Deezer :

Spotify :

Youtube :

« J'aurais aimé que le voyage durât
autant que ma vie. »
Ella Maillart, *Croisières et caravanes*

1
Coda et l'auberge

Une enfant courait le long de la route de gravier. Ses sandales martelaient le sol et soulevaient des gerbes de poussières à chaque foulée. En slalomant entre les voyageurs, elle manqua de renverser une pile de bocaux tenant en équilibre précaire sur la carriole d'un marchand. Le soleil brillait haut dans le ciel, le sel marin adoucissait son éclat agressif. La route rectiligne s'étirait le long de la côte comme un lacet abandonné. La chaleur créait une oscillation illusoire sur le sol mais la fille ne laissa pas son attention dériver de son but. Elle fonçait sans le moindre essoufflement parmi les passants éreintés. Derrière elle, un garçon criait son nom :

— Coda ! T'y es presque !

La petite n'aurait ralenti pour rien au monde. Elle voyait enfin apparaître ce qu'elle venait chercher : un petit drapeau planté sur le bord de la route. Le vent faisait voleter ses couleurs vertes et jaunes. Elle ralentit à son niveau, l'agrippa de toutes ses forces et opéra un demi-tour. En croisant le garçon, elle lui adressa une grimace taquine et poursuivit sa course.

La chaleur commençait à l'assommer mais elle tint le coup. L'auberge se dessinait déjà au bout du chemin. Sachant le garçon loin derrière, elle ralentit l'allure et trottina jusqu'au chapiteau dressé en face de l'auberge. Elle jeta son drapeau dans un seau et se pencha en avant, les mains posées sur ses cuisses, incapable de parler tant le souffle lui manquait. Un jeune homme lui assena une bourrade dans le dos en guise de félicitations. Coda se redressa et mit ses mains en visière. Des enfants galopaient toujours vers le chapiteau. Le garçon qui l'avait hélée arriva en deuxième position, peu avant les autres. Il ignora Coda lorsqu'elle vint à son niveau et se contenta d'aller boire un peu d'eau.

— Allons, ne fais pas cette tête, Pandore. Tu me battras peut-être l'année prochaine ! T'es juste trop petit.

Coda faisait presque une tête de plus que son camarade. Pandore ne répondit rien et battit en retraite dans l'auberge. On applaudit Coda pour son exploit et le jeune homme qui l'avait félicité lui remit une petite médaille forgée grossièrement dans un métal sombre.

— Rendez-vous la semaine prochaine pour la dernière épreuve. Repose-toi, celle-là devrait te donner plus de fil à retordre.

— C'est ça, Vincent, tu dis ça à chaque fois.

À l'intérieur de l'auberge, son prénom retentit dans un grondement rauque.

— Je ferais mieux d'y aller, dit-elle.

Elle gravit les marches de bois et se précipita dans les vestiaires en vitesse. Elle épongea sa sueur et enfila son uniforme avant de retourner en salle. Déjà de nombreux bancs étaient occupés, ce qui n'était pas surprenant en période de festival. Coda avait gardé sa médaille autour du cou et se pavanait fièrement entre les tables, récoltant des félicitations à mesure qu'elle prenait des commandes. Pandore était en cuisine où il assistait le Croque : cuistot bourru qui tenait l'auberge d'une main de fer.

C'était un homme aux dimensions monumentales. Il était aussi large que haut, et Coda n'avait jamais vu quiconque le dominer. Il avait une barbe naissante irrégulière qu'il taillait grossièrement, des cheveux sales en bataille, et plusieurs dents lui manquaient. Il sentait toujours la sueur et aurait été le dernier à regarder plus petit que soit avec compassion. Malgré tout, depuis qu'il avait pris ces orphelins sous son aile, Coda n'avait pu s'empêcher de voir en lui une certaine lumière qu'elle retrouvait rarement chez les gens. Elle avait essayé de lui expliquer que ni elle ni Pandore n'étaient orphelins, mais il ne voulait rien entendre. Pour lui, tout ce que des enfants pouvaient raconter relevait d'âneries. Il avait toujours le dernier mot et, heureusement pour ces derniers, il était juste. En échange de leur travail acharné, il les laissait jouer dehors jusque bien après le coucher du soleil et fermait les yeux sur toutes les effronteries qu'ils pouvaient commettre en ville.

Le Festival des Faux-Rêves avait lieu tous les ans au printemps. L'imposante ville de Dantilus, agrégat humain plus large et pustuleux que tout ce que Coda avait pu voir par le passé, méprisait ces festivités. Les citadins profitaient de la Route d'Yadalith qui frôlait les frontières de la ville en apportant conteurs et marchands par milliers chaque année, mais ne supportaient pas leurs congénères les plus proches : les habitants de la Périphérie. L'auberge du Croque, où résidaient Pandore et Coda, en faisait partie. Ce territoire fait de marais et de plaines chauffées à blanc sous un soleil de plomb était parsemé de petites habitations précaires, mais au moins ici, l'air n'était pas vicié comme en ville où il semblait manquer. Les oiseaux régnaient par milliers, ils ne craignaient pas les humains, ne les considérant pas comme des prédateurs. Les enfants pouvaient les approcher sans difficulté. Depuis que la Baleine-Miroir les avait laissés s'échouer sur les plages de la côte dantilienne, deux ans auparavant, Pandore et Coda avaient appris à jouer avec les oiseaux, un jeu qui leur manquerait dès leur départ.

    L'affluence du chemin rouge redoublait pendant le Festival des Faux-Rêves. Toutes les auberges étaient pleines à craquer. Le Croque avait fait monter des tentes derrière la sienne pour accueillir les voyageurs qui ne trouvaient pas de lit. Chaque jour pendant un mois, les enfants de la Périphérie s'affrontaient lors d'épreuves d'agilité, de vitesse et d'endurance. Le grand gagnant remportait trois cents pièces de cuivre, ce qui représentait, pour Pandore et Coda, une fortune monumentale : le fruit d'une année de travail à l'auberge.

L'année précédente, ils avaient affronté les autres enfants dans l'espoir de rassembler assez d'argent pour enfin rentrer chez eux, à Cascade, mais c'était sans compter sur la mémorable performance de Lointain-Écho, un garçon de quelques années l'aîné de Coda. Elle avait été accrochée à ses basques pendant la plupart des épreuves, sans parvenir à décrocher une seule première place. La victoire de Lointain-Écho empêchait le garçon de concourir à nouveau et l'espoir avait porté Pandore et Coda pendant une année durant laquelle ils s'étaient levés à l'aube tous les jours pour s'entraîner. Trois semaines s'étaient écoulées depuis le début du festival et l'avant-dernière épreuve venait de s'achever sur une deuxième victoire de Coda.

La première semaine, elle avait coiffé au poteau l'intégralité des participants lors des « trois tours de la Périphérie ». Cette épreuve d'endurance avait amené les enfants à faire trois fois le tour des territoires périphériques de Dantilus entre le lever et le coucher du soleil, un périple spécialement épuisant du fait des marais à contourner, des rivières à traverser et du relief découpé de cette région accidentée. Coda avait atteint la ligne d'arrivée une heure avant la tombée de la nuit.

La semaine suivante avait célébré l'agilité. Les participants s'étaient affrontés sur un parcours à travers la forêt jusqu'à la traversée du ravin de la Luée. Accrochés à des sangles, ils avaient dû franchir le précipice en se hissant le long d'une corde. Les plus petits tiraient parti de la densité forestière. Les racines s'entremêlaient parmi l'humus, et les branches les plus basses éraflaient le visage des plus grands. Coda et ses longues jambes qu'elle connaissait encore peu avaient perdu trop de temps, elle n'était arrivée que cinquième.

La troisième épreuve venait de redorer son blason. Une course le long de la route d'Yadalith, ce fameux chemin nommé après la conteuse toute vêtue de rouge qui l'avait tracé à travers la Tar-Mara et l'Aucellion, presque un siècle plus tôt. Coda avait parcouru ce chemin au pas de course chaque matin depuis un an. Elle connaissait chaque aspérité, chaque caillou, qui le composaient. Elle avait ramené le drapeau à sa couleur en moins de cinq minutes. Un an d'entraînement pour cinq minuscules minutes. Quiconque aurait trouvé cela absurde, mais Coda ressentait une immense fierté. Plus qu'une semaine – une victoire – et elle empocherait les trois cents pièces de cuivre qui lui seraient si précieuses. Seule Monouï, la fillette qui avait remporté l'épreuve d'agilité, serait capable de l'en empêcher. Elle était très jeune – à peine sept ans – mais assez grande pour cavaler à toute vitesse, et assez menue pour se balancer d'une branche à l'autre en toute aisance. C'étaient exactement les qualités qui feraient d'elle une adversaire redoutable pour l'ultime épreuve qui engageait chacune des qualités testées jusque-là. Coda regrettait l'époque où elle pouvait se balancer dans les cordages d'un navire, et grimper jusqu'au nid-de-pie le long des haubans, sans qu'aucune crainte ne puisse se dessiner sur son visage. Elle s'en croyait désormais bien incapable. Malgré tout, ces quelques mois à bord d'un bateau en mouvement constant lui avaient apporté de l'équilibre et une certaine résistance.

Coda passa le service à réfléchir à la dernière épreuve. Elle ne se rendit même pas compte que la salle à manger se vidait. Elle se mit à laver la vaisselle machinalement à côté de Pandore qui avait déjà oublié sa défaite. Quand ils avaient commencé à travailler pour le Croque, ils n'arrêtaient pas de bavarder pendant le service. Agacé, le chef les avait séparés : l'un en cuisine, l'autre en salle, et avait levé le ton pour s'assurer que la vaisselle se fasse en silence. Avec l'habitude et par réflexe, les deux amis d'enfance se parlèrent de moins en moins. Non pas qu'ils se méprisaient – loin de là. Parler n'était simplement plus vraiment nécessaire.

— J'ai bien réfléchi, chuchota Pandore. Selon mes calculs, si Monouï gagne la prochaine épreuve, elle remportera le tournoi. Mais si elle arrive deuxième, devant toi, ou bien si c'est moi ou un des autres participants qui arrive premier, c'est toi qui gagnes.

— Oui, j'y ai aussi réfléchi. Mais sans vouloir te vexer, il y a peu de chances pour que tu réussisses à passer devant nous deux.

— Je pourrais réussir si tu parvenais à ralentir Monouï.

— Tu plaisantes ? Ce serait de la triche. Je ne joue pas comme ça.

— Mais non ! Je te demande pas de lui faire un croche-patte

ou de la pousser dans un ravin. Les règles du tournoi ne t'empêchent absolument pas d'utiliser ta cervelle. Si Monouï est assez crédule, elle pourrait se laisser berner par une ruse.

Coda haussa les épaules, dubitative.

— Je sais pas... Ce serait pas très juste. Elle est bien plus jeune que nous, ce serait mal d'abuser de sa naïveté. J'ai pas envie de gagner comme ça.

— Moi non plus, mais si elle te passe devant et que tu réussis pas à la rattraper, on peut oublier les trois cents pièces. À moins que tu aies envie de passer une année supplémentaire ici, on peut pas se permettre de perdre.

À chaque fois qu'il parlait de rentrer, Pandore avait les yeux qui étincelaient. Les mois passants avaient résigné Coda.

Deux ans plus tôt, Pandore et elle s'étaient échoués sur la côte. La marée basse avait lessivé la plage en laissant les deux enfants trempés jusqu'à la moelle sur le sable clair. Coda s'était réveillée en premier, importunée par les cris des mouettes curieuses et les coups cuisants que le soleil imprimait sur sa nuque. Pandore gisait quelques mètres plus loin, aussi inerte qu'elle l'avait été quelques instants plus tôt. Il se réveilla, hagard, quand elle le secoua. Ils regardèrent l'horizon et la mer paisible, pendant de longues minutes. Coda voulut dire quelque chose, mais chacun comprit qu'il valait mieux ne pas enchaîner de mots à ce qu'ils venaient de vivre. Aucun des deux n'était vraiment certain de ce qui relevait du rêve ou de la réalité, mais ils constatèrent l'absence de débris autour d'eux. Où que le navire ait sombré, c'était suffisamment loin pour que cette côte n'en soit pas témoin. Ils se levèrent et marchèrent d'un pas éreinté vers les dunes qui longeaient la plage. Ils les grimpèrent avec peine en s'accrochant aux pousses jaunes qui recouvraient partiellement les monticules de sable. Là-haut, ils n'eurent plus aucun doute : la route d'Yadalith qu'ils avaient aperçue à Canal-Azur serpentait le long de la côte comme un large ruban de gravier clair. Et derrière elle, au-delà des périphéries marécageuses, la ville de Dantilus grignotait le paysage et luisait sous le soleil tropical. Les toitures orange par milliers leur rappelèrent Cascade dont la superficie n'aurait pu couvrir qu'un unique quartier de Dantilus.

Les voyageurs qui passaient par là virent deux garnements trempés jusqu'à la moelle dévaler la dune en direction de l'habitation la plus proche. Ils étaient assoiffés. Seules des auberges et des échoppes ponctuaient le chemin rouge marqué par des stèles de cette couleur. Pandore et Coda se précipitèrent vers la première – celle du Croque – et ce dernier les laissa se désaltérer pendant un bon quart d'heure avant de les confronter. Il était rustre, mais n'était pas sans ignorer que deux enfants trempés jusqu'aux os, couverts de sable et déshydratés devaient cacher une sombre histoire.

— Racontez-moi, les petits. Le Croque n'est pas l'ami de grand monde, mais j'ai une oreille attentive.

Pandore et Coda s'interrogèrent du regard. L'histoire de la Baleine-Miroir les démangeait mais ils voyaient mal l'énorme cuistot les prendre au sérieux. Quant à Totem et ses sbires, ils auraient pu trouver des complices n'importe où. Machinalement, Coda retira la bague de lapis-lazuli et la rangea soigneusement dans sa poche, sous la table de chêne sur lequel reposaient quatre larges chopes remplies d'une eau claire.

— On s'est perdus, murmura Pandore à la surprise de Coda.

Il n'ajouta rien et le Croque l'examina d'un air perplexe.

— Perdus... Bien, très bien. Il va m'en falloir plus. Et pas la peine de me sortir des bobards, j'y suis allergique.

— Notre bateau a coulé, admit finalement Coda.

Pandore lui donna un coup de coude dans les côtes et la fillette lui intima silencieusement qu'il valait mieux dire la vérité, même si elle n'était pas entière. Aucun mensonge ne serait suffisamment crédible pour convaincre le cuistot.

— On s'est accrochés à des débris jusqu'à ce que la mer nous rejette sur la plage, ce matin.

En prononçant ces mots et en fermant les paupières, Coda vit à nouveau la Baleine-Miroir onduler devant ses yeux. Elle sentit sa roche de miroir sous les paumes de ses mains et le courant créé par ses nageoires contre son corps. Les royaumes maritimes qu'ils avaient traversés passèrent en un éclair dans son esprit, et quand elle rouvrit les yeux, le Croque la regardait avec intérêt.

— Pandore et moi avons été enlevés par des pirates à Cascade. Ils ont essayé de nous rallier à leur cause pendant des mois et, à la fin, comme on refusait, ils nous ont enfermés dans leurs cales. Une tempête a brisé le rafiot, et nous voilà.

— Une tempête ?

— La plus terrifiante que j'aie jamais vue, témoigna Pandore.

— Le soleil brille sans la moindre trace d'un nuage depuis des semaines, ici. S'il y avait eu une tempête à briser des navires, je m'en serais rendu compte.

— On dérive depuis des jours.

Le Croque réfléchit un instant avant de hocher la tête.

— Maintenant, reprit Pandore, on doit rentrer au plus vite.

— Comment comptez-vous rentrer ?

— On pourrait prendre un bateau de l'autre côté de Dantilus, sur l'Euroy. C'est pas si loin, dites ? Il pourrait nous ramener à Cascade.

— Je croyais qu'on devait emprunter la route d'Yadalith, protesta Pandore. Je te rappelle que les vents ne soufflent pas vers Cascade, en ce moment.

Le Croque leva un sourcil.

— Mais si, dit Coda. Totem nous a raconté ces âneries pour nous berner.

— Mais alors, pourquoi ne pas avoir avoué la vérité à Nélius et aux autres petits qui sont rentrés par la route ?

— Parce qu'admettre son mensonge lui aurait coûté la confiance qu'on lui accordait. Avec un bateau, on sera à la maison d'ici deux ou trois mois, avant même que Nélius et les petits ne soient rentrés. En espérant que leur guide est efficace...

— Et ils l'ont déniché où, ce guide ? demanda le Croque.

— C'est Totem qui l'a embauché.

Coda réalisa alors l'étendue réelle du mensonge du capitaine.

— Donc le pirate qui vous a enlevés a laissé certains d'entre vous partir en leur payant un guide qui les aiderait à traverser la forêt tropicale ? Drôle d'histoire.

Les enfants baissèrent les yeux.

— Il nous a eus. Pas eux, regretta Coda. Vous pensez tout de même pas que...

— Ben si.

— Que quoi ? s'interrogea Pandore.

— Un guide coûte les yeux de la tête, mais des enfants seuls se feraient dévorer en un instant dans la forêt tropicale. Je ne sais pas où sont vos amis, mais certainement pas prêts de rentrer.

Coda aurait voulu éclater en sanglots, mais son corps ne lui permit pas de gâcher ces quelques précieuses gouttes d'eau.

— Quant à vous, j'espère bien que vous réussirez à rentrer chez vous, mais que ce soit avec un guide ou un navire, il vous faudra des années pour amasser la somme nécessaire à les payer. Le moins cher serait sûrement d'acheter des places à bord d'une goélette, côté Euroy de Dantilus. Si vous réussissez à vous rendre utiles à bord, vous pourriez espérer vous en tirer pour seulement dix pièces d'argent à vous deux.

— Ça fait beaucoup ? demanda Pandore.

— Un peu, mon grand ! Ça fait mille pièces de cuivre. Si je disposais d'une telle somme, je ne serais pas là à tenir une auberge.

— C'est vous le patron ?

— Ça m'avait pourtant semblé clair.

Il lui offrit un sourire et, à cet instant, Coda comprit qu'à défaut d'être chez elle, elle était à l'abri. Elle ne s'était pas trompée.

Deux ans plus tard, elle considérait le Croque comme un ami qui ne les avait jamais laissés tomber. Après plusieurs jours avec les enfants sous son toit, il avait concédé à leur offrir un salaire pour leur travail à l'auberge, en plus d'un lit et du couvert. Peu de gens estimaient le cuistot. Il n'était ni gentil ni aimable. Mais il était loyal et prenait toujours la défense du plus faible. Et contrairement à Totem et à la plupart des baleiniers dont elle avait partagé le quotidien pendant quelques mois, il ne portait aucun masque.

2
Yud et ses récits

S'il y avait une chose que j'avais appris à aimer, c'était la langueur des collines verdoyantes. J'avais vécu parmi elles sans les voir pendant une bonne partie de mon existence, puis je les avais arpentées en tant que voyageuse imprudente. J'avais mené mon peuple à travers ce relief aliénant, et désormais, alors que la modeste cité de Valésya s'éloignait dans mon dos, je marchais avec la certitude d'un adieu imminent.

Boréalis me tenait la main et, toutes les deux, nous menions la marche d'un pas assuré, l'une vêtue d'un rouge profond, l'autre d'un parme délicat. Nous allions vers l'ouest, où le soleil se couchait. Déjà, la steppe orientale s'effaçait sous nos pas, comme balayée par l'air d'un monde encore inexploré. Je n'avais jamais réalisé l'altitude à laquelle j'avais toujours vécu. Alors que nous nous éloignions des terres que nous connaissions, j'avais la sensation que nous nous enfoncions dans les entrailles du monde en laissant derrière nous les plateaux et les jeunes montagnes sur lesquels s'étendait la steppe. Arakélon, un Valésyien visionnaire qui avait rejoint notre cortège alors que nous quittions sa cité, m'avait indiqué que nous ne tarderions pas à rencontrer les plaines et forêts qui étaient choses communes dans cette partie du monde. Il avait entendu des histoires de la part des rares voyageurs qui étaient revenus de ces contrées, bien qu'il m'ait assuré que personne n'était allé aussi loin que j'en avais l'intention.

Depuis mon année passée au bord du lac Bakar, je m'étais mis en tête de marcher jusqu'à trouver l'océan qu'on disait un milliard de fois plus vaste. Nul ne savait quelle route serait la plus courte vers cet accomplissement, mais peu m'importait, ce n'était là qu'une excuse pour marcher.

Notre périple de Bakarya à Valésya avait duré quatre mois, entrecoupés de larges pauses dans divers villages des steppes en bien des points similaires à ma Torieka natale. Puis lorsque nous avons aperçu la silhouette des vertigineuses tours de la cité, derrière la nappe d'un épais brouillard qui nous suivait depuis de nombreux jours, Souris s'était exclamée :

— Nous voilà de l'autre côté du monde !

Valésya contrastait avec Bakarya par sa relative propreté. Elle n'était pas impeccable, mais son architecture faisait plus de sens, et on distinguait sans mal la couleur des pavés qui composaient ses rues. Sept fines tours s'élevaient à travers la ville mais plus aucune n'était habitée. Elles étaient trop vieilles et fragiles et semblaient sur le point de s'écrouler à chaque bourrasque. Nul ne pouvait monter jusqu'en haut, et nul n'en avait le courage.

J'avais apprécié séjourner à l'Hôtel du Parvis, au pied d'une de ces tours. Une vieille connaissance de Tortue – qui était resté à Bakarya – avait reconnu Fydjor dans la rue et avait invité toute sa famille chez lui. Fydjor avait alors prétendu que Baris et moi étions ses cousines. Le reste de notre cortège avait trouvé à se loger par lui-même, ou bien avait campé à l'extérieur de la ville, au bord d'un lac peu profond. Les étendues d'eau prenaient une fabuleuse couleur d'opale, dans cette région. Leurs reflets scintillants jouaient avec le soleil en laissant transparaître la vie sous-marine. Je réalisai que la lumière particulière, d'une blancheur étonnamment pure, transperçait toutes les surfaces aquatiques de cette manière, qu'il s'agisse d'un verre d'eau ou d'une fontaine. Quand je prenais une gorgée, l'apparence éthérée de l'eau me donnait l'impression d'ingurgiter un liquide tout autre, chargé de force. Toute chose prenait une allure différente sous la lumière d'une terre étrangère. Je l'avais déjà constaté à mon arrivée à Bakarya, mais cette nouvelle expérience ne venait que confirmer cette théorie. J'étais alors loin d'imaginer l'infinité de lumières qui pourraient transfigurer les contrées que je foulerais.

Nous avions rencontré Arakélon chez ce vieil ami de Tortue, dont il était le fils. Il ne m'avait jamais donné son âge, mais je l'estimais plus âgé que moi d'au moins dix ans, peut-être quinze. Il avait la peau blanche, une chevelure noire coupée court, et son visage était à moitié enseveli derrière une épaisse barbe taillée avec précision. Il s'habillait toujours impeccablement et s'exprimait avec une élocution exemplaire. Depuis sa rencontre, il m'avait prodigué de nombreux conseils pour améliorer mes discours face à notre assemblée de réfugiés. Il m'avait appris à employer des mots que ces gens comprendraient sans jamais songer à les utiliser, à construire mes phrases d'une manière peu naturelle en faisant mine que ça l'était, et à prendre soin de toujours avoir le dernier mot. Ces quelques conseils m'avaient apporté une assurance dont j'avais manqué jusqu'alors. Arakélon était un de ces hommes qui semblaient être nés avec de l'assurance. Lorsqu'il parlait, je n'entendais aucun doute, aucune indécision. Cela m'avait d'abord agacée – je l'avais vu comme un homme arrogant – mais j'avais fini par comprendre que ce n'était que de la jalousie. Quand il avait le dos tourné, Baris se lamentait à son propos : elle voulait lui ressembler, étinceler avec autant de charme. La plupart du temps, je ne comprenais pas ses complaintes. Pour moi qui la connaissais depuis toute petite, elle avait toujours étincelé plus que quiconque. À la Torieka, on la prenait pour une petite étoile qui aurait oublié de s'éteindre. Mais au contraire d'Arakélon, son assurance et sa prestance ne trouvaient pas racine dans des règles établies que l'on pouvait transmettre à son prochain. Chez elle, c'était inné, inexplicable. Lorsque je la tenais dans mes bras, je sentais l'étoile qu'elle était battre contre ma peau. Elle irradiait d'une chaleur dont je ne pouvais me passer. Lorsque je lui expliquais cela, elle secouait la tête avec déni et souriait d'embarras. C'était quelque chose à quoi Arakélon ne pourrait jamais prétendre, et s'il ne semblait pas s'en rendre compte, je savais que la plupart des gens qui connaissaient bien Baris – ou Boréalis, comme tout le monde l'appelait désormais – voyaient la même chose que moi. Il n'aurait pu en être autrement.

Lorsque je marchais à la tête du cortège, je tenais Boréalis par la main et Arakélon était loin derrière nous, derrière les Inférieur, Vingt-Huit et Quarante, derrière tous ceux qui m'avaient montré la voie de mon destin. Mais je ne pouvais m'empêcher de souhaiter qu'il nous rejoigne pour marcher à ses côtés, ainsi qu'aux côtés de toutes ces nouvelles personnes dont je faisais peu à peu connaissance depuis notre départ de Bakarya. Des personnes aux histoires similaires à la mienne, ou entièrement différentes. Quel privilège que de marcher à leurs côtés, me dis-je souvent. Et pourtant, eux me regardaient avec cet éclat de respect dont je ne saisissais pas bien la source.

Il était né le jour où j'avais grimpé en haut de la Porte des Jumeaux de Bakarya, cette grande arche de mosaïque colorée. J'avais éveillé les fées de la ville avec le signeur de Tortue, mon mentor. Elles avaient libéré la Verilla et mes amis. En toute honnêteté, ils avaient été ma principale motivation à faire ceci. Mais lorsqu'ils m'avaient rejointe, quand Baris était montée à mes côtés, j'avais baissé les yeux sur un peuple qui m'interrogeait du regard : où irions-nous, désormais ? D'une certaine manière, j'avais naturellement revêtu ce rôle de meneuse. Moi qui avais toujours vécu dans l'ombre, que ce soit celle des traditions familiales de la Torieka, ou celle de l'extravagante Boréalis, j'étais peu habituée à soutenir tant de regards. Ce jour-là, j'avais réussi. J'avais senti dans mon dos l'éclat de la Baleine-Miroir. Depuis ce jour, j'avais la fascinante sensation qu'elle était là, avec moi. Je parlais souvent d'elle à Boréalis, surtout le soir, juste avant de m'endormir. Elle se blottissait contre moi, à la belle étoile si le temps le permettait, sous une tente dans le cas contraire. Parfois, elle me posait des questions à son égard, d'autres fois, je lui en parlais sans qu'elle me le demande, mais à chaque fois, elle m'écoutait avec une attention digne d'un enfant accroché aux lèvres d'un conteur. Étrangement, elle ne désirait pas voir la Baleine de ses propres yeux. M'écouter suffisait.

— Tu me la décris avec tant de justesse et de délicatesse que je serais déçue à sa vue.

— Oh non, tu ne serais pas déçue, jamais. Je ne trouverai jamais les mots parfaits pour la décrire, ils n'existent pas.

La seule autre personne qui l'avait vue, c'était Felyn Inférieur, sœur de Fydjor et Fyona, tante de la petite Souris, et notre amie. Mais Felyn parlait d'elle en d'autres termes. Elle ne la sentait pas comme un encouragement, une poussée du destin, mais plutôt comme un appât qui l'appelait vers l'inconnu. Son interaction avec la Baleine l'avait rendue mélancolique, comme si elle avait ce jour-là perdu un être cher dont elle venait tout juste de faire la connaissance, mais qui avait toujours fait partie d'elle. Elle se sentait presque idiote de ne pas l'avoir sentie dès sa naissance.

Très vite, mes récits de Baleine confiés dans l'intimité d'une tente à l'oreille de celle que j'aimais s'étaient répandus parmi les autres voyageurs. Des enfants venaient à toute heure de la journée me poser des questions à son sujet. Ils voulaient que je leur montre mon signeur : une plaque de miroir taillée dans une écaille de la Baleine, selon les dires du vieux Tortue. La légende racontait que celui qui possédait un tel artefact était un Messager de la Baleine-Miroir, et tous semblaient persuadés que je tenais cette fonction. En réalité, je l'ignorais, mais j'aimais le croire. J'appréciais l'idée qu'un lien unique m'unisse à cette créature, où qu'elle soit. Je me demandais si elle avait le moindre souvenir de notre rencontre, si celle-ci avait une raison d'être qui me dépassait, ou si j'avais seulement eu la chance de me trouver au bon endroit au bon moment. Vu ses dimensions, je ne comprenais toujours pas comment son existence ne pouvait se réduire qu'à un mythe. Où pouvait-elle bien se rendre pour se cacher ? Disparaissait-elle tout simplement ? Se fondait-elle parmi les nuages, reflétant leur blancheur ? Lorsque nous marchions, je gardais toujours un œil sur le ciel et m'imaginais la retrouver à chaque inflexion du soleil, à chaque mouvement créé par les brumes ou les oiseaux. Si elle ne reparaissait jamais, cela m'était égal. Notre première et unique rencontre m'avait donné assez d'assurance pour marcher d'un bout à l'autre du monde sans ralentir le pas. Quant aux conseils d'Arakélon, ils m'étaient toujours utiles, mais lui ne comprendrait jamais ce que la Baleine-Miroir m'avait apporté. C'était un brave conseiller, mais terriblement hermétique aux histoires fabuleuses que je contais presque chaque soir à mes camarades.

Tortue m'en avait transmis une centaine, je les avais mémorisées sans aucun mal et m'étais entraînée à les raconter – et non les réciter – pendant des centaines d'heures durant nos leçons hebdomadaires à Bakarya. Il m'avait enseigné la danse des mots et le chant des épopées. Conter n'était pas seulement raconter une histoire, mais interpréter un spectacle. La vérité importait peu ; personne ne s'y intéressait. Ce que chacun recherchait, c'était le voyage extraordinaire dans lequel embarquer quand le son de ma voix s'élevait à la nuit tombée. Les ombres valsaient autour du feu tandis que je traçais les contours d'histoires évoquant des animaux merveilleux, des lumières idylliques, d'immuables mystères et d'audacieux périples.

Lorsque la nuit était la plus noire, dépourvue de lune et d'étoiles, et alors que les flammes de nos foyers s'estompaient pour ne laisser que des braises incandescentes briller faiblement, j'avais l'impression que mes récits se déroulaient comme du papier à musique. Le lion à la crinière enflammée des plaines méridionales s'élevait dans les airs et se reflétait dans les yeux ensommeillés des plus jeunes. Les colonies de moines aérodotes déambulaient au-dessus de nos têtes, exécutant leurs enchaînements rituels au gré du vent, laissant leurs chevelures indomptables jouer avec ce dernier. Chacun pouvait visualiser les personnages que j'évoquais avec ardeur, passion ou dégoût, selon l'histoire. Et parfois, comme ce soir-là, je pouvais apercevoir au loin des regards brillants sur les collines mourantes, au-delà des limites de notre campement.

Je les voyais car je savais les chercher. La première nuit, j'aurais juré qu'ils appartenaient à des voyageurs humains probablement perdus dans la steppe. Puis, de jour, j'avais reconnu des silhouettes vacillantes semblables à trois petites montagnes mouvantes. C'étaient des chameaux des Hauts-Plateaux. Baris et moi en avions rencontré pour la première fois lors de notre périple jusqu'à Bakarya. Après qu'on les ait suivis quelques jours, c'était à leur tour de nous suivre. Ils restaient à une certaine distance de sorte que personne ne les remarque. Le premier jour, ils étaient trois, une semaine plus tard, douze. À présent, j'en discernais une vingtaine, dont les pelages variaient du blanc au noir. À chaque fois qu'ils s'approchaient suffisamment pour que je voie leurs yeux scintiller dans la pénombre, j'attendais que mes camarades s'endorment et je m'avançais vers eux.

Un soir, je marchai d'un pas prudent dans leur direction. Ils étaient couchés, leurs pattes reptiliennes repliées sous leur ventre. La brise de la steppe ébouriffait délicatement leur toison. Je restai à bonne distance, prenant garde à respecter leur espace comme ils respectaient le nôtre depuis notre départ de Valésya. Je m'accroupis, ma cape rouge avala mes jambes. L'un d'eux me regardait tandis que les autres m'ignoraient. Il n'avait pas l'air méfiant, mais, après tout, pourquoi l'aurait-il été ? L'humain n'était pas son prédateur. La chair du chameau était immangeable, et personne de sain d'esprit ne se serait attaqué à un troupeau pour se confectionner un manteau qu'on pouvait obtenir bien plus facilement d'un aurochs. Les chameaux des Haut-Plateaux avaient des griffes aiguisées, et leur agilité leur permettait de courir de longues distances et franchir n'importe quel relief : des collines herbues des steppes aux montagnes escarpées de Bakarya. Leur endurance demeurait inégalée. Mais ce qui m'intimidait le plus, c'était leurs yeux. Leurs pupilles étaient rondes et entourées d'un iris coloré semblable à ceux des humains. On disait que lorsque l'un d'eux vous fixait, il vous surveillait au nom du règne animal. Moi, j'y voyais un portail vers la Baleine. J'ignorais pourquoi, mais lorsqu'un chameau me regardait, mes muscles étaient pris des mêmes frémissements que lorsque j'avais rencontré la Baleine-Miroir, aux abords de la Torieka. Il y avait quelque chose chez ces animaux, que je ne retrouvais jamais chez mes camarades humains, comme s'ils savaient ce dont nous ne pourrions jamais nous douter. Et lorsque ces chameaux me regardaient, j'espérais qu'ils me prendraient pour l'une des leurs.

Je sortis de ma poche un objet rond et plat : le signeur que Tortue m'avait légué. Ce miroir était l'objet le plus lisse et solide que je possédais. J'orientai sa surface plane vers le chameau sans m'attendre à grand-chose. L'animal se leva dans un ample mouvement sans me quitter du regard. Il fit quelques pas dans ma direction et se mit à blatérer. Son cri se projeta dans le silence de la nuit et s'évanouit en quelques instants. Je me relevai, mais il me toisait toujours. Il n'avait fait que quelques pas et je n'avais pas bougé. Pourtant, soudainement, je me retrouvai juste en face de lui. Je pouvais presque sentir son souffle caresser mon visage. Mon instinct me poussait à me retourner vers le campement pour savoir qui de nous deux s'était déplacé, mais je savais que je ne devais pas quitter l'animal du regard, sous peine de briser la connexion que nous étions en train d'établir. Il baissa doucement la tête et je sentis ses yeux humains me transpercer. L'instant suivant, tous les autres chameaux s'étaient levés et approchés, en retrait derrière leur congénère brun. Je levai la main vers sa joue, ne pouvant m'empêcher de vouloir effleurer son pelage mais alors que j'allais y parvenir, il releva la tête et se mit à fixer quelque chose derrière moi. Au même instant, j'entendis l'écho d'une voix familière :

— Yadalith !

Je me retournai et fus prise d'un vertige, comme si une bulle venait d'éclater autour de moi, laissant mon équilibre vacillant. Boréalis, vêtue de sa cape violette, regardait le spectacle d'un air ahuri. Je suivis son regard, et ne saisis qu'alors l'ampleur de l'instant. Vingt chameaux des Hauts-Plateaux nous examinaient tandis que les braises de notre campement s'éteignaient complètement, au loin. La lune absente plongeait la steppe dans une pénombre étouffante. Je distinguais à peine le sol du ciel, deux espaces qui se contrastaient habituellement si bien à la lumière du jour.

Écoutant mon intuition, je reculai doucement, un pas après l'autre, jusqu'à sentir les mains de Baris me serrer les épaules. Les chameaux blatérèrent, comme pour me donner un quelconque signal que je ne compris pas.

— Allons dormir, chuchota Baris à mon oreille.

On s'éloigna d'un pas assuré. Je la sentais trembler légèrement, mais elle ne montra aucune précipitation dans sa démarche. Au petit matin, ce furent les voix médusées des enfants et les vocalises stupéfaites des adultes qui nous réveillèrent. En sortant de notre tente, nous découvrîmes non pas vingt, mais près de soixante-dix chameaux qui broutaient librement à l'extérieur de notre camp.

Je m'approchai du mâle brun avec lequel j'avais interagi et, arrivée à sa hauteur, j'attendis qu'il lève la tête. Il m'adressa un regard confiant. Il ne souriait pas avec ses lèvres comme le faisaient les humains, mais je pouvais jurer que ses yeux avaient pris un air rieur. Je lui répondis de la même façon et, ce jour-là, les chameaux nous suivirent de près.

— Que font-ils là ? me demanda Felyn, plutôt inquiète. Nous quittons la steppe, leur habitat naturel, pourquoi restent-ils avec nous ?

— Cela fait longtemps que nous avons quitté notre habitat naturel, toi et moi. Cela ne nous empêche pas de marcher.

3
Coda et les oiseaux de feu

La dernière épreuve du Festival des Faux-Rêves s'inspirait des trois premières. Les participants s'affronteraient sur une course autour de Dantilus, en suivant un itinéraire bien précis. Coda se savait un peu plus faible sur l'agilité, mais elle se sentait capable de rattraper le retard que cela lui créerait sur le reste du parcours. Elle craignait la traversée de la forêt pour une raison que personne n'imaginait. À son manque d'agilité s'ajoutait une vision défectueuse. Elle s'était rendu compte, depuis quelques mois, qu'elle avait du mal à discerner les éléments éloignés, notamment les oiseaux, lorsqu'elle allait les observer dans les marais avec Pandore et les autres enfants. Ils n'étaient plus que des tâches floues qui s'agitaient dans les airs. En pleine forêt, ce défaut s'accompagnait d'une difficulté à se repérer au milieu de lignes qui ne cessaient de se confondre. Coda ne pouvait faire confiance qu'à ce qui se trouvait immédiatement devant elle, incapable d'anticiper son trajet et ses mouvements comme elle l'aurait voulu. Jusqu'ici, cette vue déficiente ne l'avait gênée que sur une épreuve. Ses autres sens ne lui feraient pas défaut sur le reste du parcours, elle devait s'en persuader.

On organisa les dernières festivités avant l'ultime épreuve. À cette période de l'année, les oiseaux de feu migraient, on pouvait les observer au mieux une fois la nuit tombée.

Les enfants de la Périphérie se rassemblèrent et, accompagnés d'une poignée d'adultes, s'éloignèrent de Dantilus pour atteindre le sommet d'une colline plongée dans la pénombre. Les enfants marchaient en file indienne en se tenant par les épaules pour se guider à travers la végétation des marais.

— Attention à la branche !

— Trois marches en pierre, la dernière est plus haute.

— Saute par-dessus le ruisseau, entendait-on tout le long du chemin.

Il fallait fuir les lumières de la ville gargantuesque qui enflammaient l'horizon comme un soleil levant. Au sommet de la butte, les arbustes se raréfièrent et la foule s'étendit dans l'herbe, les yeux rivés sur la voûte. Certains s'amusaient à chasser les étoiles filantes tandis que d'autres discutaient de l'épreuve à venir avec enthousiasme. Coda et Pandore scrutaient déjà le ciel en quête d'un oiseau de feu. L'année précédente, ils étaient passés si loin qu'on avait à peine pu discerner leurs traînées entre les nuages. Cette fois, le ciel était clair. Si les animaux daignaient survoler la Périphérie comme ils en avaient l'habitude, le spectacle serait majestueux. Il était possible de l'admirer plusieurs nuits mais celle-ci avait quelque chose de singulier.

Un orateur âgé d'une trentaine d'années se positionna au milieu de la foule. Il avait le crâne rasé et portait une toge sombre brodée d'un fil argenté. Il leva les bras et l'assemblée se tourna vers lui, transcendée par le silence.

— Faux-Rêveurs, levez vos visages ! La nuit enflammée revêt son manteau de jais constellé de braises. Dressez vos poings et chantez avec moi.

Chacun s'exécuta, dressant un poing vers le ciel en imitant l'orateur.

— Les rêves vivent sous les hauteurs en charpie !

— Les rêves vivent sous les hauteurs en charpie ! répéta l'assemblée à l'unisson.

— Ils ondulent par-delà nos flots aiguisés !

— Ils ondulent par-delà nos flots aiguisés !

— Oiseaux de feu, venez cueillir nos songes, et emmenez-les vers nos pairs !

— Oiseaux de feu, venez cueillir nos songes, et emmenez-les vers nos pairs !

— … emmenez-les jusqu'à Pinaille, murmura Pandore.

Les étoiles se reflétaient dans ses yeux légèrement humides. Coda le surprenait régulièrement à dévoiler sa pensée pour l'amie qu'ils avaient perdue deux ans plus tôt, aux mains des chasseurs de baleines. Pinaille avait vu la Baleine-Miroir de ses propres yeux, mais, conditionnée par les tromperies de Totem, elle était remontée à la surface et avait pris place dans un canot entre le chef des baleiniers et Diana, leur amie, elle aussi trop fidèle au capitaine. Pour Pandore, l'absence de Pinaille était toujours difficile. Il avait grandi dans l'ombre d'un grand frère sévère et avait considéré ses deux amies comme les sœurs qu'il aurait aimé avoir. Coda avait partagé de tels sentiments en l'absence de Calix, sa sœur disparue. Les choses avaient peut-être été différentes pour Pinaille qui, entourée de deux jeunes frères attachants, n'avait pas ressenti un tel creux. Alors, désormais, où qu'elle puisse être, Pandore lui accordait de temps à autre une pensée affectueuse. Qui de mieux que des oiseaux de feu pour la lui transmettre ?

L'orateur leva les deux bras au-dessus de sa tête et scruta la voûte avec ardeur. Tous l'imitèrent et, après de longues minutes plongées dans un silence sépulcral, d'infimes scintillements s'allumèrent au loin. Ils chatouillèrent les étoiles avant de s'épaissir en se rapprochant de la surface terrestre. Chacun retint son souffle puis des exclamations exaltées tranchèrent dans la nuit. Les volatiles qui faisaient d'abord la taille d'une mouche devinrent des colombes, puis des faucons. Sans paraître s'arrêter, plongeant en piqué vers la colline, leur envergure sembla dépasser celle de tout autre oiseau de ce monde. Leurs plumes ne brûlaient pas littéralement, mais leur rousseur était si vive et luminescente que les traînées de lumière qu'ils laissaient derrière eux ressemblaient en tout point à des flammes. Leurs bluettes, de minuscules particules embrasées, plurent sur les têtes des enfants de la Périphérie qui éclatèrent de rire à leur contact. Cela faisait bien des années que les oiseaux de feu ne s'étaient pas tant approchés de l'assemblée. L'orateur en perdit ses mots et chacun se mit à clamer les derniers rêves qu'ils avaient faits pour que les volatiles les transportent vers d'autres terres.

— Je me demande bien d'où vient cette tradition, s'interrogea Coda à voix haute.

— C'est une bien belle histoire. Personne te l'a jamais racontée ?

Coda tourna la tête et reconnut Monouï, la fillette qu'elle allait affronter le lendemain. Elle avait un visage rieur et de longs cheveux emmêlés.

— Non, je ne viens pas d'ici, expliqua Coda.

Les oiseaux volaient par centaines au-dessus de leurs têtes. Ils illuminaient la colline et leurs visages comme un millier de petits soleils. Pour la jeune Cascadienne à la vision défaillante, ils n'étaient pas complètement nets. Les taches dorées qu'ils formaient lui rappelaient les flammes d'un foyer. Elle imagina un instant quel conte pouvait avoir fondé cette tradition. La fillette ne la laissa pas longtemps à la réflexion.

— C'était il y a très longtemps, bien avant que les humains ne soient ce qu'ils sont aujourd'hui, commença-t-elle. Ils vivaient tous comme des rois à une époque où les oiseaux, bien plus petits, n'étaient pas en feu. Lorsque la Terre s'éventra et qu'en sortirent les six mastodontes, ces humains-rois s'éteignirent un à un. Un petit groupe subsista, mais, piégé en haut d'une colline par les flammes des cités embrasées, il ne pouvait plus s'échapper. Il ne restait plus à ses gens qu'à laisser les flammes lécher les flancs de la colline jusqu'à les atteindre. Crois-tu qu'il existe quelque chose de plus terrible que d'attendre patiemment sa propre mort ? Il fallut des jours et des mois avant que le feu les atteigne. Et pendant ce temps, ils virent passer des rapaces dont les plumes s'embrasaient en survolant la fournaise. Lorsqu'ils passèrent au-dessus de la colline des derniers humains, ceux-ci leur crièrent des messages, espérant naïvement qu'un peuple voisin aurait vent de leur mésaventure et leur viendrait en aide. Mais les oiseaux de feu ne transmettaient jamais leurs paroles. Un garçon découvrit, une nuit, que les seuls messages que ces créatures daignaient porter, c'étaient les rêves qu'il leur transmettait. Alors ils se mirent tous à crier leurs songes aux volatiles qui les répéteraient aux prochains humains survivants qu'ils rencontreraient. Mais ces paroles n'avaient ni queue ni tête, et personne ne sut d'où ces drôles d'histoires venaient ni qui les envoyaient. Alors ce garçon qui avait percé le secret des oiseaux de feu rusa. Il tissa ses propres rêves à partir des messages qu'il voulait désespérément faire passer à ses congénères. Il dupa les oiseaux en mêlant l'absurdité de ses songes à la vérité de son expérience, et les volatiles transportèrent les premiers faux-rêves jusqu'aux humains les plus proches qui parvinrent à les déchiffrer. Mais il était trop tard. L'incendie était trop épais, personne n'aurait pu secourir les pauvres malheureux qui se firent finalement engloutir. À ce jour, on raconte nos rêves aux oiseaux en hommage à nos ancêtres, en nous mettant à leur place. Et parfois, il se pourrait que certains d'entre nous fassent circuler des faux-rêves, parce qu'il est amusant de jouer des tours aux Messagers de la Baleine-Miroir.

— Aux Messagers de la Baleine-Miroir ? intervint Pandore. Qu'est-ce qu'elle vient faire là-dedans ?

— C'est comme ça qu'on appelle les créatures qui semblent trop étranges pour n'être que des animaux, expliqua Monouï. Les oiseaux de feu sont capables de répéter les songes qu'on leur raconte. Il existe un tas de bêtes comme eux.

— On dit que celles-ci sont au-dessus de l'humain dans la chaîne alimentaire, ajouta l'orateur qui s'était rapproché.

— Et qu'est-ce que ça peut bien vouloir dire ? demanda Coda.

— Depuis la nuit des temps, le règne animal est dominé par cette chaîne. Chaque animal est dévoré, utilisé ou dominé par un autre, lui-même dominé par un autre, sauf celui qui se trouve tout en haut. Si la Baleine-Miroir est bien réelle, ce serait sa place, et ses Messagers, à sa suite.

— Où se placerait l'être humain ? Juste après eux ?

— L'humain manque de crocs et de griffes pour être considéré comme un animal vraiment puissant, mais il est plus intelligent que les autres. Et cela le place, selon moi, bien haut dans cette chaîne.

— Mais les Messagers de la Baleine seront toujours plus

intelligents que nous, dit Monouï avec une pointe d'admiration dans la voix.

Coda scruta la formation d'oiseaux de feu qui s'égrenait de plus en plus. Ils avaient un fier port de tête, de longues ailes aux plumes rougeoyantes, une queue élégamment fournie et des griffes impressionnantes qui s'agitaient au rythme de leurs battements d'ailes. Ces animaux éveillaient en elle un certain respect, mais de là à penser qu'ils puissent représenter un danger pour l'être humain...

— Ils sont beaux, certes, admit-elle, mais ce sont que des oiseaux. Que peuvent-ils bien faire pour nous dominer ? Je vois pas en quoi la capacité à répéter des histoires fait d'eux des créatures particulièrement intelligentes. Les perroquets en sont aussi bien capables.

— L'intelligence ne passe pas seulement par la parole, répondit l'orateur avec amusement. T'a-t-on déjà parlé des chameaux des Hauts-Plateaux ?

— Ce sont les destriers de la chamellerie rouge, celle que Yadalith a menée il y a presque un siècle.

— Exactement. Aucun animal ne se laisserait monter par l'humain, même si j'ai entendu des histoires à ce sujet provenant du peuple des cités.

— Se laisser monter, comme les chameaux, n'est-ce pas une forme de soumission ? questionna Pandore.

— Cela pourrait l'être. Mais ce pourrait aussi être l'inverse. T'est-il déjà venu à l'esprit de monter sur le dos d'un animal, mon garçon ?

— Jamais de la vie ! Je tiens trop à ma vie.

— Exactement. Lorsque Yadalith et ses chameliers montaient leurs chameaux, ils confiaient leurs corps et leurs vies à ces créatures. Ils ne les dirigeaient pas à proprement parler, et, la nuit tombée, ils ne les attachaient pas pour les empêcher de s'enfuir. Il s'agissait plutôt d'une coopération. Yadalith et les siens leur accordaient leur confiance et leur loyauté et, en échange, les chameaux leur faisaient don de leur force et de leur endurance. Au temps des cités, monter un animal, c'était le soumettre car il ne s'agissait là que d'une décision humaine. Désormais, monter un animal, c'est chercher sa propre mort. Notre intelligence nous empêche de commettre une telle étourderie. Mais monter un Messager de la Baleine-Miroir, c'est se soumettre au Messager, comme à la Baleine.

— Vous voulez dire que Yadalith n'a pas vraiment mené sa chamellerie, ce sont les chameaux qui l'ont fait ? Et donc, indirectement, la Baleine ?

— Je doute que cela puisse être aussi simple. À moins d'avoir été présent pour le voir, je ne pense pas qu'on puisse répondre à cette question par l'affirmative ou la négative. Peut-être était-ce bien plus complexe.

En remarquant le regard captivé des autres enfants qui avaient rejoint la discussion, Coda réalisa la situation particulièrement singulière dans laquelle elle se trouvait : elle avait rencontré Yadalith et la Baleine-Miroir. Il lui démangeait presque de retourner à Canal-Azur pour demander à l'intéressée ce qui s'était vraiment passé avec ces chameaux.

Elle avait bien trop peur de Totem pour le faire, mais la curiosité brûlait en elle.

Au départ des oiseaux de feu, l'obscurité s'imposa sur la colline, et les festivaliers prirent le chemin du retour. Monouï salua Coda et Pandore en leur souhaitant bonne chance pour l'épreuve qui s'annonçait imminente. La fillette semblait démesurément sereine alors que Coda n'avait que la victoire en tête. Ce n'était pas tant par orgueil mais pour l'espoir de pouvoir enfin rentrer chez elle. Elle s'était attachée à la Périphérie et ses habitants. Le Croque lui manquerait, tout comme le souvenir de Diana restait coincé dans son esprit. Mais rien ni personne ne pourrait lui manquer comme la Cité Rocheuse. Elle qui avait toujours songé à explorer le monde, dont la curiosité la poussait souvent à scruter par-delà les frontières de Cascade, la voilà qui ne pensait qu'à retourner chez elle. Pandore, lui, n'avait jamais voulu partir. S'il ne comptait plus vraiment sur sa propre victoire, celle de Coda lui permettrait également de rentrer. Celle-ci sentait la pression tout en sachant que le garçon n'avait nulle volonté de la lui imposer.

Tout en écoutant l'histoire de Monouï, Coda avait silencieusement transmis un de ses faux-rêves aux oiseaux, espérant qu'ils le porteraient à Veda et Tavik, sa mère et sa grand-mère. *J'ai rêvé que je revenais à Cascade à bord d'une belle goélette peinte en vert. Ma mère et ma grand-mère m'attendaient, juchées en haut du belvédère de la Cité Rocheuse, et me faisaient de grands signes en me voyant approcher.* Si les oiseaux de feu rejoignaient un jour cette cité maritime, alors Veda serait rassurée de savoir sa fille bientôt à la maison. La dernière étape avant de pouvoir réaliser pareille prouesse, c'était remporter le tournoi du festival.

Une cinquantaine d'enfants se tenaient sur la ligne de départ. Si aucun – sauf deux – ne pensait pouvoir remporter le tournoi, obtenir une bonne place était avantageux pour les éditions suivantes. Pandore tremblotait de trac tandis que Monouï envoyait de grands sourires à sa famille qui l'encourageait. Coda n'était pas en reste. Le Croque avait quitté l'auberge pour l'événement, et même s'il ne l'acclamait pas comme une vraie famille l'aurait fait, les regards confiants qu'il lui envoyait ne pouvaient que l'encourager.

— Fais pas cette tête ! lui avait-il dit quand il l'avait vue, ce matin-là, prête à un découdre. Même si tu perds, c'est pas la fin du monde. Et puis ce sera tant mieux pour moi, si vous restez ici. Avec ces trois cents pièces de cuivre, vous pourrez enfin déguerpir et il faudra que je vous remplace. J'ai pas le temps de m'occuper de ça.

Il savait que plaisanter était le meilleur moyen de rendre le sourire à ses petits commis. Voilà quelque chose qu'il s'était mis à faire, ces deux dernières années. Le Croque, à qui il ne fallait pas chercher d'ennui, avait appris l'humour.

Là, parmi l'assemblée réunie pour le départ de la course, on lui laissait volontiers la place, tant son odeur et son apparence pouvaient s'avérer rebutantes.

— Prêts !

C'était l'orateur de la veille. À la lumière du jour, et habillé de vêtements ordinaires, il semblait plus jeune et inexpérimenté que dans la pénombre. Mais sa voix portait naturellement. Il leva la main et les enfants se mirent en place, courbés, prêts à partir à son signal.

— Partez !

La petite foule se mit en mouvement et Coda commença à trottiner en se laissant distancer. Les plus jeunes partaient toujours à toute vitesse. Elle savait qu'elle les retrouverait essoufflés d'ici seulement une dizaine de minutes. Pandore, Monouï et la plupart des autres concurrents de leur âge avaient adopté la même stratégie qu'elle.

Coda voyait Dantilus s'éveiller tendrement sous le soleil safran. Au-dessus des prairies desséchées de la Périphérie, des oiseaux blancs planaient par centaines. La brume matinale ajoutait de la tendresse au paysage.

Les muscles de ses jambes pulsaient, excités par la prouesse qu'ils s'apprêtaient à exécuter. Si tout se passait bien, elle et Pandore seraient en route pour Cascade d'ici une semaine.

4
Yud et les Amis

Mon long périple n'aurait jamais pu être réalisable sans l'amitié des chameaux. Au fil des jours, la quasi-totalité de notre groupe put s'en approcher. Je remarquai alors qu'ils ne nous suivaient pas à proprement parler, ils semblaient plutôt nous guider. Il leur arrivait parfois de s'éloigner sans raison apparente. La première fois qu'ils le firent, j'eus la puce à l'oreille et je décidai de dévier notre trajectoire pour les rejoindre. Quelques heures plus tard, au terme d'une descente périlleuse mais nécessaire, je remarquai que notre trajet original nous aurait amenés au bord d'un précipice infranchissable. Je fus abasourdie par la clairvoyance des animaux qui semblaient connaître le terrain comme si c'était le leur. Il était pourtant bien connu que leur habitat naturel se trouvait bien loin d'ici, dans les steppes et les montagnes.

Des prairies et des forêts de plus en plus denses se succédaient sans fin. L'étendue des territoires me subjuguait toujours. Le monde était comme une boule multicolore qui se déroulait à l'infini. Chaque jour dévoilait de nouveaux pans de l'univers. Nous pouvions marcher sans nous arrêter pendant des heures, la terre continuait de soutenir nos pas et l'horizon demeurait inatteignable. L'herbe, tantôt verte, tantôt jaunie, poussait entre les roches de quartz et de granit qui ponctuaient notre chemin. De la mousse et du lichen grignotaient les troncs des milliers d'arbres qui nous guidaient à travers des forêts lugubres, obscurcies par les ramures des pins, des hêtres, des chênes et des camphriers, selon les régions que nous parcourions.

Mon Ami, le chameau brun, marchait de son allure noble à mes côtés, et ses congénères, toujours plus nombreux, trouvèrent leurs moitiés parmi les humains qui me suivaient. Personne n'essaya d'outrepasser les droits que nous accordaient ces animaux. Personne ne sauta sur leur dos, personne ne passa de corde autour de leur cou, et personne n'effleura leur pelage sans en avoir reçu l'expresse permission, souvent accordée par un regard amical. Chaque jour, on me demandait pourquoi les chameaux nous avaient choisis, et chaque jour, je répondais la même chose :

— Les Messagers de la Baleine-Miroir sont là pour nous aider à tracer notre chemin. Les contes des Hauts-Plateaux, de la steppe et de la montagne, vont se répandre parmi ces terres inconnues, et très bientôt, de nouvelles histoires leur feront écho. Nous sommes le vent qui transmet la parole aérienne.

Ces mots m'étaient venus naturellement, sans réflexion ni reformulation, comme si mon Ami le chameau me les avait chuchotés à l'oreille. J'en avais la sensation. *La parole aérienne*, tel était le nom que j'avais donné à l'art du conteur. Je n'étais pas la seule conteuse parmi ce qui constituait déjà notre chamellerie rouge. Bien d'autres avaient entrepris cette profession à Bakarya, ou bien à Valésya, selon leurs origines. Certains l'avaient apprise sur la route. À la nuit tombée, je n'étais plus la seule à conter, et j'en étais soulagée. Monopoliser l'attention comme une sorte d'élue me semblait terriblement présomptueux. Encore à ce jour, j'ignorais quelle énergie m'avait poussée à monter sur la Porte des Jumeaux, munie du signeur de Tortue, et à réveiller les fées de la cité bakaryenne. Depuis ce moment, mon intuition n'avait cessé de me guider. Désormais, elle prenait forme animale en mon Ami le chameau.

J'avais été tentée de lui donner un nom, comme d'autres. Mais les chameaux n'étaient pas des animaux domestiques. Des noms, ils en portaient sûrement déjà, dans leur langage, et les nôtres ne devaient pas valoir les leurs. Alors pour désigner un animal en particulier, nous prîmes l'habitude de le nommer ainsi : l'Amie de Boréalis, l'Ami de Souris, et ainsi de suite.

L'Amie de Boréalis était une magnifique chamelle blanche aux longues jambes couvertes d'écailles vertes. La paire qu'elle formait avec Baris devait être la plus stellaire de la chamellerie. Souvent, j'imaginais que c'était elles que l'on suivait, et non moi. Je ne pouvais le concevoir autrement. Lorsque nous marchions côte à côte, elle devait agir de manière à me donner l'impression que j'étais celle qui les guidait tous, alors qu'en vérité, je devais bien admettre que Boréalis et son Amie avaient plus l'allure de meneuses que moi.

Souris s'était liée avec un chamelon quasiment adulte au poil noir et rêche. Il était le plus vif de la chamellerie, et le plus espiègle. J'avais tendance à penser qu'il menait Souris vers une malice étrangère à son habituelle sagesse enfantine, mais il n'y avait personne pour s'y opposer. Quant aux autres, même les plus pragmatiques, comme Arakélon, avaient réussi à trouver leur paire. Notre procession déjà conséquente doubla en l'espace de quelques jours.

Le soir venu, nous disposions nos tentes entre les feuillus et allumions des feux. Le campement s'étalait en une constellation de toiles sombres et de foyers lumineux. Chaque famille, tribu, et cercle d'amitié se rassemblait ; certains conteurs se commençaient à conter. Ceux qui avaient réussi à chasser se délectaient de leur butin tandis que les autres faisaient mariner des baies et des feuilles aromatiques pour concocter toutes sortes de bouillons qu'on distribuait en échange d'une bûche, d'un bout de gâteau ou d'une couverture. En l'absence de nos familles, Baris et moi restions auprès des Inférieur. Fydjor et Souris partageaient une tente, Felyn et sa sœur Fyona une autre. Baris et moi complétions la troisième. Autour de nos trois abris, nous avions allumé un petit feu dont les flammèches s'élevaient parmi les branches des gigantesques arbres qui nous entouraient.

Le sol de cette forêt était plat et moelleux, recouvert d'une couche de mousse d'un vert éclatant. Aucune pousse ni broussaille épineuse ne tapissait ce plancher molletonneux. Les troncs des arbres devaient être aussi larges que cinq hommes réunis. Même lorsque le soleil était au plus haut, nous le distinguions à peine tant la végétation s'entrelaçait au-dessus de nos têtes. Et quand il pleuvait, seul le tic-tac aléatoire de l'eau contre ce toit résonnait à travers la forêt, pas une seule goutte n'atteignant le sol ou nos têtes. Néanmoins, une humidité agréable régnait, et la température de cette strate que nous traversions ne changeait quasiment pas entre le jour et la nuit. C'était un relief que j'affectionnais tout particulièrement après avoir traversé des montagnes glaciales, des steppes venteuses et des prairies aux allures de fournaises. La faune devait être du même avis, car il ne se passait pas un jour sans que l'on n'aperçoive des animaux tout à fait extraordinaires. Aucun d'eux n'avait peur de nous ou de nos compagnons, les chameaux. Face à l'inconnu, ils étaient, tout au plus, curieux.

Les ruisseaux accueillaient toutes sortes de tortues, vives et minuscules, ou bien grosses et grises, semblables à des pierres. Des hiboux semblaient nous suivre à la trace même en pleine journée, et des renards vêtus d'une singulière carapace vagabondaient entre les pattes des chameaux.

Mais la créature qui me fascinait le plus était le cerf abriteur. C'était une espèce particulièrement altière. On en voyait rarement, et toujours à une certaine distance. Menant la marche, Boréalis, certains de mes compagnons, et moi devions être les seuls à les voir de si près, car ils déguerpissaient dès qu'ils nous sentaient un peu trop approcher. À chaque fois qu'ils entendaient nos pas remuer la mousse, ils se figeaient, se redressaient et nous toisaient. Alors nous pouvions admirer leurs bois. Ils étaient recouverts de végétation, de fleurs et de feuilles. Des lianes entrelaçaient leurs branches et pendaient contre leurs oreilles frémissantes. Les individus les plus vieux étaient davantage alourdis par leur parure. Des papillons et de petits oiseaux se posaient alors sur leur bois comme sur les branches d'un arbre. Ils butinaient le cœur des fleurs ou se reposaient simplement quelques instants avant de reprendre leur envol au moindre mouvement suspect du perchoir. Alors, les cerfs abriteurs décampaient dans d'élégantes foulées et disparaissaient entre les arbres en un rien de temps. Leur simple vision éveillait en moi toutes sortes d'histoires, mais j'étais encore incapable de les formuler.

Ce soir-là, en l'occurrence, je ne contai pas. Il me fallait profiter de quelques moments d'intimité avec mes proches et me reposer. Au coin du feu, nous nous délections d'une cuisse de lièvre que nous avions échangée contre quelques gorgées d'un bouillon d'endives forestières préparé par Fyona. Souris fit une drôle de grimace en goûtant ce mélange improvisé. Fydjor la gronda gentiment et la fillette s'excusa sans pouvoir s'empêcher de refaire la même grimace à la gorgée suivante. Baris ne put réprimer un rire tandis qu'Arakélon, dépourvu de ses proches depuis son départ de Valésya, nous rejoignit. Il s'assit à ma gauche et se servit dans la marmite qui fumait à côté du foyer.

— Alors, petite Souris, le bouillon n'est pas à votre goût ?

Il avait la drôle d'habitude de vouvoyer les enfants mais Souris n'était pas dupe. Elle avait apprécié l'attention les deux premières fois avant de se rendre compte qu'il ne vouvoyait que les plus jeunes. C'était une ruse pour les amadouer sans offrir le respect qu'il semblait vouloir convoyer. Elle ne lui répondit pas et se contenta de détourner le regard. Arakélon en fit autant et s'adressa à moi.

— J'ai fait le tour du campement. Beaucoup se demandent ce que tu prépares.

— Ce que je prépare ?

— Les gens fatiguent. On peut marcher, faire des pauses, marcher à nouveau, mais s'ils ne trouvent pas un but, nous finirons par les perdre.

— Pourquoi nous ont-ils suivis jusqu'ici ? demanda Felyn.

— L'histoire de ta rencontre avec la Baleine-Miroir, Yadalith, a fait le tour des voyageurs. Plusieurs fois. Il semblerait que cela les ait portés.

— Je ne suis pas sûre de comprendre, rétorquai-je.

— Ils s'imaginent tous qu'elle t'a transmis un message, ou quelque chose de la sorte. Que tu te diriges vers un point précis, supposa Fydjor entre deux bouchées.

— En vérité, reprit Arakélon, je pense qu'ils espèrent pouvoir eux aussi l'apercevoir. Était-ce ton intention, Yadalith ? Mener ton peuple jusqu'à elle ?

Je me levai, pensive, et m'éloignai du foyer. Mon Ami le chameau dormait paisiblement contre notre tente, à côté de l'Amie de Baris. Derrière eux, des feux épars éclairaient les visages éreintés de mes camarades. Certains étaient pendus aux lèvres de leur conteur tandis que j'essayais d'imaginer quelle histoire les animait. Je revins m'asseoir contre Baris et soupirai.

— Je dois admettre que tu as raison, Arakélon. Sans le vouloir, j'ai utilisé mon histoire pour les fidéliser. J'ai sûrement eu tort, car s'il y a bien une chose sur laquelle il ne faut pas compter, c'est l'apparition de la Baleine-Miroir.

— Et pourquoi donc ? demanda Felyn.

À Bakarya, elle m'avait confié l'avoir aperçue, bien des années avant notre rencontre, et n'avoir jamais cessé d'y penser depuis. Felyn était animée par une telle mélancolie à l'évocation de la Baleine que j'en étais peinée. Pourtant, elle était la seule humaine à ma connaissance qui avait eu la même expérience que moi avec le cétacé. Ce lien nous unissait avec force.

— Tu le sais aussi bien que moi, Felyn. Nos attentes ne peuvent jamais être satisfaites. La Baleine-Miroir n'apparaît qu'à celui ou celle qui ne l'attend pas.

— Ce n'est qu'une supposition.

— Felyn a peut-être raison, ajouta Fyona. Ne penses-tu pas

qu'il soit possible que la Baleine t'ait réellement transmis un message ? Peut-être l'a-t-elle gravé dans ton intuition, peut-être nous guide-t-elle sans que tu t'en rendes compte. Et s'il y avait quelque chose, au bout de ce chemin ?

Je ne dis rien, stupéfaite. Fyona s'exprimait rarement et, pour être parfaitement honnête, c'était la première fois que je l'entendais dire quelque chose d'aussi pertinent. J'ignorais où nous allions, j'ignorais ce que nous cherchions, et d'une manière ou d'une autre, la Baleine-Miroir avait mis sur notre chemin les chameaux des Hauts-Plateaux, connus pour faire partie de ses Messagers.

— Quand bien même il se trouverait quelque chose au bout du chemin, reprit Arakélon, cette simple promesse sans garantie ne va sûrement pas suffire à insuffler plus d'énergie à nos troupes. Il faut trouver autre chose. Tu m'entends, Yadalith ?

J'avais laissé mes yeux se perdre dans les flammes. Tous me regardaient avec intensité. J'avais parfois envie de les fustiger, lorsqu'ils agissaient ainsi. La Baleine-Miroir m'avait peut-être transmis quelque chose, mais j'ignorais quoi, et ce n'était sûrement pas l'allure d'une meneuse. Je me tournai vers Baris, certaine qu'elle saurait quoi dire, et me demandai à nouveau pourquoi ce n'était pas à elle qu'on posait toutes ces questions, puisque j'étais manifestement incapable d'y répondre. Elle m'adressa un sourire fatigué et me serra contre elle.

— Nous finirons bien par trouver, dit-elle d'une voix grave.

Si la nuit peut porter conseil, ce n'est sûrement pas la fatigue qui résoudra nos soucis.

— Tu as raison. Nous n'avons qu'à instaurer un jour de repos demain, suggérai-je. Cela nous laissera le temps de réfléchir, et nous verrons bien.

Je me levai et suivis Baris jusqu'à notre tente où nous nous glissâmes sous la couverture sans perdre de temps. D'un côté, j'entendais le ronflement paisible des chameaux. De l'autre, mes compagnons remuaient leurs affaires et chuchotaient des paroles inaudibles. À travers la toile, j'observai le feu mourir.

— Yud... murmura Baris.

Auprès de tous, y compris de ceux qui nous avaient connues sous nos pseudonymes, nous étions Yadalith et Boréalis, mais entre nous, ces noms sonnaient trop pompeux. J'étais encore la timide Yud et elle était la facétieuse Baris. Nos nez s'effleuraient et nos souffles se croisaient.

— J'ai peut-être une idée, ajouta-t-elle.

— Pourquoi ne pas l'avoir dit devant les autres ?

— Je préfère savoir ce que tu en penses d'abord.

— Dis-moi.

— Si c'est bien la Baleine-Miroir qui t'a poussée à quitter la Torieka, puis gravir la Porte des Jumeaux et te servir du signeur...

— Je ne sais pas si j'ai fait ça grâce à elle...

— Laisse-moi terminer. Si c'est elle qui nous a mis sur le chemin des chameaux, et s'ils accomplissent leur devoir de

Messagers en nous accompagnant, alors il y a fort à parier qu'ils pourraient nous aider davantage pour motiver les troupes, tu ne crois pas ?

Je la regardais, dubitative. Les chameaux étaient d'une compagnie charmante, et leur regard quasiment humain était déconcertant, mais ils n'étaient pas pour autant doués de parole. Malgré tout, je hochai la tête.

— Tu trouves ça idiot, n'est-ce pas ? Oublie ce que je viens de dire.

Elle balaya ses mots d'un geste de la main et fit mine de s'endormir.

— Non, c'est bien loin d'être idiot. Mais peut-être n'est-ce que le début d'une idée. Ne l'abandonne pas si vite.

Elle rouvrit les yeux.

— Même si tu étais idiote, Baris, tu ne devrais pas t'empêcher d'avoir des idées. Les plus grandes découvertes et les inventions les plus spectaculaires sont toutes parties d'une idée qui semblait absurde.

Elle ne répondit rien mais je vis à son sourire en coin qu'elle comprenait. Je l'embrassai et, alors que les flammes s'effaçaient complètement, on s'endormit, blottie l'une contre l'autre.

Au petit matin, le soleil était assez bas pour diffuser ses rayons sous les branchages. Quelques braises entretenues durant la nuit crépitaient encore. On entendait les oiseaux chantonner gaiement. Autour de nous, tous s'activaient pour enrouler les tentes et lever le camp. Étonnée, je fronçai les sourcils. Je pensais qu'Arakélon avait transmis mon ordre d'instaurer un jour de repos.

Souris et les autres enfants chômaient, trop occupés à s'amuser avec leurs Amis les chameaux. Ils entretenaient des relations parfaitement singulières avec les animaux, comme si le rapprochement physique entre eux n'avait rien d'audacieux. Souris s'agrippait aux poils de son Ami et le laissait mener la danse : elle levait les pieds en l'air, balancée d'un côté puis de l'autre tandis que le chamelon trottinait entre les squelettes des tentes. Mon Ami les regardait avec amusement. Je m'en approchai et fis courir mes doigts dans sa toison brune. Un de ses yeux humains vagabonda jusqu'à moi, l'air de rien, et je crus percevoir la trace d'un sourire. Ses babines n'avaient pourtant pas frémi.

La fourrure du chameau des Hauts-Plateaux était épaisse et dense, rêche à certains endroits que le vent malmenait, et incroyablement douce à d'autres : juste sous son menton, au creux de ses bosses et au coin de ses oreilles.

— Dis-moi, murmurai-je à son oreille en caressant sa bosse avant, comment fais-tu pour mener les tiens ? Pourquoi t'ont-ils suivi à ma rencontre ? Dis-moi, mon Ami, par quelle simplicité ton espèce vit-elle ?

Je ne lui avais jamais adressé la parole. En bien des points, s'adresser à un animal avec des mots avait tout d'absurde. Et même si son regard avait quelque chose d'humain, cela s'arrêtait là. Il me fixa un court instant puis détourna la tête, ignorant mon interrogation. Chaque espèce avait son propre langage, je ne pouvais m'attendre à recevoir une réponse de sa part.

Je laissai mes doigts retomber alors que l'animal s'en allait brouter un peu plus loin. Il arracha une grosse touffe de mousse verte avec sa langue noire et rumina quelques instants, le regard dans le vide. Sous la mousse, une multitude d'insectes fourmillaient sur la roche sombre et s'enfonçaient dans des cavités pour ressortir un peu plus loin.

Je sentis la main de Baris se poser sur mon épaule.

— Le camp est levé, nous pouvons reprendre la route, me dit-elle.

Autour de moi, les voyageurs avaient le regard las, et leurs mouvements reflétaient leur fatigue. J'allais suivre Baris quand une pensée me retint.

— Que se passe-t-il ? demandai-je. Pourquoi avons-nous levé le camp ? J'ai requis une journée de repos pour aujourd'hui.

Baris me regarda d'un air stupéfait.

— Tu as changé d'avis. Tu as donné l'ordre ce matin de tout ranger. Tu as dit qu'il n'y avait pas de temps à perdre.

— Je n'ai rien dit de tout ça ! Qu'est-ce que c'est que ces histoires ?

— Arakélon...

Elle hésita et je vis l'homme passer en hâte sans faire attention à moi. Il donnait des ordres dans tous les sens pour organiser la procession. Visiblement, tout le monde était persuadé qu'il fallait repartir. Il était trop tard pour stopper cet élan. Il faudrait attendre le lendemain pour un jour de repos... si je ne changeais pas subitement d'avis à nouveau. Alors que le cortège se formait, je vis Arakélon en prendre la tête. J'enfilai ma cape rouge, attrapai mon sac à dos et le rejoignis au pas de course.

— Arakélon !

Je dus répéter son nom plus fort. Quand il se retourna, il arborait un air presque agacé.

— Est-ce que c'est toi qui as dit à tout le monde que j'avais changé d'avis ?

— Quoi ? Oui, moi, Felyn et Fydjor, comme tu nous l'as demandé.

— Comme je vous l'ai demandé ?

— Oui, ce matin.

Il prit un air intrigué, et je me rendis compte que les voyageurs qui nous entouraient faisaient de même. M'exprimer avec tant de fougue ne pourrait certainement pas leur rendre foi en ma mission, quelle qu'elle fût. Je pris quelques inspirations pour laisser à mon corps le temps de se détendre et mis en revue les différentes possibilités. Soit j'étais amnésique, soit ce n'était pas vraiment moi qui avais parlé. Peut-être était-ce une entité étrangère, ou bien une entité amie. Machinalement, j'orientai mon regard vers le ciel.

5
Coda et l'épreuve

La silhouette nauséeuse de Dantilus s'étendait sur la gauche de Coda. Ses pieds s'enfonçaient à chaque enjambée dans la vase des marécages qu'elle traversait. La plupart des candidats, y compris Monouï, avaient fait le choix d'un détour pour éviter de s'épuiser ainsi. D'autres, aussi téméraires que la jeune fille, barbotaient devant et derrière elle. Certains, découragés, s'asseyaient sur un tronc mort. Coda avait réfléchi à son itinéraire toutes les nuits, conscientes que le retard qu'elle prendrait dans la forêt devait être rattrapé à la moindre occasion. Déjà, elle voyait l'épaisse végétation de la jungle se dessiner devant elle, mais elle n'en percevait que les contours tant sa vision lui faisait défaut. Elle repensa avec nostalgie aux journées passées sur le belvédère de la Cité Rocheuse avec Pinaille, Pandore et ses autres amis cascadiens, elle n'avait alors aucun mal à discerner les baleines à bosse et les navires étrangers sur l'océan, loin en contrebas. Ce temps était révolu, elle n'avait pas besoin de sa médiocre vision pour le lui prouver. Et tant qu'elle était toujours capable de mettre un pied devant l'autre sans trébucher, il n'y avait pas lieu de s'inquiéter.

La vase laissa place à une terre plus stable, légèrement boueuse. Puis les pousses vertes se multiplièrent sous ses pieds. Les racines se mirent à serpenter sur un semblant de sentier, forçant Coda à lever les genoux pour ne pas trébucher. Elle était quasiment seule après avoir distancé les autres coureurs dans le marécage. Elle se demanda si Monouï et Pandore étaient derrière elle, toujours retardés par leur détour au sec, ou bien si la partie était déjà fichue pour elle. Une branche lui cingla le visage et la ramena à sa course.

Elle frotta sa joue endolorie et garda les mains levées devant elle pour éviter une autre blessure. Très vite, elle dut ralentir le rythme. La jungle n'avait pas poussé en tenant compte des petits humains qui viendraient courir entre ses racines. Les arbres se juxtaposaient, certains s'embrassaient, d'autres s'enlaçaient. Les lianes allaient d'une branche à l'autre, jusqu'au sol où elles s'empêtraient dans les arbustes qui se multipliaient, irrigués par l'humidité ambiante et les innombrables petits ruisseaux dans lesquels Coda n'arrêtait pas de mettre les pieds. Même le sol qui semblait stable et vierge était en fait recouvert d'une mousse humide, aussi molle qu'une éponge dans laquelle ses chaussures s'enfonçaient.

Elle avançait ainsi à tâtons, ne discernant que les nuances de vert parmi cet agrégat végétal. Très vite, sa marche lui donna mal au crâne et son agacement ne fit que redoubler lorsqu'elle entendit d'autres halètements essoufflés dans son dos. Elle n'osa pas se retourner – elle n'aurait de toute façon pas pu reconnaître la silhouette – mais se douta que la fillette dont elle redoutait la performance était sur ses pas.

Elle se remit à courir, ignorant les branches qui cinglaient ses joues, et se releva sans ménagement à chaque fois qu'elle trébucha sur des racines. Elle puisa en elle une force dont elle n'imaginait pas l'existence jusqu'alors, et se laissa guider par les rares rayons du soleil qui s'immisçaient dans la végétation en frappant le sol à l'oblique. Quand ces faisceaux dorés se multiplièrent, elle sut que la densité végétale faiblissait : elle atteignait donc le ravin de la Luée et l'air libre.

Des adultes étaient positionnés le long du ravin. Quatre cordes tendues menaient au côté opposé. Coda se précipita vers celle qui semblait la plus courte. Elle laissa l'encadrant qui se trouvait là l'équiper d'un harnais pour assurer sa sécurité. Il n'était pas bien rapide, mais il n'était pas question de prendre des risques idiots sur cette étape. Monouï surgit de la forêt juste après Coda et prit position devant une autre corde. Coda se laissa choir dans son baudrier, les jambes dans le vide, le câble grinçant au-dessus de sa tête. Elle l'agrippa et se tira en arrière. Alors qu'elle s'éloignait de la falaise, elle vit quelques enfants surgir à leur tour de la jungle et se mettre en position. Certains devraient patienter. Seuls quatre participants pouvaient traverser à la fois. Monouï avançait le long de sa corde sans effort, tirant son minuscule corps de ses mains vigoureuses. Mais Coda ne la craignait plus. Ses muscles étaient plus développés que ceux de la fillette.

La poulie de métal faisait de grands bonds à chaque fois qu'elle tirait sur ses bras. Happée par l'action, elle ne pensait même pas à regarder en bas où le torrent rugissait. L'adrénaline la maintenait concentrée. Monouï la talonnait mais elle commit une erreur : elle laissa ses yeux tomber dans le gouffre et se mit à trembler, ralentissant l'allure. Coda sourit malgré elle.

Ses pieds heurtèrent la roche de la falaise opposée. Elle laissa un autre adulte la décharger du baudrier, et lorsqu'elle reprit la route, Monouï n'avait toujours pas terminé la traversée. D'autres concurrents, en revanche, la talonnaient après avoir dépassé la fillette en panique dans le vide. *Peu importe*, pensa-t-elle, *je totaliserai de toute façon plus de points qu'eux. À moi la victoire !* Elle irradiait de satisfaction pour avoir choisi la traversée des marécages. Son plan avait judicieusement fonctionné ! Passé l'étape d'agilité qui aurait pu l'éprouver, elle savait qu'il ne restait plus qu'à donner ses dernières forces pour rejoindre le chemin rouge et courir sans s'arrêter jusqu'à la ligne d'arrivée.

Elle apercevait déjà la foule rassemblée devant l'auberge du Croque. Coda était assoiffée, mais rien ne l'arrêterait ni ne la découragerait, pas même les pas précipités derrière elle qui tentaient vainement de la rattraper. *À moi les trois cents pièces de cuivre.* Soit trois pièces d'argent, sur les dix qu'elle et Pandore avaient accumulées au cours des deux dernières années passées à travailler pour le Croque. Dix pièces qui leur achèteraient un retour vers Cascade à bord d'une goélette. Elle s'imaginait déjà raconter à sa mère et à sa grand-mère comment elle avait survolé trois des quatre épreuves, et comment la simple pensée de retrouver sa famille l'avait portée jusqu'à la ligne d'arrivée. Elle saurait se donner en spectacle et les faire rire. Elle leur raconterait en détail tout ce qu'elle avait fait ces deux dernières années, afin qu'elles n'en perdent pas une miette. Ce serait alors comme si sa disparition n'était jamais arrivée. Certaines choses la lui rappelleraient, évidemment. Pinaille était partie avec les pirates et la plupart des autres enfants. Nélius et les plus petits qui étaient partis avec lui n'avaient peut-être pas encore rejoint Cascade. Qui sait où ils pouvaient bien être...

Ce fut sous une pluie d'applaudissement que Coda franchit la ligne d'arrivée. On fit pleuvoir des plumes de toutes les couleurs au-dessus de sa tête. On lui passa une médaille bosselée autour du coup et on lui serra la main à de multiples reprises. Elle put à peine relever la tête pour voir qui arrivait derrière elle, mais cela n'avait plus franchement d'importance. Sa gloire était là, elle se devait d'en profiter, après ces mois d'entraînement, et avant son grand départ. Elle se doutait qu'une fois revenue à la Cité Rocheuse, elle ne quitterait plus jamais Cascade.

— Félicitation, Coda ! s'exclama Monouï en s'approchant d'elle.

Elles se serrèrent la main.

— Tu m'as donné un sacré fil à retordre, répondit Coda.

Monouï sourit, flattée. Sa défaite lui importait peu. Elle sautilla vers ses parents qui irradiaient de fierté. Les minutes et les félicitations se succédèrent. Toutes sortes de personnes qu'elle n'avait qu'entraperçues auparavant – certains clients de l'auberge, et même quelques émissaires de Dantilus – se succédèrent pour lui serrer la main. Elle était la championne des Faux-Rêves. La soirée serait festive et elle devait se préparer à en être le centre de l'attention.

Alors que la plupart des concurrents franchissaient la ligne d'arrivée, elle balaya l'assemblée du regard à la recherche de Pandore. Il était performant, il n'aurait pas dû arriver parmi les derniers, et pourtant il n'était toujours pas là. Coda s'extirpa de la poigne d'un énième spectateur pour rejoindre Monouï.

— T'as pas vu Pandore ? Vous avez pris le même sentier en début de course. S'est-il blessé ?

— Pandore ? Le garçon aux cheveux noirs qui est toujours avec toi ?

— Oui, il a des taches de rousseur.

— Il était avec nous, je crois. Mais j'étais en tête, alors je sais pas trop ce qui s'est passé derrière moi.

Coda la remercia rapidement et s'en alla interroger les autres participants qui avaient dû courir aux côtés du garçon. Il était entré dans la jungle mais aucun ne l'avait vu en sortir. Le sang de Coda ne fit qu'un tour. Elle avait beau être épuisée par sa course, elle était prête à se remettre à courir pour retrouver son ami. L'orateur des Faux-Rêves l'arrêta :

— Qu'est-ce que tu fais ? La cérémonie de remise du prix va bientôt commencer, et après tu vas devoir assister aux festivités.

Elle observa l'adolescent sans savoir quoi dire. Le nom de Pandore franchit ses lèvres mais le garçon n'eut pas l'air de s'y intéresser. Il la tira vers le milieu de la foule où trônait un podium et la hissa en haut. De là, elle avait une vue imprenable sur les centaines de têtes qui l'entouraient. Pandore demeurait introuvable.

Le massif Croque lui fit signe et, chose extraordinaire : il souriait. Il lui arrivait parfois d'esquisser un rictus, mais jamais une telle satisfaction. Coda paniqua : comment pouvait-il sourire, comment pouvaient-ils tous discuter et festoyer alors qu'un enfant avait disparu ?

Elle parvenait à peine à réfléchir et sentit seulement son poing se refermer sur une bourse pesante. Les trois cents pièces de cuivre promises étaient là, entre ses mains, et autour d'elle, on applaudissait.

— Un discours ! cria-t-on. Un discours !

L'orateur réclama le silence d'un mouvement de bras et fit signe à Coda. Elle avait imaginé cet instant à de nombreuses reprises. Elle avait prévu de parler de son histoire : de sa mère, Veda, et de sa grand-mère Tavik, de la Cité Rocheuse et des pirates. Elle devait annoncer leur départ prochain. Elle avait imaginé le regard plein d'espoir et de fierté de la part de celui qu'elle considérait désormais comme un frère. Elle s'était dit que l'auditoire serait ému par ses paroles. Ce devait être un jour parfait, imbriqué dans un enchaînement d'événements douloureux mais qui, finalement, la ramènerait là où elle avait sa place. Seulement voilà, les mots restèrent coincés dans sa gorge.

— Pandore... murmura-t-elle. Où est Pandore ? On ne peut pas célébrer tant qu'il est pas arrivé !

Elle bondit au bas du promontoire et se précipita vers le Croque. Alors, elle put enfin donner de la voix comme elle le souhaitait.

— Pandore n'est pas revenu ! Il lui est arrivé quelque chose ! Il faut aller le chercher.

Elle fourra la bourse entre les grosses pattes calleuses de l'aubergiste et s'élança à travers la foule. Elle se mit à courir aussi vite que possible le long du chemin rouge.

En dépassant la stèle quasi centenaire qui marquait le passage de Yadalith, elle bifurqua à droite vers la jungle qui bordait Dantilus au nord-est. Le chemin le plus court devait lui faire traverser la ville. Elle n'y avait encore jamais mis les pieds, elle était assurée de s'y perdre. Mais cette idée ne l'arrêta pas. *Il me suffit d'aller en ligne droite jusqu'à la jungle*, songea-t-elle. Elle avait traversé de grandes villes auparavant, elle n'en avait plus peur.

Dantilus était une métropole au fourmillement incessant. Elle dépassait en taille Cascade, Bec-à-l'Aigle et Canal-Azur réunies, enfin du moins d'après le regard de l'enfant de douze ans qu'était Coda. Les habitants de la Périphérie en restaient aussi loin que possible. Par opposition, les citadins n'osaient pas s'approcher de la Périphérie pour autre chose que rejoindre la route d'Yadalith qui la traversait. Il s'agissait là d'un accord tacite entre les deux populations. Alors, quand Coda mit un pied dans la cité, personne ne fit attention à elle. On la bouscula et on l'ignora comme on le faisait pour chaque enfant errant dans la rue. Peu lui importait la gêne qu'elle occasionnait. Elle courut entre les passants en ignorant leurs grondements, traversa les rues sans prêter attention aux passages des chariots et des calèches.

Ses jambes ankylosées la faisaient souffrir. Ses mollets étaient encore tachés de boue séchée. Mais, désorientée par les rues qui s'entrecroisaient dans une logique qui dépassait son entendement, et constamment bousculée par les adultes, elle se retrouva vite perdue, incapable de jeter un œil par-dessus les têtes qui grouillaient autour d'elle. Elle s'approcha d'une charrette pleine de pommes de terre, attelée à deux bœufs au poil bouclé, se hissa dans la remorque, en haut de la pile de tubercules, et put enfin avoir une vue d'ensemble. N'y avait-il pas une rue dans cette maudite ville qui n'était pas aussi irrespirable ? Coda n'imaginait pas qu'on puisse être autant à vivre au même endroit.

Elle sentit sa poitrine de refermer, sa respiration hésiter. Elle pouvait entendre son cœur battre à tout rompre dans ses oreilles. Elle vacilla et dégringola au bas de la pile de patates.

Elle voulut se mettre à pleurer, mais n'y parvint pas. Autour d'elle, le flot continu de passants ne cessait d'aller et venir en l'ignorant. *À la Cité Rocheuse, on s'arrêtait toujours quand on voyait un enfant pleurer. Tous les adultes venaient à son secours. Pourquoi ceux-là ne me voient-ils pas ?* Elle se sentit disparaître, enveloppée dans un voile qui la rendait invisible. Elle ne pensait même plus à Pandore. À cet instant, elle ne souhaitait qu'une chose : se faire bercer dans les bras de sa mère, l'entendre lui raconter une histoire – celle de la fontaine aux papillons étant sa préférée. Coda ferma les yeux, fit abstraction du vacarme de la rue et se laissa transporter à Cascade où l'air n'était pas si étouffant. Là où le vent soufflait entre les blocs de pierre qui constituaient les maisonnettes circulaires, pour venir caresser les enfants agités par de mauvais rêves, et les ramener à la réalité en douceur. Là-bas, où l'air avait un goût salé, et où le soleil ne connaissait aucun obstacle.

— Hé ! s'exclama une voix qui sortit Coda de sa léthargie.

Elle ouvrit les yeux et tomba au bas de la charrette, à quatre pattes. Devant elle, se tenait, les mains sur les hanches, une adolescente aux cheveux bouclés et au regard d'un vert étincelant.

— Regarde un peu l'état de mon chargement, qui va ramasser ces patates ?

Une vingtaine de tubercules s'étaient répandues au sol, certains, ayant roulé jusqu'aux passants, n'avaient pas survécu à leur passage.

— Je suis désolée, vraiment désolée ! s'excusa Coda, dans la confusion.

L'adolescente l'aida à se relever et l'enfant remarqua une chose étrange sur son visage. Malgré ses protestations, elle ne semblait pas vraiment en colère. Elles se mirent à ramasser les pommes de terre ensemble et, alors que Coda s'apprêtait à repartir à la recherche de Pandore, l'adolescente l'en empêcha.

— Ne t'en va pas ! Je ne pourrai pas te retrouver, sinon.

— Me retrouver ? Comment ça ? Quoi... à cause de ces patates ? Je t'ai dit que j'étais désolée. Je peux pas rester, mon ami a disparu.

— Oui, je sais, Pandore. Je vais t'aider à le retrouver.

— Co... comment connais-tu son nom ? Tu l'as vu ? Tu le connais ?

L'adolescente secoua la tête, le regard fuyant.

— Non... tu as bafouillé son nom dans ton sommeil.

— Mon sommeil ? Je ne dormais pas.

La fille ne l'écoutait plus, elle la tira par la main vers l'échoppe qui jouxtait la charrette. À l'intérieur, on avait à peine la place de tenir à trois. Le boutiquier, assis derrière le guichet, lisait un journal, indifférent. Ses étals étaient remplis de petites sculptures en verre. Coda osait à peine bouger, de peur de heurter la moindre figurine et d'entraîner une réaction en chaîne. Elle eut à peine le temps de réfléchir que la mystérieuse jeune fille l'entraînait déjà vers une porte en bois. Elles débouchèrent sur ce qui aurait dû être une arrière-boutique. Sauf qu'il n'y avait là ni outils ni réserves, seulement des couchettes allant du sol au plafond par rangées de quatre. Quelques unes d'entre elles étaient occupées par de jeunes personnes. Certaines somnolaient tandis que d'autres lisaient. L'adolescente la fit asseoir sur une couchette et lui mit une chope remplie d'un jus douteux entre les mains.

— N'aie crainte, lui assura-t-elle, c'est du jus de pastèque, plein de sucre. Ça va te faire du bien. Dantilus t'a bien eue, on dirait. C'est toujours impressionnant la première fois.

Coda but une gorgée et sentit son gosier irradier d'un agréable picotement.

— Où est Pandore ?

— Je ne sais pas.

Un des occupants ne put s'empêcher de glousser.

— Où est Pandore ! explosa Coda en se levant soudainement, se cognant la tête sur la couche du dessus.

— Hé ! Pas la peine de faire tout ce grabuge ! fit le gamin qui créchait là-haut.

— Détends-toi, Coda, tu es en sécurité ici.

Cette fois, c'en était trop. Comment connaissait-elle son prénom ? Elle ne s'était pas encore présentée.

— Tu sais où il est.

— C'est plus compliqué que ça.

— Il semble que tu saches beaucoup de choses.

Deuxième gloussement de la part de l'adolescent, que Coda ignora en soufflant du nez.

— Dis-moi au moins ton nom, exigea-t-elle.

— Tu peux m'appeler Cal.

— Et bien, Cal, je n'ai pas besoin de sécurité. Je dois seulement retrouver mon ami et rentrer chez moi.

Cal s'assit à côté de Coda en soupirant, cherchant visiblement ses mots.

— Il est dangereux pour toi de sortir, pour le moment. La ville est pleine de harpies en tout genre. Les enfants abandonnés comme toi n'y sont pas en sécurité. Ceux qui s'en sont pris à Pandore pourraient en vouloir après toi.

— Ceux qui…

Coda crut comprendre, sans pouvoir l'admettre.

— Qui es-tu ? demanda-t-elle seulement. Comment sais-tu…

— Tu l'as dit toi-même, je sais beaucoup de choses. Si tu me fais confiance, je peux te garantir que nous retrouverons ton ami. Mais nous devons être prudentes, sans quoi son cas pourrait s'aggraver.

— Ce sont les pirates, n'est-ce pas ?

— Les pirates ? fit le garçon qui les écoutait, intrigué.

— Les chasseurs de baleine, précisa Coda dans un murmure presque inaudible.

Cal ne répondit rien. Elle prit la chope vide des mains de Coda et s'en alla dans une troisième pièce. L'enfant l'entendit ouvrir un robinet et remuer la vaisselle. Le garçon bondit de sa couchette et s'approcha d'elle. Il avait une allure dégingandée, comme si ses membres étaient trop longs pour son corps. Son visage était criblé d'acné, et ses cheveux, un poil trop longs, recouvraient son front. Il avait l'air à peine plus âgé que Cal, quinze ou seize ans, au maximum.

— Les chasseurs de baleine en ont après toi, petite ?

Coda remua machinalement la bague de lapis-lazuli qu'elle avait autour de l'index.

— Je crois bien.

— Eh bien voilà qui n'est pas banal. Nous fuyons tous quelque chose, ici, mais je n'avais encore jamais rencontré quiconque fuyant des chasseurs de baleine. Que leur as-tu fait ?

— Rien du tout ! Ils veulent que je les aide à attraper la Baleine-Miroir.

— Et dis-moi, comment une fillette comme toi pourrait-elle les aider à faire ça ? Oh ! (Son regard s'illumina) Je vois... Alors, tu as vu la créature de tes propres yeux ?

Coda hocha timidement la tête.

— De quoi avait-elle l'air ? Est-elle aussi grosse qu'on le dit ? Complètement recouverte de miroir ? Et sa mélodie ? As-tu entendu sa mélodie ?

— Elle était bien plus grosse qu'on le dit, complètement couverte de miroir. Sa mélodie... C'était pas un chant, c'était un appel.

Depuis la cuisine, Cal écoutait discrètement la conversation, l'air résolument inquiet.

— Que fuis-tu, toi ? demanda Coda au garçon.

— Une famille d'idiots ! Enfin, je ne les fuis pas vraiment puisqu'ils ne sont même pas à ma recherche. Je suis bien mieux sans eux.

Coda ne pouvait imaginer pareille affirmation, elle qui ne désirait que sa famille.

— Et Cal, que fuit-elle ?

— Elle ne s'en souvient pas.

— C'est-à-dire ?

— C'est une mémoire inversée.

Coda n'en revenait pas. Elle avait entendu parler de ces gens-là, sans imaginer qu'ils existaient vraiment.

— Si tu lui demandes ce que tu lui as dit il y a dix minutes, elle sera incapable de te répondre, expliqua-t-il. Elle n'a pas de mémoire du passé. En revanche, si tu veux savoir ce qu'il va arriver dans dix minutes… Eh bien, elle ne te le dira pas, car elle refuse toujours de dévoiler le futur, aussi petit soit-il. Mais elle n'aura jamais l'air surprise par quoi que ce soit, crois-moi. Elle se souvient de l'avenir.

Coda laissa ses yeux dériver vers le débarras où Cal continuait de faire la vaisselle, l'air de rien. Sans pouvoir le contrôler, un sentiment de méfiance naquit en elle. Comment faire confiance à quelqu'un qui savait déjà… tout ? Elles n'étaient pas sur un pied d'égalité, et cela ne présageait rien de bon.

6
Yud dans le Tir

La terre fragmentée était une contrée dont beaucoup de contes parlaient. Dans chacun des villages qu'on avait traversés depuis Valésya, il en était question. Comme beaucoup d'histoires, je pensais que ce n'était qu'un mythe folklorique pour se donner du courage. Une ancienne m'avait expliqué qu'en marchant assez loin vers l'ouest, la roche se mettrait à flotter et, peu à peu, les nuages se loveraient dans les vallées.

Je ne pouvais pas motiver les marcheurs en utilisant la Baleine-Miroir, puisque j'étais persuadée qu'elle n'avait plus son rôle à jouer dans notre histoire, mais l'attente d'un paysage duveteux comme celui-ci pouvait suffire.

— Nous allons transmettre la parole aérienne, déclarai-je.

Cela faisait une éternité que nous n'avions rencontré personne.

— À qui pouvons-nous bien la transmettre ? me demanda-t-on.

— Il faut aller au bout du monde pour s'assurer de n'oublier personne, répondis-je.

Transmettre des histoires, voilà qui ne motivait pas tout le monde. Arakélon s'intéressait peu à cet art. J'ignorais l'intérêt de sa présence parmi nous, mais il était bien libre de faire ce qu'il voulait. Comme lui, certains n'étaient venus que pour l'épreuve de la marche, la découverte et l'exploration, curieux d'atteindre les confins du monde connu. C'était une motivation honorable, tant qu'elle ne perturbait pas les territoires que nous traversions.

— La terre fragmentée porte un nom, m'avait expliqué l'ancienne d'une voix de crécelle. C'est le Tir. Si vous dénichez les Tirons, dites-leur que mon arrière-arrière-arrière-grand-mère les salue.

Voilà ceux après qui nous étions, et pendant quelques semaines, cela suffit à remotiver les troupes. Les Tirons devaient exister, ou avoir existé. Nous les trouverions, ou bien nous trouverions leurs traces. S'il y avait des humains si loin à l'ouest, sur un territoire flottant au-dessus des nuages lestes, alors ils devaient détenir des histoires intéressantes à nous transmettre. Eux-mêmes pouvaient-ils imaginer notre existence ? Quel nom portions-nous dans leur jargon ?

— Les chameliers, suggéra pensivement Felyn.

Notre cortège était devenu indissociable de nos Amis. Après notre passage, certains voyageurs plantaient des stèles de pierre peintes en rouge. Quand je les avais questionnés à ce sujet, ils m'avaient dévisagée de la tête aux pieds.

— Il s'agit de votre couleur, Yadalith.

L'air s'était rafraîchi depuis que nous avions quitté la forêt au toit imperméable. Je n'allais nulle part sans mon manteau rouge qui tombait lourdement juste au-dessus de mes chevilles. Ses broderies dorées reflétaient le soleil couchant à chaque crépuscule. À ma gauche, marchait mon Ami brun, et à ma droite, Boréalis et son Amie blanche. Derrière nous, s'étalait la chamellerie rouge composée de trois cents chameliers et de leurs Amis. Avant même d'imaginer les Tirons, j'imaginai leur réaction à la vue d'une assemblée si hétéroclite. Aux confins du monde, ils ne devaient pas recevoir beaucoup de visiteurs.

Si la terre fragmentée existait bel et bien, et si le Tir n'était composé que d'îlots rocheux flottant à la surface d'une mer de nuages, nous nous en rapprochions. Nous avions laissé les bois derrière nous et le relief se faisait plus irrégulier. Il fallut faire preuve d'agilité pour descendre de petites ravines rocailleuses, et les efforts nous amenèrent en altitude. Le brouillard masquait notre chemin la plupart du temps. Nous avancions en accordant une timide confiance aux minces rayons du soleil qui filtraient à travers l'écran gris. Lorsqu'il était à son zénith, la brume s'éparpillait momentanément. Nous devions rester serrés pour ne pas nous perdre. Les Amis s'éloignaient parfois mais réussissaient toujours à nous rejoindre, comme s'ils se laissaient guider par un sens dont nous autres humains ne disposions pas.

Après cinq jours d'une marche lente et hésitante, le brouillard se dissipa. J'avançais en tête, comme toujours, sans prêter attention aux ampoules qui écorchaient mes pieds. Nous traversions une chaîne de petites montagnes vertes. Les nuages alourdis par la pluie flottaient paisiblement en contrebas. Le soleil brillait avec puissance et le ciel d'un bleu tranchant nous englobait presque entièrement.

Mon Ami le chameau marchait derrière moi. Fatiguée de mettre mes mains en visière pour me protéger du soleil, je gardais mon regard rivé sur le chemin. Depuis peu, j'avais remarqué l'esquisse d'un sentier. Le long de cette crête, la verdure s'écartait par endroits pour laisser place au gravier sur une maigre largeur. S'il y avait une présence humaine ici, nous en étions proches, il allait sans dire.

Par moments, je levais la tête pour me repérer, bifurquer si besoin, ou ralentir si je constatais le reste des chameliers à la traîne. Ce faisant, je vis sur ma droite, en contrebas de l'autre côté du tapis de nuages, une ombre se manifester. Mais le temps que mes yeux s'habituent à la lumière, elle avait disparu. Je ne bougeai pas, me concentrai un instant et, ne voyant rien, repris mon chemin, sur mes gardes. Un peu plus tard, l'ombre réapparut. Je la vis clairement, cette fois-ci, mais je fus incapable de distinguer sa forme. Chose étrange, nous n'avions aperçu aucun animal ces derniers jours, hormis des oiseaux. Ce que je discernais devant nous était incontestablement un être terrestre, l'ombre étant trop large pour appartenir à un quelconque volatile. Après de plus amples observations, je réalisai que la silhouette, bipède, nous suivait depuis son pic. Plus loin devant moi, la crête formait un arc de cercle et rejoignait cette montagne. Je voulais m'y aventurer mais le sentier était si mince à cet endroit, plongeant d'un côté comme de l'autre dans le vide, que je ne pouvais y emmener la chamellerie. Je m'arrêtai et montrai l'individu à Baris.

— Tu crois que c'est une personne ? demanda-t-elle.

— Une personne, je ne sais pas, mais pour sûr, un drôle d'animal. J'aimerais m'approcher.

Elle suivit mon regard et je vis ses yeux s'arrondir d'effroi en constatant l'étroitesse du passage qui menait vers la montagne opposée.

— Tu es folle ?

— Non, je veux laisser la chamellerie ici. J'irai seule.

— N'y va pas seule, Yud. On ne sait pas ce qui pourrait t'attendre là-bas.

— Mon Ami viendra avec moi.

— Emmène quelqu'un d'humain.

Je me retournai et mes yeux s'arrêtèrent sur Felyn. Si Baris manquait d'un peu de témérité pour me suivre sur cette voie, je savais que Felyn ne refuserait pas. Je priai Boréalis d'emmener la chamellerie un peu plus haut, d'établir le campement sur un plateau assez spacieux et d'y attendre mon retour.

Sans un regard en arrière, Felyn, nos Amis et moi nous dirigeâmes vers la crête opposée. Le pont naturel qu'avait formé la roche entre les deux montagnes était suffisamment large pour qu'on s'y aventure sans crainte. Malgré tout, le précipice attira mon attention et je ne pus m'empêcher de tressaillir. Je voulais croire que le tapis nuageux qui s'enfonçait dans la vallée amortirait notre chute si nous venions à déraper. Instinctivement, je m'agrippai à la fourrure de mon Ami en marchant à son côté. L'animal gardait les yeux rivés devant lui d'un air nonchalant. Ses pas faisaient dégringoler des roches en contrebas. Je calquais le rythme des miens aux siens, et Felyn, qui cheminait derrière moi, m'imita. Elle ne parvenait pas à détacher son regard de ses pieds et, derrière nous, la chamellerie s'était immobilisée, contemplant notre traversée avec inquiétude.

Le passage devint encore plus étroit et je me rendis compte que rester à côté de mon Ami ne serait plus possible. Je m'arrêtai pour le laisser passer devant mais il fit de même et me lorgna d'un air interrogateur.

— Va, mène le chemin, mon Ami.

Il ne cilla pas. Je fis alors un pas en avant pour prendre la tête de notre piteux cortège, mais il reprit la marche, m'empêchant de le dépasser. Je m'arrêtai à nouveau, un semblant agacée.

— Yadalith, que se passe-t-il ? fit la voix de Felyn en tressautant.

— Nous allons devoir nous mettre en file indienne, c'est plus étroit que je pensais.

Le chameau ne semblait pas du même avis. Ses yeux humains me fixaient avec intensité, me plongeant dans un inconfort paradoxal : c'était dans ces moments-là que je sentais notre connexion la plus forte. Il blatérait rarement – pour ne pas dire jamais – mais lorsqu'il me regardait ainsi, c'était comme s'il me parlait avec la plus grande clarté. Alors, suivant mon instinct, je plongeai mes doigts dans son épaisse fourrure, m'agrippai à sa bosse avant et, d'un bond, je me hissai pour m'installer à califourchon entre ses deux proéminences. Calée ainsi, je me sentais comme prise dans un étau chaud et moelleux et, alors que je plongeais mes mains dans le pelage de sa bosse, je sentis l'animal reprendre sa marche nonchalante le long de la crête. Ce mouvement régulier, ni trop brutal ni trop rapide, me berça et, à cet instant, malgré la situation périlleuse dans laquelle nous étions, pris au piège entre deux précipices, je me sentais en parfaite sécurité.

Felyn monta elle aussi sur son Ami et j'entendis son rire se répercuter sur les parois des montagnes. La chamellerie rouge nous observait toujours.

Je sus, ce jour-là, pourquoi nos Amis nous avaient rejoints. Je ne m'inquiétai plus. Voilà de quoi encourager les voyageurs à me suivre toujours plus loin.

Sur mon visage et celui de Felyn se dessinaient de larges sourires enjoués. Nous étions comme deux enfants s'amusant sur le dos d'un aurochs. Non. Non, cela n'avait rien à voir. Cela valait mille fois le dos d'un aurochs. Je ne me contentais pas de monter un animal : ses pattes agissaient comme le prolongement de mes propres pieds, sa colonne vertébrale se connectait à la mienne, et je voyais à travers ses yeux. C'était tout bonnement fabuleux. Je sentais sa cage thoracique se gonfler au rythme de sa respiration, et ses muscles se contracter à chacun de ses pas. Je ne craignais plus la chute.

On termina la traversée en toute sécurité. La chamellerie n'avait pas bougé, et nous leur adressâmes de grands gestes de mains. Des cris enthousiastes nous répondirent, et je vis les voyageurs bondir à leur tour sur le dos de leurs Amis qui n'avaient pas l'air surpris.

De notre côté, il fallait encore dénicher le timide individu qui nous avait suivis. D'ici, j'avais une moins bonne vue de la montagne. Sachant que nous étions sur son territoire, il fallait désormais faire preuve de ruse pour le sortir de sa cachette. Peut-être serait-il effrayé par les chameaux, ou tout l'inverse, serait-il émerveillé et ne pourrait s'empêcher de s'en approcher.

On marcha plusieurs heures, zigzaguant d'un côté de la montagne à l'autre, avant de retrouver sa trace : des empreintes humaines laissées dans la boue.

— Un homme, dit Felyn comme s'il était nécessaire de lever le doute.

C'était bien trop simple. S'il avait vraiment voulu nous semer, il aurait marché dans l'herbe. Il voulait nous attirer à lui et j'ignorais si c'était une bonne ou une mauvaise chose. Je n'hésitai cependant pas à suivre ses pas. Nous étions descendues de nos Amis et avancions le long du chemin baigné de soleil. L'herbe étincelant d'un vert émeraude abondait, nos

Amis s'arrêtaient parfois pour en arracher quelques touffes avant de nous rejoindre d'un pas las en ruminant.

Peu à peu, le paysage naturel modelé par les rochers laissa place à un enchaînement de constructions primitives qui semblaient abandonnées depuis des lustres. L'herbe s'immisçait entre les larges blocs de pierre appuyés les uns contre les autres. À l'intérieur, des poteries brisées jonchaient le sol de terre.

À intervalle régulier sur le chemin, nous trouvions des statues représentant des créatures qui nous étaient inconnues. La nature les avaient grignotées et certaines, n'ayant pas résisté à l'usure, s'étaient renversées.

Le doute n'était plus permis. Après des semaines de marches et de fatigue, nous atteignions enfin le Tir. Les reliques de son peuple nous le prouvaient. Si l'individu que nous filions en était le descendant, il y avait fort à parier qu'il ne vivait pas seul. Felyn et moi échangeâmes un regard étincelant à cette réalisation. J'aurais aimé revenir en arrière et enjoindre à tous de nous suivre, mais je ne voulais pas perdre la chance de nouer un premier contact avec le Tiron.

Felyn laissa échapper un hoquet de surprise, je me retournai et le vis, là-haut, juché sur un rocher verdi par la mousse. Plutôt jeune, il semblait dépourvu d'âge : son visage évoquait celui d'un enfant tandis que son corps arborait la musculature d'un adulte. Il portait une toge rosacée passant par-dessus son épaule et serrée à la taille par une ceinture en cuir. De courtes mèches roux foncé tombaient sur son front et autour de son visage constellé de taches de rousseur. Il nous souriait.

Je lui adressai un geste de la main, ignorant s'il comprendrait sa signification. Il ne répondit pas mais disparut derrière le bloc. Felyn et moi nous hâtâmes de le rejoindre, pantelantes. Arrivées en haut, nous constatâmes qu'il était descendu le long de l'autre flanc. La mer de nuages s'étalait à perte de vue, il l'admira un instant avant de reporter son regard sur nous. Nous nous approchâmes doucement, guettant le moindre de ses mouvements. Il souriait toujours. Les chameaux nous suivaient avec paresse, trop occupés à se délecter d'une herbe qui poussait en toute liberté. Felyn me laissa prendre la tête et, en quelques foulées, je rejoignis le garçon.

— Il vous en a fallu, du temps, dit-il à ma grande surprise.

— Nous... nous parlons la même langue, balbutiai-je.

On utilisait cette langue orale dans une vaste partie du continent, tant à Bakarya, qu'à la Torieka ou à Valésya. Seuls les accents différaient. Mais mon étonnement fut sans borne lorsque je constatai que les Tirons parlaient eux aussi cette langue, après avoir passé tant de siècles séparés du reste du monde. Le Tir était difficile d'accès, et difficile à quitter.

— Le soleil se couche rapidement, par ici. Si vous voulez trouver un abri, il ne faut pas traîner.

Felyn me rejoignit timidement.

— Tu ne vis pas seul ici, affirmai-je au Tiron.

— Seul ? Ah ! Que non ! Les miens sont par là-bas. Il faut

marcher, passer la prochaine crête, et marcher encore. Les vôtres ne vont-ils pas s'inquiéter, si vous ne revenez pas ?

Je m'approchai de mon Ami, enfouis mes doigts dans sa fourrure, et lui intimai mentalement de rejoindre Baris et de lui indiquer par un regard rassurant que tout allait bien et qu'il faudrait nous attendre peut-être quelques jours. Il s'en alla par où nous étions arrivées, et l'Ami de Felyn le suivit. J'aurais voulu qu'il reste pour me rassurer. S'ils s'en allaient tous les deux sans plus de méfiance, je devais alors en conclure qu'il n'y avait rien à craindre.

— Tout ira bien, indiquai-je au garçon. Notre peuple nous attendra.

— Bien, alors venez vite. Il ne faut pas voyager de nuit.

Sur le chemin, je réalisai comme il était bavard. Felyn n'avait pas décroché un mot, trop intimidée, tandis qu'il ne cessait de parler des montagnes, des nuages et du terrain comme de membres de sa famille. Au bout d'un certain temps, je parvins à l'interrompre.

— Ton nom ! Tu ne nous as pas dit ton nom.

— Verne ! dit-il en souriant de toutes ses dents chevauchantes. Verne, c'est comme ça qu'on m'appelle, dans le Tir.

— Alors c'est bien ici, le Tir. J'en ai entendu parler comme d'une terre flottante. Et je commence à comprendre pourquoi...

— La terre ne flotte pas, ce sont les nuages qui sont trop lourds, par ici. Et en dessous... il ne faut pas aller en dessous...

Son regard s'assombrit subitement.

— Qu'y a-t-il, sous les nuages ?

Felyn posa cette question d'une voix si faible que Verne ne l'entendit pas.

— Et vous, mes amies ? Comment vous appelle-t-on ?

— Je suis Yadalith de la Torieka, et mon amie se prénomme Felyn Inférieur.

— Ce sont des noms bien longs...

— Yadalith et Felyn, c'est tout ce que tu dois retenir.

Son caractère amusant me changeait des visages éreintés de la chamellerie.

— Combien êtes-vous à vivre ici, Verne ?

— Dans mon hameau, nous sommes treize. Dans le Tir, je ne sais pas. Je dirais un peu moins qu'énormément, mais un peu plus que beaucoup. Mais nous n'avons pas vos drôles de bêtes pleines de poils. Elles sont curieuses !

— Ce sont des chameaux des Hauts-Plateaux. Ils viennent de là d'où nous venons, et nous accompagnent dans notre périple à travers les terres inconnues. Ils nous sont d'une aide très chère.

— Que faites-vous par ici ? Jamais personne ne vient jusqu'au Tir. Jamais de groupe aussi large, du moins.

— Pour être franche, Verne... C'est difficile à expliquer. Pour beaucoup, c'est simplement que nous n'avons pas d'autre endroit où exister. Alors nous allons d'un lieu à un autre à la rencontre d'êtres humains pour égrener nos histoires. Elles nous aident à exister, tu comprends ?

— Je connais tout un tas d'histoires ! Celle du flumet, celle des trois princes, celle du premier conteur et bien sûr celle de la baleine.

— Celle de la baleine ? répéta Felyn. La Baleine-Miroir ?

— La baleine qui étincelle. Vous la connaissez ? Ça m'étonnerait fort ! Il faut porter la chance pour la rencontrer.

Soudainement, Felyn retrouva son aisance. Aucun sujet de conversation ne la confortait davantage.

— Figure-toi, Verne, que tu as devant toi deux amies de la Baleine-Miroir. De la baleine qui étincelle, si tu préfères.

— Non, ce ne doit pas être la même. Je suis sûr que non, maintint-il.

— Tu es un garçon amusant, Verne, ricanai-je pour le faire sourire.

Il me lança un regard confus.

— Tu parles étrangement, marmonna-t-il.

— Comment ça ?

— Tu parles de moi, et de vous deux, comme si nous étions des choses ou des animaux.

— Nous autres humains ne sommes-nous pas des animaux ? demanda Felyn en riant.

— Je suis sûr que chaque espèce ne parle pas d'elle-même comme d'un animal.

— C'est une hypothèse plausible, admis-je. Cela dit, je parle de toi comme je parle de n'importe qui. N'es-tu pas un garçon ?

— Un quoi ?

Je répétai ce mot, mais il ne parut pas le comprendre.

— Serais-tu une fille, dans ce cas ?

— Je... je suis um Tiron. C'est de ça que vous parlez ?

— Non, je...

Je ne sus comment terminer ma phrase. Je constatai alors que Verne et nous parlions la même langue mais de manière différente. Il ne s'était jusqu'alors pas caractérisé autour d'un genre. Il l'avait fait pour les choses, le paysage et les animaux, mais jamais pour lui-même. Ou elle-même. En définitive, mes présomptions à son égard n'avaient aucun fondement légitime.

— Chez nous, chaque individu est soit masculin, soit féminin, tentai-je d'expliquer. Son corps définit ce paramètre, le plus souvent. Felyn et moi sommes des femmes. On se réfère à nous en employant « elle ». Pour les autres, les hommes, on utilise « il ».

— Comme les choses ?

— Quelles choses ? demanda Felyn.

— La montagne est-elle une femme ? Le ciel est-il un homme ?

— Non, précisai-je. Ce sont des choses. Les femmes et les hommes, ce ne sont que des humains. J'ai toujours cru qu'il fallait être l'un ou l'autre. Je suis désolée, Verne.

— Je comprends. Chez nous, c'est différent. Le corps et l'esprit sont deux choses distinctes. Je n'avais jamais imaginé qu'on puisse les associer comme cela.

J'essayai de me mettre à sa place et me rendis compte

comme la situation devait lui sembler intimidante. Je ne réalisais pas tous les détails de ma vie qui avaient été dictés par un genre qu'on ne m'avait pas laissé choisir. Pour quelqu'un qui n'avait jamais eu à vivre avec une telle contrainte, cela ne devait pas sembler très agréable.

— Alors comment doit-on parler de toi ? Comme d'une montagne, ou comme du ciel ?

— Je ne sais pas. Notre langage nous met rarement dans cette difficulté. S'il le faut vraiment, *iel* se réfère à quelqu'un.

J'acquiesçai en essayant de faire rentrer ce nouveau mot dans mon crâne. Si je m'apprêtais à rencontrer le peuple Tiron, il fallait absolument que j'évite tout faux pas.

7
Coda à Dantilus

Hazel frottait son linge avec frénésie, les sourcils froncés, et les muscles de ses bras tendus. Dans la cohue de Dantilus, le lavoir représentait une bulle reposante. La rivière coulait, imperturbable, entre les rochers. Les lessiveurs allaient et venaient dans l'herbe, certains étendaient leur linge trempé sur les branches des arbres qui parsemaient le jardin. On n'entendait presque plus l'agitation de la ville.

Coda le fixait, le regard vide. Elle n'osait plus lever les yeux vers Cal depuis qu'elle avait appris que sa mémoire était inversée. Ce n'était pas une raison – elle le savait – mais la jeune femme l'intimidait trop. Elle comprit donc pourquoi les mémoires inversées se démarquaient par leur solitude. Qui voulait vivre auprès de quelqu'un qui connaissait déjà l'avenir ? L'ignorer s'avérait déjà perturbant, savoir devait être pire. Elle réfléchit et réalisa que Cal savait qu'elle tomberait sur la fillette dans son chariot de pommes de terre, elle savait que celle-ci était à la recherche de son ami, et elle connaissait même son nom car elle se le rappelait. Elle se rappelait ce qui ne s'était pas encore déroulé. Elle devait se souvenir de cet après-midi au lavoir avant même d'y avoir mis les pieds. Coda chercha des yeux l'adolescente et sentit une goutte de sueur perler. Cal s'était installée en amont de la rivière pour rincer son linge propre. Coda s'agenouilla à côté d'elle et la secoua lestement.

— Pandore ! Tu sais où est Pandore !

Cal tituba sur elle-même et pesta en voyant une de ses chaussettes lui échapper. Elle s'élança dans l'eau pour la récupérer avant de revenir sur la berge, les genoux mouillés.

— Non, mais ça va pas ! Tu m'as fait peur !

— Menteuse, rétorqua Coda. Tu savais que j'allais te secouer.

Cal leva les yeux au ciel.

— Ça ne t'a pas empêchée de me surprendre. Je ne suis pas constamment plongée dans mes souvenirs, tu sais. Il m'arrive de penser à autre chose.

— Maintenant, j'ai besoin que tu penses à Pandore. Tu m'as dit tout à l'heure que tu m'aiderais à le trouver. Tu sais déjà comment. Dis-le-moi ! Dis-moi où il est !

— Tu vas commencer par me parler autrement, Coda. Je ne te dois rien.

— Mais il a besoin de moi !

— Et qu'est-ce que tu en sais, hein ? Peut-être qu'il va parfaitement bien, les orteils en éventail, en train de bronzer sur une plage.

— J'en doute fortement.

— Il va falloir que tu me fasses confiance, alors. Je ne suis pas un monstre, je ne laisse pas les enfants croupir dans des prisons volontairement.

— Il est en prison ? Où ça !

Cal soupira et posa son linge dans la panière, prit une grande inspiration et attrapa Coda par les épaules. Elle lui fit signe de caler sa respiration sur la sienne. Coda cessa de trembler et ses épaules s'affaissèrent.

— La première chose que tu dois comprendre et accepter, c'est que l'avenir n'est pas quelque chose qu'on peut changer. Toute la volonté du monde n'y parviendra pas. Les choses se déroulent toujours – *toujours* – comme elles sont prévues. Même si je te disais où il est – ce que j'ignore – tu serais dans l'incapacité de t'y rendre, car les choses ne sont pas écrites ainsi.

— Je comprends pas. Tu sais pas où il est ?

— Je ne lis pas magiquement l'avenir. Je m'en souviens. Dis-moi, Coda, te souviens-tu de tout ce que tu fais, dis ou rêve ? Peux-tu me lister en détail ce que tu as fait hier, dans l'ordre précis ? Non ? Eh bien, c'est pareil pour moi. Les choses s'éclairent toujours lorsqu'on s'en rapproche.

— D'accord, je vois. Mais pourquoi ne pas les précipiter ? Tu dois avoir une idée de par quoi commencer.

Cal soupira et arrangea les cheveux emmêlés de la fillette. Elle prit la panière dans ses bras, se leva, et se dirigea vers Hazel.

— C'est lui qui a cafté ? demanda-t-elle.

— Qu'est-ce j'ai fait ? répliqua le garçon en entendant Cal s'approcher.

Elle s'assit à côté de lui et ferma les yeux, laissant le soleil effleurer son visage pour faire ressortir ses taches de rousseur.

— Tu lui as dit pour ma mémoire. Je t'en remercie. La petite n'avait pas besoin de ça. Elle panique déjà suffisamment.

— Tu t'es mal camouflée. J'ai pensé qu'elle te ferait davantage confiance en sachant.

— À l'avenir, j'aimerais vraiment que tu me laisses la liberté de dévoiler mon secret comme je l'entends. Tu sais que ça peut me porter préjudice. La réaction de Coda aurait pu être bien pire.

L'intéressée en eut assez qu'on parle d'elle comme si elle n'était pas là.

— Cal, je t'en supplie, peut-on se dépêcher ? Ou alors, tu pourrais juste me dire si tout va bien se terminer, et comment. Ça me rassurerait.

— Je ne te dirai rien du tout, c'est contre les règles.

— Essaie toujours, gamine, intervint Hazel. J'ai tenté, mais crois-moi, elle est intraitable avec ses *règles*. Tiens, Cal, tu ne m'as toujours pas dit qui les a instaurées. Ça m'intéresse.

L'adolescente gloussa avec amertume.

— Écoute, Coda, reprit-elle. Je vis avec cette mémoire depuis ma plus tendre enfance. Je ne me souviens de rien du passé. À l'heure actuelle, je ne me rappelle même plus notre rencontre. La seule manière pour moi de garder trace de tout ce que je vis – du passé, je veux dire – c'est de noter chacun de mes souvenirs avant qu'il se déroule et de les relire continuellement, pour vivre avec le souvenir de ses lectures futures. Tu comprends ?

— Je… je crois.

— Très bien. Alors sache que si ces lectures m'apprennent une chose, c'est que je ne dois absolument jamais dévoiler mes souvenirs à qui que ce soit, même aux personnes qui me semblent les plus inoffensives et amicales. Je ne peux jamais savoir si dans un avenir plus lointain, elles n'utiliseront pas ces éléments contre moi. Mais c'est aussi pour t'épargner. Ne pas savoir peut te sembler insupportable, mais savoir, c'est souvent pire.

— Ça veut dire qu'on ne va pas le retrouver ? Ça veut dire qu'il est mort ! s'exclama Coda en éclatant en sanglots.

— Ce n'est pas ce que j'ai dit. Tu n'imagines pas comme j'ai parfois envie d'annoncer les plus belles nouvelles qui soient aux gens qui m'entourent, ou les pires, pour les y préparer. Mais j'ai regretté à chaque fois que je l'ai fait. Le fardeau de savoir ces choses ne devrait pas incomber à plus de personnes que nécessaire.

— Pourquoi ne pas seulement annoncer les choses heureuses, alors ? Ça peut pas faire de mal, si ?

— Non, je ne pense pas. Mais si je faisais cela, alors les gens sauraient que le pire est sur le point d'arriver lorsque je ne dis rien. C'est un principe. Je ne peux rien te dire. Mais je peux t'accompagner, si tu m'accordes ta confiance.

Coda hocha timidement la tête, peu convaincue. Elle ne put réprimer un nouveau sanglot. Cal la prit tendrement dans ses bras et la laissa sécher ses larmes. Hazel resta silencieux et termina sa lessive. Quand ils furent prêts à repartir, ils se mirent en route vers l'auberge de fortune. Là, dans la chambre exiguë, ils tendirent des fils entre chaque mur pour y faire sécher le linge.

Une minuscule fenêtre restait constamment ouverte mais elle ne suffisait pas pour aérer la pièce où une odeur âcre de renfermé dominait. Au bout de quelques instants, celle de la lessive prit le dessus, mais ce n'était guère plus agréable. Coda éternua plusieurs fois avant de se décider à sortir. La rue était moins agitée que plus tôt dans la journée. Alors seulement elle se surprit à penser au Croque et à tous les autres qu'elle avait quittés précipitamment. Elle revint dans la boutique et demanda au marchand s'il existait un moyen d'envoyer un message dans la Périphérie. Il lui indiqua le bureau de poste le plus proche, à quelques rues de là. Elle s'y rendit après avoir prévenu Hazel. Cal avait mystérieusement disparu sans un mot pour personne. Coda préféra ne pas trop y penser. Elle se rangea dans la file d'attente et crut patienter une éternité. Quand elle arriva enfin au guichet, elle dicta son message au postier :

— À l'auberge du Croque, pour le Croque : *je suis à Dantilus. Pandore a disparu. Je vais le chercher. Nous rentrerons dès que possible. Pas d'inquiétude.*

Elle était moyennement convaincue par la dernière phrase, certaine que le Croque ne le serait pas davantage, mais elle ne pouvait faire mieux.

— Ça fera une pièce de fer, dit le postier.

— Vous l'aurez à l'auberge.

Il lui adressa un regard perplexe mais n'ajouta rien. Il plia le morceau de papier en quatre, le glissa dans une enveloppe et le jeta dans une caisse à moitié pleine.

— Quand partira-t-elle ? demanda l'enfant.

— D'ici une heure. Si c'est urgent, c'est plus cher.

— Une heure, c'est très bien.

Elle quitta le bureau de poste passablement rassurée. En chemin vers la boutique de verrerie, elle tomba sur Cal, l'air préoccupée, qui revenait aussi. Elles rentrèrent ensemble et dénichèrent Hazel sur le pas de la porte, un sac sur le dos, prêt à repartir.

— On y va, Cal ? demanda-t-il avec un air assuré.

L'adolescente acquiesça et rentra dans la boutique. Elle en ressortit un instant plus tard, elle aussi chargée d'un sac.

— Je... Que se passe-t-il ? Où va-t-on ?

— Tu n'as qu'à nous suivre, Coda. Mais reste près de nous et ne tente rien. Tu te souviens de ce que j'ai dit : fais-moi confiance.

— Oui, absolument...

Le soleil se couchait, déversant sur les pavés de la ville une lumière chaude et diffuse. Très bientôt, chacun rentrerait chez soi, les rues se videraient, le silence s'installerait. Ce n'était pas le moment de se laisser distancer par les deux seules personnes que Coda connaissait dans cette ville titanesque. Elle serait bien incapable de retrouver son chemin sans eux.

Ils marchèrent une vingtaine de minutes, chaque rue semblait identique à la précédente. On retrouvait les mêmes pavés, les mêmes façades et les mêmes visages. Coda en frissonna. De jour, la cité semblait riche et prospère. Une fois la nuit tombée, elle sentait des regards menaçants à chaque coin de rue. La pénombre se faisait lourde, et l'air moite tapissait ses narines d'une odeur étrange : un mélange de terre et de sueur.

— Cal... murmura Coda sans obtenir de réponse. Hazel !

Elle avait beau chuchoter, sa voix trouvait son écho dans une rue désormais désertée. Elle ressemblait à toutes les autres, à une exception près : une matière collante recouvrait les pavés habituellement immaculés. À chacun de ses pas, un chuintement net se faisait entendre. Coda baissa les yeux et découvrit avec horreur un mélange de boue et de sang.

— Où sommes-nous ?

— Dans la rue des abattoirs. Dépêche-toi ! lui enjoignit Hazel.

Le garçon farceur semblait avoir disparu, laissant place à un espion d'un sérieux théâtral. De part et d'autre de la rue, de larges portails en bois laissaient imaginer des entrepôts sanglants, camouflés derrière des façades semblables à celles d'habitations parfaitement ordinaires.

— Si vous pouviez seulement me dire où l'on va ! s'offusqua Coda à voix basse.

— Tais-toi, gamine ! s'agaça le garçon.

Cal les ignora, elle semblait réfléchir à un croisement entre deux rues. Coda ne pouvait qu'imaginer ce à quoi elle pensait. Peut-être creusait-elle dans sa mémoire pour connaître le chemin à prendre. Hazel et Coda la rejoignirent, tendus. Personne ne dit rien pendant de longues secondes et Cal se remit à marcher. La rue des abattoirs semblait sans fin.

La nuit était presque entièrement tombée. Seul un mince filet de lumière persistait au-dessus de l'horizon. Les yeux des trois jeunes gens s'habituaient à la pénombre à mesure qu'elle enveloppait la ville. Il n'y avait plus personne dans les rues, Coda n'en revenait pas. Pourquoi la nuit avait-elle un tel effet sur les habitants de Dantilus ? Lorsqu'elle vivait à Cascade, du haut de la Cité Rocheuse, elle pouvait voir les lumières de la ville scintiller bien après le coucher du soleil. Cascade ne dormait jamais complètement. Jamais, sauf la nuit où les pirates enlevèrent une vingtaine d'enfants de la Cité Rocheuse. Ce soir-là, étrangement, la ville était éteinte et inerte. Depuis cette funeste soirée, Coda ne se sentait plus à l'aise dans un pareil environnement. Une cité désertée ne présageait rien de bon.

Elle se mit à pleurer silencieusement, et sa poitrine se serra comme plus tôt dans la journée. Elle aurait voulu s'accroupir dans un coin et attendre que la crise passe mais résista, luttant pour que ses camarades ne remarquent pas son malaise.

Seulement, dans le silence du crépuscule, elle tressaillit au son d'une semelle contre le sang coagulé, derrière elle. Pourquoi se méfier ? Devait-elle considérer comme suspecte la présence d'une quatrième personne dans la rue des abattoirs, à la tombée de la nuit ? Si elle avait le droit d'être ici, quiconque en avait le droit. Malgré tout, elle se retourna. Une vingtaine de pas plus loin, une silhouette aux larges épaules de presque deux mètres de haut se tenait immobile, le regard impassible posé sur la fillette. Ce ne fut pas la pénombre qui l'empêcha de reconnaître les traits familiers de l'homme. Sa vue déclinante lui fit défaut, une fois de plus.

Elle savait pourtant qu'elle le connaissait, si bien qu'elle le laissa approcher sans tressaillir, jusqu'à ce que son visage se précise. Elle avait ri en écoutant ses histoires et s'était amusée à lui tirer la barbe pour l'entendre rouspéter. Deux ans auparavant, elle ne se serait pas méfiée de cet homme, et, encore à cet instant, elle voulait pouvoir se sentir protégée par sa stature imposante. Mais voilà, elle comprit par son rictus menaçant que Réor, le vieux cuistot du navire baleinier, n'avait aucune bonne intention à son égard. La confiance de la jeune Coda n'allait plus vers aucun chasseur de baleine.

— Courez ! s'entendit-elle hurler.

Elle se détourna de l'homme qui s'élançait déjà vers elle, attrapa Hazel et Cal par le bras, et tous les trois prirent leurs jambes à leur cou, tournant aléatoirement à droite puis à gauche sans un regard vers leur poursuivant. Réor était âgé, même ses larges enjambées ne lui permettraient pas de rattraper trois enfants en fuite, et encore moins la gagnante du Tournoi des Faux-Rêves. Il n'en avait toutefois pas besoin. Leurs semelles laissaient de poisseuses traces rougeâtres sur les pavés immaculés de la ville. Le quartier des abattoirs était derrière eux, mais le sang ne semblait pas quitter leurs chaussures imbibées. Ils s'arrêtèrent, essoufflés et constatèrent que Réor avait disparu. Ils frottèrent leurs chaussures sur une façade pour les nettoyer, en vain. Alors qu'ils s'apprêtèrent à les retirer, un autre baleinier apparut au bout de la rue. Ce n'était pas Réor. Coda ignorait le nom de celui-ci mais elle le reconnut. Il faisait partie de l'équipage de Totem.

— Là ! cria Hazel.

Il partit dans une direction mais Cal protesta d'un *Non !* sonore. Elle agrippa sa manche et indiqua une ruelle adjacente.

— Par ici, restez près de moi !

Sans poser de questions, la fillette et l'adolescent la suivirent au petit trot.

Coda n'avait jamais mis les pieds à Dantilus, avant cet après-midi-là. Dans la Périphérie, on lui avait dit beaucoup de mal de cette ville où l'humain se noyait au profit du collectif. Loin de l'air marin et de ses effluves revigorants, on se sentait continuellement étouffé, même une fois le soleil couché. La chaleur ne tombait jamais vraiment. Mais ce ne fut pas pour cela que Coda se mit à détester la ville.

Elle pensait qu'on méprisait toujours son voisin, du moment que la frontière était trop épaisse. Lorsqu'elle vivait à Cascade, les quartiers libres et la Cité Rocheuse se vouaient une haine réciproque. Citoyens d'une même ville ; c'était la seule chose qu'ils avaient en commun. La Périphérie et Dantilus n'étaient qu'une reproduction à plus grande échelle de l'agglomération cascadienne.

Sa première journée dans la ville lui offrit les moments les plus angoissants de sa courte vie : la disparition de son meilleur ami n'étant que la partie immergée de l'iceberg. S'ensuivit la course poursuite qui fit de Coda une proie, et les événements suivants n'arrangèrent pas sa situation.

— Coda ! entendit-elle crier.

Elle se retourna, à la recherche de la voix familière, mais ne vit personne.

— Cal ! rugit-elle, sans obtenir de réponse.

Le silence revenu, les baleiniers semblaient s'être évaporés. Seules quelques voix se faisaient entendre derrière les fenêtres. Elle distingua un toussotement, le cliquetis de la vaisselle dans un évier, et d'épais ronflements.

— Hazel !

Elle marcha d'un pas vif jusqu'au bout d'une énième ruelle. Ce quartier se rapprochait d'un véritable labyrinthe, loin des larges rues pavées qui constituaient le cœur de Dantilus. On avait construit ces maisons-là à l'aide de grossières planches de bois et de feuilles de tôle. Le sol de terre était sec, car il pleuvait rarement dans cette région surnommée le Cou-du-Canard.

En baissant les yeux, l'enfant reconnut de subtiles traces de sang. On les discernait à peine mais elles se retrouvaient à intervalle régulier. Coda les suivit sur plusieurs mètres, tournant à droite, puis à gauche, avant de heurter une masse. La créature se retourna sous les yeux médusés de l'enfant. Réor la fixa d'un air stupéfait et personne ne bougea pendant de longues secondes. Coda se surprit à croire qu'il la laisserait peut-être filer, pris d'un remords affectueux, mais elle ne lut rien de tout cela dans ses pupilles sèches. Alors qu'il levait sa lourde main pour s'emparer d'elle, l'enfant se faufila sous son bras et se remit à courir.

— Cal ! Hazel !

Au détour d'une rue cette fois-ci plus large, elle crut reconnaître une silhouette féminine mais, trahie par sa vision, elle n'osa pas s'arrêter pour vérifier. Elle continua de courir en ligne droite, mais sentit d'épaisses larmes perler comme de grosses billes de nacre sur ses pommettes. Elle les laissa rouler sur son visage avant d'éclater en mille gouttelettes sur les pavés. Elle n'était encore qu'une enfant, une enfant pourchassée par de sanguinaires manipulateurs. Une enfant perdue dans la nuit, dans une ville inconnue et dont la vue lui faisait défaut.

— Coda !

La voix d'Hazel s'éleva comme une bouée au milieu de l'océan. Elle se précipita dans sa direction et, lorsqu'elle aperçut son ombre, n'hésita pas un instant pour le rejoindre. Il lui prit la main et, ensemble, ils s'élancèrent à nouveau dans un sprint qui aurait mis en respect la performance de Coda ce matin même.

Après s'être assurés d'avoir bel et bien semé leurs poursuivants, ils s'arrêtèrent, crachèrent leurs poumons quelques instants et, abrités par l'ombre d'un balcon dans le clair de lune, réussirent enfin à se regarder.

— Et Cal ? demanda Hazel. Elle était pas avec toi ?

Coda secoua la tête, encore incapable d'émettre le moindre son.

— Ça va aller, reprit le garçon, plus pour se rassurer qu'autre chose. Cal avait sûrement tout prévu.

Et c'était bien ce qui effrayait le plus Coda. Tout ce qui allait se dérouler à partir de cet instant était écrit à l'avance. Elle ne possédait aucun pouvoir sur le déroulement du temps. C'était vrai depuis toujours, mais il lui avait fallu rencontrer Cal pour en prendre conscience. Combien d'autres choses vraies ignorait-elle encore ? Cette simple pensée lui glaça le sang.

— Est-ce que tu vas enfin me dire où on était censés aller ? s'impatienta Coda. Parce que si Cal avait tout prévu, je trouve ça un peu minable qu'elle nous ait laissés nous jeter dans la gueule du loup de cette manière.

Hazel haussa les épaules. Elle lut sur son visage la même incompréhension qui l'habitait.

— Elle m'a juste dit qu'on allait à une fête. Ça se passe pas comme ça, d'habitude, précisa-t-il en haletant.

— Elle n'avait pas l'air de quelqu'un qui va faire la fête !
— Je suis bien d'accord, gamine, mais qu'est-ce que j'y peux ? Elle finit toujours par me traîner dans ses mauvais coups !

8
Yud et le Conseil du Tir méridional

— Yadalith de la Torieka, annonça Verne d'une voix solennelle.

Je baissai la tête en signe de respect. Lo Tiron qui me faisait face avait une chevelure éparse grise, attachée en un grossier chignon duquel plusieurs mèches se hérissaient. Son visage se parsemait de ridules et ses yeux, si étroits, semblaient fermés. Mais ce qui me frappa fut la manière dont iel n'exprimait aucune émotion. Felyn resta en retrait derrière moi tandis que Verne me présenta au Conseil du Tir méridional, un sourire béat aux lèvres.

Dans une humble cahute de terre surmontée d'un toit de verdure, les six membres du conseil s'étaient rassemblés. Iels semblaient à peu près tous avoir un pied dans la tombe et attendre que le deuxième s'y range de lui-même. Seul l'um d'entre elleux s'adressa à moi, et j'avais rarement vu quelqu'un éprouver moins d'enthousiasme.

— C'est Liurne, notre Tiron Séculaire, m'indiqua Verne.
— Séculaire ? interrogeai-je.

— Oh, même si tu restais ici plusieurs mois, tu ne réussirais pas à comprendre toutes les traditions qui nous gouvernent. Même moi, je ne saisis pas tout.

J'avais de l'expérience avec les traditions si vieilles que leurs origines étaient tombées dans le néant. Le grelot que je gardais au fond de ma poche en était la meilleure relique : seul témoin de l'existence de mon fils sur cette terre.

— Le Conseil est constitué des aînés de notre société, poursuivit lo jeune Tiron. Il existe pour apporter sa sagesse à toute décision devant être prise par la collectivité. Nous ne recevons pas souvent de visite, mais je me suis dit que la première chose à faire serait de vous amener ici, Felyn et toi. Tout le monde dans le Tir doit connaître ses aînés.

Lo Tiron Séculaire ne semblait pas vouloir ajouter quoi que ce soit. J'attendais patiemment le moindre signe nous autorisant à nous retirer, mais il ne vint pas. On se regarda dans le blanc des yeux pendant quelques minutes avant que Liurne exhale une bouffée nauséeuse. Ses dents noircies apparurent, puis disparurent, alors que ses lèvres gercées se refermaient. Iel fit un mouvement de la main vers sa joue sans me quitter des yeux. J'adressai à Verne un regard interrogateur.

— Iel aimerait savoir ce qui est arrivé à ton visage, Yadalith.

Je portai ma main à ma joue, subitement inquiète de m'être présentée avec de la boue sur la face, mais je ne sentis que ce léger duvet qui recouvrait ma tache brune. Elle maculait le côté gauche de mon visage. Je réprimai un gloussement. Si on ne s'en tenait qu'au physique, on pouvait remarquer de nombreuses différences entre lo Tiron et moi : ma peau significativement plus sombre, mes cheveux plus épais, ma taille plus grande, mais c'était ma tache qui retenait son attention.

— C'est une tache de naissance, rien de plus. Je l'ai depuis toujours.

Liurne leva les sourcils dans ce que je lus comme de la perplexité. Je ne pus m'empêcher de rire. Était-iel en train de mettre en doute une des choses dont je ne pouvais pas être plus certaine à propos de moi ? D'après les regards outrés de Verne et des autres Tirons dans la pièce, je compris que c'était la mauvaise réaction.

— Pardonnez-moi, balbutiai-je. Y... y a-t-il quoi que ce soit que nous puissions faire ?

Je ne souhaitais qu'une chose : sortir de cette pièce dont l'aération faisait grand défaut, et échapper aux regards critiques des membres du Conseil.

— Eh bien, commença Verne, j'aurais peut-être dû t'en parler avant, mais j'avais déjà tellement de choses à te raconter que ça m'est sorti de la tête ! Voilà, nous n'avons pas souvent de visite, d'ailleurs je n'en ai jamais vu. Mais la tradition veut que nos invités partagent un instant avec nous.

— Un instant ?

Ce que je fus soulagée d'entendre enfin la voix de Felyn derrière moi ! Qu'attendait-elle pour me sortir de cette situation ?

— Un instant, répéta Verne. Un témoignage de vos vies qui

justifient votre présence ici. Sans quoi, nous ne pouvons pas vous accueillir.

J'accordai un regard à Felyn qui ne semblait pas vouloir poursuivre. Les histoires, ça me connaissait. Mais, bien souvent, je racontais celles des autres. Que pouvaient bien vouloir entendre ces vieilles personnes ? Je souhaitais seulement rester ici le temps d'en savoir un peu plus sur le Tir et celleux qui l'habitaient, n'était-ce pas suffisant ?

— Très bien. Un témoignage donc...

— Um artiste doit savoir conter, affirma um des aînés d'une voix nasillarde.

J'avais conté face à des centaines de personnes, mais un auditoire ne m'avait jamais autant intimidée que celui-ci. Je pris une grande inspiration, m'assit par terre et réfléchis un instant.

— Là d'où je viens, on m'a appris que les conteurs sont des explorateurs. Ils parcourent les territoires à la recherche d'histoires, et égrènent celles qu'ils connaissent déjà en chemin. Les choses sont faites ainsi depuis des générations. Mais il est rare que les conteurs s'aventurent au-delà des contrées connues. On m'a rapporté quelques histoires au sujet du Tir, mais celles-ci semblaient toutes si lointaines et spéculatives que personne sur mon chemin n'a pu me confirmer si cette terre existait vraiment, ou s'il ne s'agissait que d'un énième monde inconscient.

— Un monde inconscient ? Qu'est-ce que c'est ?

— Il s'agit d'un monde invisible à l'œil des vivants. Cela

peut-être un monde fictif, ou propre à une croyance, par exemple. Les mondes inconscients sont utilisés dans les contes à des fins de divertissement ou de métaphores, selon leurs utilisations. Mais certaines choses, comme le Tir, vacillent sur la frontière du conscient et de l'inconscient. Peut-être avez-vous déjà entendu parler de la baleine qui étincelle ?

Jamais je n'aurais cru voir les regards des six aînés s'animer d'un tel intérêt. Chacum se redressa au son de ces huit syllabes, et leurs yeux, pour la plupart endormis, s'ouvrirent en grand. Quelque chose m'intima que pour elleux aussi, la Baleine-Miroir n'était pas le sujet anodin d'une croyance populaire. J'avais toujours pensé que si l'intégralité des peuples que je rencontrais se montraient si intéressés par le sujet, c'était parce qu'en réalité, personne ne considérait la Baleine-Miroir comme une créature purement mythologique. Seule une poignée d'êtres vivants l'avaient aperçue, mais leurs témoignages portaient tant de force qu'ils bravaient les générations avec plus de fougue que n'importe quel autre conte.

— J'ai grandi dans un petit village qu'on appelle la Torieka, bien loin d'ici, sur un territoire de steppe niché entre deux chaînes de montagnes. Là-bas, les couples peinent à faire naître et survivre leurs enfants, si bien qu'on ne vit que dominés par la peine et le désespoir. Il n'y a là pas une seule âme qui n'a pas connu la perte d'un enfant, d'un frère ou d'une sœur.

— D'un quoi ? intervint Verne.
— Comment appelles-tu les autres enfants de tes parents, ceux qui partagent le même sang que toi ? lui demanda Felyn.
— Mes adelphes ! Mais moi, je n'en ai p...
— Eh bien voilà, repris-je sans laisser finir Verne. La Torieka n'est rien de plus qu'une terre où le peuple attend lassement son extinction. Là-bas, même les contes n'ont plus d'étincelle. Et pourtant, c'est une terre merveilleuse. Je ne puis l'exprimer qu'aujourd'hui, alors que j'en suis si loin. Ici, l'herbe est verte, le ciel bleu, la roche est tranchante et les nuages duveteux. Là-bas, chaque teinte est délavée, comme privée de son éclat. L'herbe d'un vert fade s'accorde avec le bleu gris du ciel et les planches terreuses des constructions du village. Malgré tout, chaque élément existe aux côtés de son voisin avec harmonie. Les choses sont ainsi faites depuis la nuit des temps, ce que je trouve prodigieux. Au cours de mes voyages, j'ai découvert que partout dans le monde où l'être humain n'a pas pu s'installer en masse, l'harmonie règne de manière différente et toujours plus intense. C'est ce qui m'a menée au Tir. Mais en tout premier lieu, la chose qui m'a emportée loin de la Torieka et de son affliction, c'est la baleine qui étincelle. Au-delà du Tir, elle porte un nom quelque peu différent : il s'agit de la Baleine-Miroir, car son corps tout entier est recouvert de roche réfléchissante. D'après ce que m'a confié Verne, son folklore existe jusqu'ici, mais les seules personnes que je connaisse à l'avoir déjà rencontrée sont présentes dans cette pièce : mon amie Felyn, et

moi. Elle m'est apparue quelques jours avant mon départ de la Torieka, alors que je n'avais aucune intention de m'en aller. Je ne sais trop comment, mais j'ai compris, en la voyant, que je devais partir.

S'ensuivit un blanc que je ne sus interpréter. L'effarement des aînés s'était envolé. Verne avait le regard fixe. Liurne brisa finalement le silence.

— Quelle histoire d'un intérêt ridicule.

— P… pardon ?

— C'est un conte pour bercer les enfants, nous avons passé l'âge, expliqua um autre aîné.

— Ce n'est pas un conte, c'est vrai !

— Peu importe ! Dis-nous la vérité. Les Tirons en savent un rayon sur les Mastodontes de l'Entremonde, tu ne nous impressionnes pas avec cette simple histoire d'apparition.

— Vous aviez pourtant l'air intéressés, il y a quelques minutes, protestai-je.

— Ça, c'est parce qu'on n'a jamais croisé d'étranger ayant rencontré la baleine, précisa Verne. Les aînés pensaient certainement entendre une histoire autre que ce à quoi nous sommes habitués.

— Habitués ? mumura Felyn. Tu veux dire que les Tirons rencontrent souvent la Baleine-Miroir ?

— Souvent, non, nia Liurne. Mais tout de même. Elle nous rend visite à chaque génération. Ce que nous souhaiterions savoir, c'est pourquoi. Malgré les centaines de témoignages que nous avons rassemblés au fil des siècles, il nous a toujours été impossible de résoudre cette énigme. Mais vous, Felyn, peut-être que votre rencontre avec la baleine pourrait nous éclairer.

— Elle ne diffère pas tellement de celle d'Yadalith. La Baleine est apparue dans le ciel, un matin, à l'aube, alors que tout le monde dormait encore. Puis elle a disparu.

— Vous a-t-elle poussée à partir quelque part, vous aussi ?

— Non... Rien n'a changé. Enfin si, bien des choses ont changé en moi. Elle a comme éveillé une boule d'énergie dans mon ventre, une chaleur. Depuis ce jour, je n'ai que le désir de la revoir.

— Comme une addiction... marmonna um Tiron. C'est bien fidèle à ce que nous savons déjà.

— Je n'ai pas ressenti cela, protestai-je. Je n'ai pas envie de la revoir, je...

— Menteuse ! se moqua Felyn à mon grand agacement.

— Non ! Enfin, bien sûr que si, j'aimerais la revoir. C'était certainement l'instant le plus fabuleux de mon existence. Mais je n'en ai pas besoin. Cette énergie dont tu parles ne me pousse pas à lui courir après, mais à faire ce que je fais aujourd'hui : mon métier de conteuse ambulante. Lorsqu'elle est apparue dans cette cuvette, à côté de la Torieka, ce n'est pas seulement une rencontre qui s'est opérée, c'est... c'est le début d'une odyssée ! J'ai vu mon reflet dans ses écailles et, d'une certaine manière, j'ai vu des histoires. Celles de la

Baleine-Miroir, celles de ses Messagers, celles des Mastodontes, et celles du peuple humain qui l'honore.

— Ce n'est pas la baleine qui t'a transmis ces choses, objecta Liurne. Ton esprit a interprété cette rencontre. Tu n'es pas la seule à avoir eu cette expérience. Parmi les conjectures que nous avons rassemblées, il existe trois types de réaction face à la baleine : celle de Felyn qui se soumet entièrement à la créature et ne vit plus que pour le désir de retrouver sa compagnie, celle d'Yadalith qui utilise son énergie comme tremplin vers un avenir qui lui correspond. Et enfin, la plus méconnue...

Chacun retint son souffle, y compris Verne. Mais Liurne secoua la tête et balaya la fin de sa phrase d'un revers de la main.

— Voyons, Liurne ! s'exclama um de ses congénères. Tu ne peux pas les laisser comme ça en suspens.

— Je le dois bien, Rictus. Yadalith ne doit pas apprendre ces choses-là de la bouche d'une vieille personne, mais de la part de quelqu'um directement concerné par ce troisième effet.

— Iel ne rencontrera certainement jamais personne de concerné, nous-même n'avons recensé qu'un seul de ces cas.

— S'il vous plaît, Liurne, implora Felyn.

Lo vieil Tiron esquissa un sourire malicieux. Iel leva un doigt gercé par le temps et le fit tapoter contre sa tempe.

— Disons seulement que, dans le troisième cas, le changement est plus radical.

— La mémoire, chuchotai-je. La mémoire s'inverse. C'est

bien cela ?

Liurne hocha la tête et on n'entendit rien pendant quelques instants, le temps d'enregistrer l'information.

— La chose que nous aimerions savoir, à présent, reprit-iel, c'est pourquoi ? La baleine n'est pas une créature sans dessein. Chacune de ces réactions pourrait être contrôlée par la créature, ou pas. Mais je suis d'avis que la troisième situation n'est peut-être pas le fruit du hasard.

— Ce ne sont là que tes hypothèses, Liurne, rétorqua Rictus. Elles ne valent rien sans preuve.

— C'est juste.

D'une manière ou d'une autre, il semblait que j'avais finalement convaincu le Conseil du Tir méridional que nous avions notre place parmi les Tirons pour quelques jours, juste ce qu'il me fallait pour égrener quelques histoires et en apprendre de nouvelles. Liurne avait mentionné les Mastodontes, ces gigantesques créatures dont la Baleine-Miroir avait fait partie avant leur disparition. Ils auraient existé des milliers d'années plutôt. Et même si j'avais prétendu connaître leurs histoires, c'était faux. Je ne savais d'eux que ce que chacun savait : quelques rumeurs sur leur existence. Mais une rumeur n'est pas une histoire. Ici, parmi le peuple du Tir aux coutumes si étranges, je me sentais certaine d'obtenir bien davantage.

Baris me demandait parfois pourquoi je me sentais obligée de répandre la parole aérienne, alors que la plupart des gens se satisfaisaient d'une dizaine d'histoires contées et répétées tout au long de leur vie. Elle n'avait pas tort. Qu'y avait-il dans ces légendes qui leur rendrait service ? Certains y trouvaient de la force, d'autres n'hésitaient pas à les réfuter, et peu m'importait. Je ne pouvais me lasser des regards qu'on m'adressait lorsque je racontais une histoire qui n'avait jamais été entendue. Ce jour-là, face à l'assemblée des aînés, j'étais restée sur ma faim.

9

Coda croit aux histoires

Lorsque l'aube inondait la cité, les façades claires et les pavés beiges reflétaient la lumière. On parlait de Dantilus comme d'une ville-soleil tant elle s'illuminait. Pour Coda, jusque-là, cela n'avait été qu'un dédale de rues presque toutes identiques. Elle assista à son premier lever de soleil dans la ville en haut d'une butte qui devait leur assurer, à elle et Hazel, un point de vue idéal. Le garçon l'y avait amenée après plusieurs heures de recherches infructueuses dans le noir. Cal s'était volatilisée. Pandore aussi. Chaque jour naissait avec un peu moins d'espoir.

— Je devrais retourner dans la Périphérie, suggéra Coda. Le Croque m'aidera peut-être, et en s'organisant, la communauté retrouvera Pandore. C'était vraiment idiot de venir ici toute seule.

— Ne t'avise pas de déguerpir maintenant ! protesta l'adolescent en lui attrapant l'épaule. C'est pour t'aider que Cal a disparu. Me laisse pas tout seul avec ça sur les bras. Nous allons la retrouver ensemble, et ton copain avec elle.

Coda se dégagea avec dédain. Elle lisait dans les yeux d'Hazel autant d'espoir que dans ceux d'un croque-mort. Elle lui tourna le dos et se mit à marcher dans la direction de la route d'Yadalith.

— Tu vas traverser Dantilus seule et à pied alors que des brigands sont après nous ? beugla le garçon derrière elle. Quelle excellente idée !

— T'as qu'à venir avec moi ! Qu'est-ce que ça change ? Cal savait ce qui se passerait, elle n'a rien fait pour l'arrêter !

— Tu ne sais pas de quoi tu parles.

— Ce que je comprends, c'est que quoi que je fasse, maintenant, ça n'a aucune importance. N'est-ce pas comme ça que ça marche ?

Il ne répondit rien mais lui emboîta le pas, prenant garde à laisser une certaine distance entre eux deux. Il ne savait pas quoi faire d'autre que la suivre. Loin de Cal, Hazel était perdu. Coda sentit son ombre mais ne se retourna pas une seule fois. Elle marcha avec un port altier de sorte à ne pas se laisser bousculer, cette fois-ci. Curieusement, après seulement vingt-quatre heures à Dantilus, ses rues ne lui semblaient plus si étrangères et grouillantes. Elle traça son chemin parmi les passants et les calèches et, lorsqu'elle doutait, un simple regard vers Hazel lui indiquait quel chemin prendre. Il leur fallut ainsi trois heures pour atteindre la sortie de la ville.

La vieille forteresse délimitait parfaitement les abords de la cité. Au-delà de ses murailles, la Périphérie, sauvage, lumineuse et luxuriante, s'étendait à perte de vue. Coda prit une grande bouffée d'un air qui n'était plus vicié, et sentit le soleil couler sur son visage. Hazel mit un pied hésitant dehors. À son air ahuri, Coda comprit qu'il n'était possiblement jamais sorti de Dantilus.

— Je pourrais t'attendre ici.

— Combien de temps ?

— Je sais pas... Tu vas revenir, n'est-ce pas ?

— Bien sûr. Enfin, qui sait ? Cal a peut-être quitté la ville. Les baleiniers aussi. Il est possible que je retrouve leur piste ailleurs. Tu m'attendrais pour l'éternité.

— Tu crois que j'ai pas mieux à faire ?!

— Allez, viens, Hazel. La Périphérie ne te veut aucun mal. Fais pas trop le citadin, et tu iras très bien.

Alors qu'elle reprenait la marche, la voix distante du garçon répondit :

— Comment je fais pour ne pas trop faire le citadin ? Hein ?

Elle ne l'entendait déjà plus. Loin de la foule, ses pas se firent plus espacés. Une procession de badauds longeait la route de terre qui menait aux portes de la ville, mais peu la quittaient. La circulation était fluide, les deux adolescents pouvaient contourner les calèches, prendre des raccourcis par-dessus des ruisseaux, et courir dans les prairies inclinées. Très vite, Hazel se prit au jeu. Avait-il déjà pu gambader de la sorte ? Coda se retint de le lui demander. Le cœur de l'enfant se serra de nostalgie quand elle se remémora que Pandore se trouvait généralement à ses côtés dans ces moments-là. Elle s'arrêta et balaya des yeux les environs. La muraille de Dantilus s'éloignait derrière eux, et en face, le ruban blanchâtre de la route d'Yadalith s'écoulait en une épaisse ligne droite. Coda pouvait presque discerner l'auberge du Croque. La vision d'un environnement familier, quoique flou, la rasséréna.

— On y est presque, murmura-t-elle.

Le regard du garçon reflétait un mélange d'inquiétude et d'excitation.

— Si tu fuis ta famille, pourquoi n'es-tu jamais sorti de cette ville ? Il y a tout un monde, là dehors, pour les fugueurs, indiqua Coda.

Hazel était grand et mince, ses bras trop longs pendaient le long de ses cuisses. Ses cheveux foncés n'avaient pas été ni coupés ni peignés depuis trop longtemps. À Dantilus, son apparence décharnée ne sautait pas aux yeux. Il était à sa place, maître de son environnement. Là, dans la nature, au grand air et devant l'infinité du monde, il se sentait aussi à l'aise qu'un poisson hors de l'eau.

— Il y a fuir *les siens*, et il y a fuir *sa maison*. Dantilus, c'est chez moi, et c'est assez grand pour espérer ne pas y croiser ma famille de pouilleux, marmonna-t-il.

Alors qu'ils se remirent en marche, Coda le questionna davantage. Elle apprit que ses parents n'étaient pas du genre responsables, trop occupés à vaquer à leurs occupations douteuses pour prendre soin de leurs enfants, trop nombreux, qui finissaient de toute façon tous à la rue. Hazel ignorait le nombre de ses frères et sœurs disparus dans la nature comme lui. D'où il venait, la fraternité ne signifiait rien. Cela dit, il considérait Cal comme sa sœur de cœur, à n'en point douter. Hazel et Coda partageaient désormais la même quête : celle de retrouver les proches qu'ils s'étaient choisis dans cette vie.

L'effervescence du Tournoi des Faux-Rêves avait laissé place à l'angoisse de la disparition de deux de ses participants. La vie reprenait son cours avec hésitation tandis qu'une vingtaine de villageois étaient partis à la recherche de Pandore et Coda. Quand l'un d'eux aperçut la fillette, il prit Hazel pour Pandore et se mit à crier :

— Ils sont revenus ! Ils sont revenus !

Le Croque faillit se cogner à l'embrasure de la porte lorsqu'il se précipita dehors. Il discerna les deux silhouettes dans le lointain et se demanda un instant comment quiconque avait bien pu les reconnaître à une telle distance. Mais alors que les adolescents accourraient dans sa direction, le doute se leva. Il reconnaissait la foulée de Coda. Quant au garçon, le mystère ne fut pas long. Ce n'était pas Pandore, mais un citadin. Il trébuchait à chacun de ses pas sur le sol inégal.

— Bon sang de bonsoir, je n'ai pas l'énergie pour ce qu'elle va me raconter, cette fois.

En remarquant sa mine renfrognée, Coda hésita. Il s'apprêtait à la houspiller de tout un tas de jurons quand elle se blottit contre lui. Elle n'avait jamais fait cela. Ses bras gringalets encerclèrent la bedaine de l'aubergiste qui répondit timidement à son étreinte. Il en profita pour lorgner le garçon qui l'accompagnait : un adolescent perché sur des échasses, les épaules tombantes et le teint cireux. Hazel dévisageait le Croque avec effarement. Il n'avait jamais vu d'homme aussi repoussant visuellement. À cet instant, pourtant, Coda ne pouvait se détacher de l'aubergiste. Quand elle parvint enfin à maîtriser ses sanglots, elle leva la tête et balbutia :

— Je sais pas quoi faire... On l'a cherché partout, et puis Cal a disparu. C'est son amie, elle nous aidait et ils l'ont enlevée aussi... enfin je crois. Les baleiniers étaient là, ils en ont après nous. J'ai besoin de ton aide...

— Là, sèche tes larmes, répondit le Croque en s'accroupissant. Je comprends qu'une phrase sur deux. De quels baleiniers tu parles ?

— De ceux qui nous ont enlevés à Cascade. Ils sont à ma recherche, c'est pour ça qu'ils ont enlevé Pandore, et maintenant Cal !

— Mais qu'est-ce qui te fait croire qu'ils en ont après toi ? Les baleiniers en ont après les baleines ! Tu n'es qu'une petite fille.

Coda lui mit sa bague de lapis-lazuli sous le nez.

— À cause de ça ! Ils pensent que ça attire la Baleine-Miroir.

Derrière elle, Hazel ouvrit de grands yeux.

— Mais pourquoi tu ne la leur donnes pas, dans ce cas ! s'exclama-t-il.

— S'ils dénichent la Baleine-Miroir, ils la tueront !

— Qu'est-ce que ça peut nous faire ? Tu nous as mis en danger – tous – pour une bague et une histoire de baleine ! Mais tu es cinglée !

— Tu vas te calmer, gamin, fit le Croque d'un ton cinglant.

— Tu ne comprends pas, Hazel. Si tu la voyais, rien qu'une fois, tu saurais.

— Je vois même pas comment des chasseurs de baleines pourraient abattre la Baleine-Miroir ! Laisse-les dans leurs illusions et sauve-toi, sauve-nous tous !

Déjà un petit attroupement s'était formé autour d'eux, constitué des villageois qui s'interrogeaient sur le sort des enfants depuis la veille. Personne ne s'était attendu à entendre parler de la Baleine-Miroir. Seule Coda mesurait la situation dans son ensemble, elle qui détenait toutes les informations. Le Croque se releva et dispersa la foule d'un rugissement malodorant. Alors que tous s'éloignaient, la petite Monouï resta stoïque. Elle fixait Coda avec un air peiné.

— Et bien, va rejoindre tes parents, petite, lui assena le Croque, en vain.

Elle baissa les yeux mais l'instinct de Coda lui intima de s'approcher. Elle se pencha pour être à la hauteur de la petite et murmura :

— Tu as vu quelque chose, n'est-ce pas, au sujet de Pandore ?

Monouï la fixa d'un air résigné.

— Non, je l'ai pas vu pendant la course, je t'ai pas menti.

— Alors quoi ? Si tu as quelque chose à me dire, la moindre chose qui pourrait m'aider à le retrouver, il faut me le dire. Il pourrait être en danger.

— Je sais rien de son sort, mais je connais une histoire.

— Une histoire ?

— Une histoire sur les chasseurs de baleines. Enfin... ceux dont tu parles.

— Les chasseurs de la Baleine-Miroir.

— Je croyais que c'était qu'une histoire.

Le regard de la petite dériva vers le Croque, il avait cet air rustre qui ne s'effaçait jamais de son visage. Intimidée, elle se renfrogna. Coda lui prit la main et l'éloigna de l'auberge. Elles traversèrent le chemin rougi des stèles de Yadalith et grimpèrent en haut d'une dune. De l'autre côté, la plage sur laquelle elle s'était échouée aux côtés de Pandore, deux ans plus tôt, s'étendait d'un côté comme de l'autre, déserte.

— Dis-moi. Personne ne t'entendra ici.

Monouï semblait avoir retrouvé confiance. Du haut de la dune, on voyait l'océan à perte de vue, mais la petite se tourna vers la Périphérie. En face, Dantilus s'élevait faiblement dans la distance. Monouï pointa une crête rocheuse aux limites nord de la Périphérie, au bord de la route d'Yadalith.

— Oui ? interrogea Coda.

— L'histoire parle de cet endroit. C'est mon père qui me la racontait souvent quand j'étais petite, pour s'assurer que je m'éloigne jamais trop.

— Est-ce que tu peux me la raconter ?

Elle secoua la tête.

— Je m'en souviens plus.

— Il doit bien y avoir quelque chose que tu puisses me dire. Sinon tu m'aurais pas suivie jusqu'ici.

— Je crois que dans l'histoire, ça parlait du cadavre d'une baleine. Mais je sais pas si c'était la Baleine-Miroir, ou une simple baleine. Elle s'était échouée sur la côte, dans le sable. Chaque jour, un morceau de sa dépouille disparaissait. En parallèle, la crête rocheuse poussait. C'était d'abord rien qu'une colline, puis elle devint une montagne. On racontait que des hommes – des chasseurs – pillaient la carcasse pour bâtir leur repaire. Quiconque s'en approchait ne revenait jamais car, là-bas, l'esprit de la baleine avalait tout ce qui était coloré.

— Qu'est-ce que ça peut bien vouloir dire ?

— Je sais pas. L'histoire l'expliquait, mais ça fait longtemps que mon père ne l'a plus racontée. J'ai toujours eu peur de m'en approcher, parce que je veux pas devenir tout blanche. Je veux pas que le fantôme de la baleine avale toutes mes couleurs.

— Ce n'est qu'une histoire.

— Parfois les histoires sont vraies. Si tu as déjà vu la Baleine-Miroir, tu dois le savoir mieux que personne.

Coda venait de revêtir des habits sombres et s'occupait désormais de remplir un sac à dos en toile de ce qui pourrait lui être utile pour son expédition à venir : une corde, un couteau, de la nourriture. Hazel la regardait faire avec perplexité.

— Alors quoi ? dit-il. Tu vas aller là-bas parce que cette petite t'a parlé d'une histoire dont elle ne se souvient que des bribes ? Qu'est-ce que tu comptes y trouver ?

— Une cachette. Peut-être celle des baleiniers.

— Et qu'est-ce qui te fais croire qu'elle est là-bas ? C'est qu'une histoire !

— Chaque histoire existe pour une raison, Hazel. Et même la plus extraordinaire contient une part de vérité. Cette histoire veut éloigner les enfants trop curieux de la crête. Quiconque l'a inventée devait avoir une bonne raison.

Elle boucla le sac, le mit sur une épaule et descendit dans la cuisine de l'auberge, talonnée par Hazel.

— Tu oublies que t'es une enfant ? Ça te met pas la puce à l'oreille, que cette histoire existe pour éloigner les enfants de cet endroit ? s'exclama-t-il avec mépris. Donc tu vas te pointer chez les baleiniers avec ton petit sac à dos et ton allure de voleuse, et tu vas faire quoi ? Les menacer de ton couteau élimé ?

Le Croque l'observait d'un œil méfiant. Il ne pipait mot, car il n'avait jamais pris l'habitude de dire à la fillette ce qu'elle devait faire en dehors de son travail à l'auberge. Elle leva la main et agita sa bague devant les yeux de Hazel.

— Ils en ont après ma bague, je n'aurai qu'à la leur donner, comme tu m'as conseillé de le faire.

Le cuistot fronça les sourcils tandis que le garçon restait

pantois.

— Comment ça ? dit-il de sa voix rauque.

— Hazel a raison, c'est idiot de vouloir garder cette bague alors que Pandore et possiblement Cal sont retenus en otages...

— On n'est pourtant sûrs de rien, l'interrompit Hazel.

— Je suis même pas sûre qu'elle marche vraiment. Je n'ai vu la Baleine-Miroir qu'une fois depuis que je la porte. Alors j'ignore ce qu'elle a de si spécial, mais s'ils la veulent, qu'est-ce que ça peut bien me faire ?

— Je pensais qu'elle t'avait été offerte par ta mère, protesta le Croque.

— Oui, eh bien c'est qu'un objet. Et maintenant que j'ai remporté le Tournoi des Faux-Rêves, je ne vais pas tarder à la retrouver. La seule chose qui me sépare d'elle, à présent, c'est la disparition de Pandore. Et puis, il y en a des milliers, des bagues comme celle-ci, à Cascade.

— Très bien, gamine, reprit Hazel. Il y a encore une heure tu trouvais aberrant que je propose de laisser les baleiniers s'en prendre à la Baleine-Miroir. Qu'est-ce qui a changé ?

— J'ai réfléchi, *monsieur* ! La Baleine n'a pas besoin de moi pour la défendre. Elle se laissera jamais berner par des pirates !

Elle prit une miche de pain sur le comptoir de l'auberge et croqua dedans. Elle mâcha rapidement, et fit passer sa bouchée à l'aide d'une grosse goulée d'eau.

— Et pourquoi tu ne laisserais pas un adulte se charger de

livrer la bague ? proposa le Croque, presque fébrilement.

— Ça, c'est une idée ! approuva l'adolescent.

— Hors de question.

Elle n'ajouta rien. Elle ne pouvait pas leur avouer qu'en réalité, elle espérait retrouver Pinaille et Diana parmi les baleiniers. Si par chance elle pouvait les convaincre de revenir avec elle, il fallait essayer. Elles ne suivraient jamais de parfaits inconnus.

— Vous allez vraiment la laisser partir ? Votre propre fille ?

— Ma fille ? s'étonna le Croque en écarquillant les yeux.

— Oui, ce... c'est pas votre fille ?

Tous deux, cuistot et commise, éclatèrent de rire.

— Qu'est-ce que tu as compris quand il a dit que ma mère m'avait offert cette bague à Cascade ? Qu'il y était aussi ?

— Eh bien... pourquoi pas ?

— Mais enfin, Hazel, tu trouves vraiment que je lui ressemble ?

— Et moi, alors, j'ai une tête à être père ?

— Je sais pas ! Arrêtez de vous moquer ! Je te connais à peine, Coda, c'est bien normal que je connaisse pas toute ta famille par cœur. Si Pandore n'est pas ton frère, le Croque pas ton père, alors pourquoi tu leur es si attachée ?

— Pour la même raison que tu te fais un sang d'encre pour Cal. C'est pas ta sœur ni ta chérie, que je sache ?

— Non !

— Eh bien voilà ! Maintenant, laisse-moi passer !

Elle le bouscula sans vergogne et poussa la porte de l'auberge. Le soleil rougeoyant se couchait derrière les dunes, inondant le chemin rouge d'une aura de la même couleur. La voix de Hazel retentit à nouveau dans son dos :

— Qu'est-ce qui te dit qu'ils se sont pas débrouillés tout seuls ? On pourrait faire confiance à Cal. Elle disparaît parfois et revient souvent avec une solution à tous nos soucis. Il se pourrait bien qu'ils soient tous les deux de retour à la planque, à Dantilus.

— Pandore serait venu directement ici.

— Ça aurait été idiot.

— C'est ce qu'il aurait fait.

— Coda, réfléchis un peu…

— Vas-tu me laisser tranquille ?! Je ne te demande pas de venir avec moi. Si tu y crois tant, t'as qu'à retourner à Dantilus et attendre là-bas !

— Bien dit, petite, plussoya le Croque.

— Lâche-moi, suis-moi, j'en n'ai rien à faire tant que tu me laisses me débrouiller !

Elle accorda un dernier regard affectueux à l'aubergiste, puis un autre, sombre, au garçon, et s'éloigna enfin. La lumière du soir arrosait son chemin d'une détermination dont elle ne pourrait se passer.

10
Yud et les Mastodontes

Deux jours dans le Tir équivalaient à plusieurs mois sur les chemins de terre. Le matin, Verne nous emmenait rencontrer son peuple. Felyn et moi travaillions à leurs côtés, cultivions leurs champs, pêchions leurs poissons et, au moment du déjeuner, nous avalions notre morceau de pain léger, assises dans l'herbe douce, au-dessus des nuages de coton qui tapissaient la vallée. Les terres fragmentées tiraient leur nom de ce fascinant jeu géologique qui enfonçait les vallées dans les tréfonds d'une croûte terrestre malléable. Verne et les siens nous expliquèrent qu'en bas demeuraient les restes de l'ancienne civilisation. On y trouvait les carcasses fantomatiques de ses constructions de métal, et les empreintes séculaires de leurs derniers instants : d'immenses cratères où l'air avait une odeur de soufre et d'eau croupie. Tout cela n'était encore que des histoires, car personne parmi les Tirons n'osait s'aventurer sous le niveau des nuages. Ma curiosité piquée, je me retenais d'aller y faire un tour, mais pareille entreprise aurait été à l'encontre des principes de respect que je m'étais fixés.

Néanmoins, Verne me fit la proposition alléchante de partir en expédition à travers la vaste région du Tir. Il lui arrivait souvent de visiter les autres villages tirons pour transmettre des messages à des membres de sa famille éloignée, ou assurer la correspondance entre les différents Conseils.

Les chameaux nous avaient rejointes. Agités par une immobilité lassante, ils étaient ravis de nous accompagner et, au terme de cette aventure, Felyn et moi retrouverions notre peuple. J'aurais voulu éterniser notre séjour dans le Tir, mais il ne fallait pas oublier les centaines de voyageurs qui nous attendaient, ignares de tout ce dont nous étions témoins.

Je me doutais également que la chamellerie ne pourrait pas s'enfoncer davantage dans le Tir. Le terrain y était trop accidenté pour voyager, même avec l'aide des chameaux. Nous ne pouvions de toute façon pas imposer une telle procession aux Tirons. Le calme et le silence régnaient en maître parmi les nuages. Leur hospitalité avait ses limites.

On partit à l'aurore, avant même que le soleil se lève. Sa lumière transperçait les nuages par en dessous, et enveloppait les flancs des montagnes d'un onguent doré. Verne menait la marche, Felyn et moi lo suivions, tandis que nos Amis les chameaux cheminaient loin derrière nous, l'air songeur.

La journée passa, et la nuit lui succéda. Nous parlions peu pour conserver nos forces. Verne s'évertuait à nous montrer que le Tir regorgeait de ressources. On pouvait l'arpenter sans jamais y mourir de faim.

— Où nous emmènes-tu, Verne ? s'enquit Felyn, un soir. Voilà deux jours que nous marchons et nous n'avons pas rencontré âme qui vive.

— Si tu ouvrais un peu plus l'œil, tu ne dirais pas ça !

— Felyn parle d'êtres humains, indiquai-je, amusée.

— Oh ! Ne craignez rien, nous traverserons un village sur le retour. Mais il faudrait marcher des semaines pour en voir d'autres et arriver au bout du Tir.

— C'est si grand que ça ?

— Il n'y a rien de plus grand !

— Verne ! héla Felyn qui se laissait distancer. Ralentis ! Je suis épuisée. Arrêtons-nous !

— Du nerf, adelphe, encore un petit effort, tu ne le regretteras pas.

La marche persista deux heures de plus. On fit halte en haut d'une saillie rocheuse qui surplombait la vallée masquée par les nuages. Derrière nous, la montagne verte s'élevait à perte de vue. Verne alluma un feu tandis que nous installions nos couvertures sur le sol rocheux. Nous passerions ainsi une deuxième nuit à la belle étoile.

Le soleil nappa le duvet blanc de ses rayons et descendit doucement. Felyn s'étala sur une couche et ferma les yeux, sans pour autant s'endormir. La flamme du maigre foyer se mit à luire dans la pénombre claire. De jour comme de nuit, les nuages d'une blancheur éclatante irradiaient de lumière, réfléchissant celle du soleil, puis celle de la lune. Verne s'installa près de moi pendant que je mettais notre dîner à cuire. Les chameaux broutaient plus haut dans la prairie.

— Avant que vous repartiez, je voulais vous présenter l'endroit que je préfère dans le Tir, expliqua Verne, cette vallée que vous voyez là. On raconte que les Mastodontes en ont surgi, il y a de cela deux mille ans.

— Y compris la baleine ?

— Oui, tous les six.

Je posai mes yeux sur l'horizon et imaginai leur présence. De par leur nom, ils devaient s'imposer sur le monde comme dans les cieux. L'histoire racontait qu'ils avaient surgi des entrailles de la terre – l'Entremonde, un lieu fait d'infini – et avaient répandu leur aura sur l'humanité. Ils avaient ramené la paix sur les territoires ravagés par des catastrophes naturelles de tous types. L'anomalie qu'ils avaient apportée parmi les vivants avait donné une seconde chance à l'humanité.

— Il y avait la vipère des montagnes, commença Verne.

— La Vipierre... chuchota Felyn sans nous regarder, comme perdue dans son sommeil.

— Elle se déplaçait avec une telle lenteur qu'on ne pouvait la reconnaître immédiatement. Son corps, interminable, ressemblait à une chaîne de montagnes. Il serpentait à travers le continent, sa tête et sa queue si éloignées l'une de l'autre qu'elles ne pouvaient jamais se croiser. En se déplaçant, la vipère scindait les territoires en deux. Du jour au lendemain, sans s'en rendre compte, des peuples se retrouvaient isolés de leurs voisins par la vipère qui passait par là. Il fallait parfois des décennies pour qu'elle libère les territoires pris au piège. Les familles déchirées s'oubliaient. Le passage de ce fléau était gage de malédiction.

— C'est curieux, pensai-je à voix haute, on imagine les Mastodontes comme ces créatures pacifiques, mais certaines d'entre elles n'étaient pas bienveillantes.

— Aucune d'elles n'était bienveillante. Elles existaient selon leurs propres termes, en accord ou non avec l'être humain. Les étourneaux d'acier en sont un bon exemple.

— La Nuée, murmura Felyn, cette fois-ci plus alerte.

— Une nuée si volumineuse et si obscure qu'elle pouvait recouvrir le ciel et plonger le jour dans la pénombre la plus totale, pour aussi longtemps que les étourneaux le souhaitaient. Eux n'étaient pas particulièrement massifs, mais ils étaient si nombreux que la nuée, d'une rapidité terrifiante, pouvait envahir la voûte céleste en seulement quelques instants. Les peuples soumis à ses lubies n'avaient aucun moyen de faire fuir les oiseaux qui ne craignaient rien. Ils ne pouvaient qu'attendre, avec l'espoir vain que cette obscurité soudaine et durable ne cause pas de conséquences trop désastreuses. On ne pouvait prévoir la venue des étourneaux d'acier. On ne pouvait décider de leur départ. Il n'existait rien, à l'époque, de plus angoissant que ce Mastodonte. Heureusement, d'autres croisaient parfois sa route pour rassurer les habitants. Parmi eux, la tortue de pierre…

— Je connais le Varan, l'interrompis-je, on m'a raconté une

histoire à son sujet.

Felyn ouvrit les yeux, peut-être se rappelait-elle qu'elle appartenait à son grand-père, le vieux Tortue.

— Le Varan était une tortue aussi massive que ridée qui déambulait debout sur ses pattes arrière, le nez rivé vers le ciel. Il se déplaçait avec lenteur. Ses pieds griffus agrippaient la terre l'un après l'autre et son chargement de pierre vacillant semblait toujours sur le point de s'écrouler. L'errance du Varan le menait à travers les steppes où la légende raconte que quiconque croisait son regard se trouvait instantanément transpercé de sagesse.

— C'est exact, confirma Verne. Felyn et toi venez des steppes, n'est-ce pas ?

— Exact.

— Certains Mastodontes restaient fidèles à leur territoire. Les étourneaux d'acier et la baleine qui étincelle parcouraient le monde sans voir de frontière, tandis que la tortue de pierre tournait en rond dans les steppes. Le loup scintillant, lui ne s'éloignait jamais du passage qui l'avait mené en dehors de l'Entremonde. Peut-être espérait-il le voir se rouvrir. Il n'était pas à son aise parmi les mortels.

— Tu veux parler du Loup des Hémérides ?

— Il me semble bien, Felyn. Regarde, cette vallée sans fond qui se déploie devant nous. Vois-tu l'horizon cisaillé de montagnes, et la lueur immortelle du soleil, juste derrière ?

Felyn acquiesça en silence.

— Il y a deux mille ans, tu aurais pu y apercevoir la silhouette du loup. Certains racontent que les milliards d'étoiles qui peuplent encore la voûte nocturne ont été laissées là par le loup, avant son retour dans l'Entremonde. À la nuit tombée, l'horizon se dessinait par-dessus les lignes des montagnes. Une esquisse bleutée traçait les contours du Loup des Hémérides, comme vous l'appelez. Sa silhouette translucide laissait passer l'éclat des étoiles. Il dominait le pays par sa taille titanesque mais, tel un fantôme, sa présence ne laissait aucune trace sur le monde. Lorsqu'il vous regardait, deux étoiles plus vives que les autres étincelaient. Puis, au lever du jour, au moment de s'éclipser, sa queue cinglait la voûte céleste de dizaines d'ondulations dorées. Il arrive parfois qu'on les aperçoive encore. C'est pour ça que je vous ai emmenées ici. Si nous nous réveillons assez tôt, avant que le soleil se lève, nous aurons peut-être cette chance.

— Pourquoi donc était-il venu ici, s'il souhaitait si désespérément retourner chez lui ?

— Je l'ignore. Qui donc peut élucider les désirs d'un être aussi prodigieux ?

— Vous en oubliez un, ajouta Felyn en se redressant. Mon préféré : le Phantom.

Je ne connaissais pas celui-ci. Tortue devait lui en avoir parlé, mais il avait omis de me transmettre ce conte. Je comprenais, finalement, qu'il ne puisse pas m'avoir enseigné toutes ses histoires en l'espace de seulement quelques mois. Je devais découvrir certaines d'entre elles par moi-même, au gré de mes voyages.

— L'éléphant multicolore ! s'exclama Verne.

— Ce n'était pas un éléphant ordinaire. Il ne vivait de toute façon pas dans une jungle ordinaire. Elle était colossale, à l'image du pachyderme dont la peau était d'une fragilité inconcevable. Elle s'effritait au moindre frottement. Son épiderme charbonneux disséminait de minuscules éclats scintillants sur l'humus forestier. Un tracé multicolore suivait l'éléphant, à la fois dans les airs et sur le sol. La peau sombre du Mastodonte se régénérait continuellement, laissant sa mue fertile se déposer sur les branches, les feuillages et la terre. Tout ce qui entrait en contact avec ces pellicules poussait frénétiquement. La Forêt du Phantom s'élevait plus haut que les nuages. Les cimes de ses arbres les plus modestes les chatouillaient et faisaient pleuvoir continuellement. Des espèces tant végétales qu'animales se développèrent là, n'existant nulle part ailleurs. Leurs couleurs délaissaient le vert et le marron pour explorer toutes les autres. Elles s'illuminaient la nuit. Du rose fusait parmi les buissons, de l'or bourgeonnait au bout des rameaux, du bleu turquoise reflétait les criques aux eaux limpides sur les pétales des fleurs géantes. Certaines couleurs n'existaient nulle part ailleurs, oscillant entre l'orangé, le mauve, l'anthracite et le pourpre. En définitive, la Forêt amplifiait chaque nuance déposée par le Phantom lorsqu'il se grattait. Mais rien n'égalait la beauté de ses nuages pelliculaires qui transformaient les ténèbres de sa robe en de chatoyantes étincelles polychromes.

Elle avait parlé dans un souffle, son regard rendu vitreux

par la fatigue. Je sentais par le tremblement de sa peau contre mon bras la fébrilité qu'elle engageait en mentionnant le Mastodonte, la même que lorsqu'on abordait la Baleine-Miroir. Je réalisai l'ampleur de l'atteinte que celle-ci avait eue sur mon amie, comme Liurne l'avait expliqué. C'était comme si nous avions rencontré deux créatures différentes. Alors que j'entretenais une forme de respect mutuel avec la Baleine, Felyn paraissait soumise à son influence, avide de son attention. Lorsqu'elle regardait l'horizon, comme ce soir-là, elle n'en admirait pas la beauté, elle espérait y apercevoir un éclat de miroir, une étoile scintillante, le vol d'une éternelle nuée. Ses yeux cherchaient ce qui n'existait plus. Ce qui n'existait pas vraiment. Je tenais comme une chance ma rencontre avec la Baleine-Miroir. Pour Felyn, cela avait tout d'une imprécation.

Verne attisa les braises qui noircissaient.

— Allons bon, fit-iel. Ce ne sont là que des histoires – de bien belles histoires – qu'on aime raconter pour embellir notre bas monde.

— Ton monde est déjà si merveilleux, plaisantai-je. Bien peu d'histoires doivent satisfaire ton peuple.

Verne gloussa.

— C'est vrai, Yadalith. Voilà pourquoi nous acceptons rarement des invités : iels ne veulent plus jamais repartir !

— Pas d'inquiétude, cher ami, nous partirons. Notre peuple nous attend.

— Pourquoi ne leur donnez-vous pas de nom ? demanda

Felyn, ignorant nos plaisanteries.

— Que veux-tu dire ?

— La baleine qui étincelle, le loup scintillant, la tortue de pierre, les étourneaux d'acier, l'éléphant multicolore et la vipère des montagnes. Ce ne sont pas des noms de divinités, on dirait que tu parles d'espèces animales bien répandues.

Verne haussa les épaules pour chasser le malaise que Felyn lui imposait.

— C'est vrai, ajoutai-je. Pourquoi ne pas leur donner de nom, comme nous le faisons tous, ailleurs sur le continent ?

— Ne vous est-il jamais venu à l'esprit que la baleine porte peut-être déjà un nom ?

Iel n'ajouta rien. Les instants s'écoulèrent, la lumière se tarit. Prêtes à dormir, on se mit au lit, dérisoirement réchauffées par les flammes timides du feu qu'avait allumé Verne. Alors que nos yeux se voilaient, Felyn posa une ultime question :

— Pourquoi sont-ils tous partis sauf la Baleine ? Le passage s'est-il rouvert comme l'espérait le Loup des Hémérides ?

Verne parut réfléchir. Iel n'hésitait pas sur la réponse à donner, mais se demandait plutôt s'il *fallait* la donner.

— Personne ne sait avec certitude s'ils ont vraiment existé, ni même s'ils étaient comme nous venons de les décrire. Ce que l'on sait des Mastodontes ne provient que des contes bâtis et recousus pour endormir les enfants et maintenir en éveil les adultes. J'ignore comment les Mastodontes sont revenus chez eux. Quelqu'un parmi mon peuple, um Tiron âgé, m'a un jour raconté, en chuchotant comme si je devais garder ça pour moi, que la baleine était morte durant son séjour parmi les mortels. L'Entremonde s'était rouvert, pour une raison qu'on ignore, mais elle n'avait pas pu le rejoindre à temps, et elle se serait retrouvée piégée parmi nous.

— Morte ? m'exclamai-je. Elle n'est pas morte, je l'ai vue de mes propres yeux.

— Je dirais surtout que la baleine, comme les autres Mastodontes, ne peut pas mourir – pas vraiment. Ce n'est pas un être vivant, c'est une entité dont l'entendement dépasse celui des humains. Les règles qui régissent son existence ne peuvent être similaires aux nôtres. Toujours est-il qu'une légende murmurée raconte qu'il lui serait arrivé quelque chose de suffisamment grave pour qu'elle ne puisse retourner chez elle avec les autres. Mais il y a autre chose.

— Quoi donc ? souffla Felyn.

— L'humanité n'a plus jamais été la même depuis la venue des Mastodontes. Demain, au village, je vous présenterai um Tiron histoirologue. Iel en connaît un rayon sur les êtres humains d'antan : ceux du peuple des cités. Oh... Regardez.

Mes paupières déjà lourdes sursautèrent. Verne avait déjà oublié de quoi iel parlait, son regard fixé sur le ciel. Trois longs rubans dorés zébraient la voûte noire en ondulant paisiblement.

— Le Loup des Hémérides... murmura Felyn, admirative.

— Non, précisa Verne, ce n'est que son aura qui subsiste encore dans cet univers. La trace de son passage.

Alors, je compris pourquoi les histoires des Mastodontes ne se réduisaient pas à de vulgaires racontars humains. La nature m'avait déjà montré de bien belles choses, mais jamais un tel spectacle. Le ciel se fendait sous nos yeux, dévoilant ce qui se cachait derrière : un chemin tracé dans de l'or. Ma respiration se calqua sur le rythme de cette danse, et je ne m'endormis que lorsque le monde s'éteignit à nouveau.

La marche reprit avec une vigueur retrouvée dès les premières lueurs du jour. Avant la fin de la journée, nous atteignîmes le village tant espéré, situé à la lisière des nuages. Constitué d'un maigre ensemble d'habitations de pierre, il se fondaient dans la verdure. À ma grande stupeur, un chemin s'enfonçait dans les cumulus. On nous accueillit comme si on avait prévu notre arrivée et je constatai avec une certaine admiration que l'on vivait ici dans une union plus notoire que dans le Tir méridional. Selon la coutume, on nous demanda d'accorder un instant au Conseil et, chose faite, on nous présenta aux différents membres de la communauté. Verne n'avait d'yeux que pour Catarne, lo Tiron histoirologue qu'iel voulait nous faire rencontrer.

Il fallut attendre le soir même. Assises dans l'herbe à l'entrée du village, nous nous délections d'un dîner exquis constitué d'un ragoût mijoté aux légumes locaux. Catarne, vieil Tiron à l'allure décharnée et au visage dur, remontait le chemin qui serpentait jusqu'en dessous des nuages. En voyant arriver son ami, Verne s'en alla sauter à son cou. Les retrouvailles nous émurent et, sans nous accorder un regard, Catarne nous invita d'un mouvement de main à le rejoindre dans son minuscule foyer. Là, iel s'installa à même le sol, et positionna une lanterne pleine de lucioles qui virevoltaient en agitant leurs dards lumineux au centre de la pièce. Des gradins avaient été sculptés contre les murs dans de la terre. Une dizaine d'enfants nous rejoignirent et il fallut se serrer. La chaleur s'était accumulée dans la bâtisse au cours de la journée. L'air était moite et de la sueur perlait sur le front de Felyn. Catarne nous lorgna enfin de son regard gris.

— Que voulez-vous savoir ? lâcha-t-iel avec dédain, provoquant une marée d'éclats de rire parmi les enfants.

Je regardai Felyn, lui laissant la liberté de répondre.

— Je croyais que les Tirons ne pouvaient pas descendre sous les nuages. Nous vous avons vu en venir. Qu'y a-t-il, là-dessous ?

— Les Tirons peuvent bien faire ce qu'iels veulent. Il n'y a que de la pluie, là-dessous. De la pluie et de la grisaille. Ça pue le soufre et l'ammoniac. On n'y voit pas plus loin que le bout de son nez. Et si jamais par chance un rayon de soleil atteint le sol, c'est pour illuminer de la merde.

À nouveau, tout le monde éclata de rire. Je ne parvenais pas à savoir s'iel se moquait de nous ou si c'était bien la vérité.

— Les Tirons n'ont pas pour habitude de descendre car on dit que l'air peut être toxique, là-dessous, clarifia Verne, son sourire ineffaçable.

— Moi, ma santé, je m'en contrefous, précisa Catarne. Y'a

que là-bas qu'on est un peu tranquille.

Iel lança un regard méprisant aux enfants qui ne semblaient pouvoir se lasser de ses pitreries. Iel se pencha vers Felyn et, de sa voix drôlement rauque, ajouta :

— Mais vous, les inconnues, n'ayez crainte, allez-y vous y aventurer.

Felyn secoua la tête, comme subitement terrifiée à l'idée de descendre sous le brouillard. Catarne se mit à rire grassement et j'aperçus de petits insectes grouiller dans sa barbe grise.

— Là-bas, la baleine ne vient jamais. Elle laisse les tréfonds du monde rouiller, rongés par les cris de ceux qui ont péri. Les structures d'acier des êtres des cités subsistent à certains endroits, comme immortelles. Le sable et les intempéries ne peuvent rien contre certaines de ces abominations.

— Quel genre d'abomination ? demanda Felyn.

— Il ne vaut mieux pas essayer de le deviner, inconnue. L'humanité se porte mieux sans ces choses. La baleine veille sur nous. Comment croyez-vous que les humains vivaient lorsqu'elle résidait encore dans l'Entremonde ?

Il s'adressait désormais à l'assemblée. Les enfants ne riaient plus du tout. Chacum le fixait avec tétanie. Comment imaginer un monde dans lequel les contes de la Baleine-Miroir n'existaient pas ? Comment pouvait-on vivre sans son aura protectrice, sans ses Messagers ? Sans son élan ? Um enfant leva la main timidement. Catarne lui accorda la parole avec un mouvement de menton.

— Peut-être que les gens avaient d'autres maîtres.

— Non, l'enfant. Le monde des cités n'avait en commun avec le nôtre que par l'apparence de ses habitants. Les êtres humains avaient élucidé toutes les règles de la nature et esclavagé toutes les espèces qui n'étaient pas la leur. La baleine n'existait pas, ses Messagers non plus.

Iel reporta son regard feutré sur Felyn et moi.

— Vos Amis les chameaux que j'ai aperçus tout à l'heure n'étaient que de vulgaires bestioles au regard hagard. Ils étaient harnachés et dirigés par les humains. Comme tous leurs congénères.

— Comment pouvez-vous parlez d'eux ainsi ! s'indigna Felyn en fronçant les sourcils.

— Descends sous les nuages et tu sauras, inconnue, tu sauras tout. Ce n'est pas à cause des vapeurs toxiques que personne ne s'y aventure – l'être humain n'a jamais craint cela –, c'est pour ignorer la vérité. Il n'y a que dans les vallées du Tir, assez profondes pour protéger les vestiges des cités, que vous trouverez les dernières marques du passé. Explorez ces tréfonds aussi longtemps que je l'ai fait, et vous saurez tout.

Je sentis mon sang se glacer. L'envie de m'y aventurer, à laquelle je pouvais à peine résister il y a quelques heures, s'évanouit. La lanterne diffusait une lumière agitée par les lucioles qu'elle contenait. La tension fébrile ne faiblissait pas.

— Avant les Mastodontes, les êtres humains tenaient leur rôle. Ils étaient divins sur terre. Mais contrairement à eux, leurs desseins n'étaient pas menés par la simple passivité de leur existence. Leurs intentions et leurs désirs de progrès n'avaient pour limite que la science.

— La quoi ? interrogea um enfant.

— La science. Une discipline rendue obsolète par les Mastodontes, selon laquelle tout dans le monde était régi par des règles fixes et prévisibles. L'être qui en détenait les secrets tenait l'univers dans le creux de sa main.

— Que s'est-il passé ensuite ? demanda une autre petite voix.

— Difficile de spéculer sur le Souffle. Il semblerait que l'humanité ait outrepassé ses pouvoirs. Elle ne pouvait comprendre, malgré sa perspicacité, que l'avenir était l'unique chose plus précieuse que le présent. Vous voulez connaître ma théorie ?

— Oui ! fit une marée de voix.

— Si l'on remonte à l'ère des cités, on peut imaginer ce qui s'est passé. Je pense que les êtres humains, par leurs actions, créèrent un déséquilibre qui atteignit l'Entremonde. En s'ouvrant dans le but de rétablir l'équilibre, la terre fendue brisa les cités et rendit les humains esclaves de leurs propres inventions. Puis les Mastodontes, étrangers à la science, commencèrent leur règne. Ce ne sont pas de simples créatures, voyez-vous. Ils ne naissent ni ne meurent. Ils ne mangent pas, ne respirent pas, ne dorment pas. Malgré tout, ils vivent. Ils existent selon des règles changeantes et imprévisibles, et leur présence parmi nous défiant la logique, les cartes furent rebattues. L'être humain perdit sa place en haut de la chaîne alimentaire. Une telle chaîne n'existe même plus. Nous existons, et nous contons car les histoires sont les uniques choses rationnelles et prévisibles qu'il nous reste. Elles sont précieuses, car elles nous ramènent sur un territoire qui demeure le nôtre : l'imaginaire. Même la baleine ne peut l'atteindre. Beaucoup rêvent de la rencontrer, pas moi. Si je la voyais, je fermerais les yeux et je crierais pour ne pas laisser son chant atteindre mes tympans. Je l'honore et la respecte, mais je suis persuadé que celleux qu'elle touche deviennent ses esclaves.

— Ses Messagers.

Je prononçai ces mots sans m'en rendre compte, laissant mon instinct en possession de mes lèvres. Felyn prit ma main dans la sienne, tremblante. Je la serrai pour la convaincre que les dires d'um vieil Tiron ne valaient finalement pas grand-chose, mais elle sentait comme moi que ces mots ne mentaient pas. Catarne laissa l'instant suspendu dans le silence.

— Elle est pourtant morte, balbutia Felyn. Elle a été tuée... momentanément. C'est bien pour ça qu'elle est toujours parmi nous, n'est-ce pas ?

Un sourire espiègle se dessina sur le visage de Catarne.

— Est-elle morte, ou bien a-t-elle été tuée ? Ce n'est pas la même chose, inconnue. Il faut choisir.

— La baleine est immortelle ! s'exclama um des enfants. Elle n'est pas morte ! Jamais morte !

— Ah ! Jamais morte ! confirma Catarne. Tuée ? Tuée, peut-être, qui sait ?

— On meurt lorsqu'on est tué, objecta Felyn.

— Les humains, oui. N'as-tu pas écouté mon récit ? La baleine est au-delà des lois de la vie. Si elle était morte, elle ne serait plus parmi nous.

— Alors elle est revenue à la vie.

— C'est une possibilité. Mais, vois-tu, ce n'est pas une question à laquelle on souhaite la réponse.

— Et pourquoi donc ?

— Essaie un peu d'imaginer un monde sans baleine. Nous serions comme les humains d'antan, avides, cruels, ignares et aveugles. Le monde d'en bas s'élèverait parmi nous. Qui sait pourquoi la baleine n'est pas partie avec les autres Mastodontes ? Elle est là, c'est ce qui importe le plus. Tant qu'elle voguera dans nos cieux et nos océans, nous serons à l'abri de nous-même.

Au petit matin, Felyn me trouva debout devant le chemin menant vers les nuages. Elle savait ce que j'avais en tête.

— Vas-y, murmura-t-elle, si tu le souhaites.

Je considérai l'idée quelques minutes. L'exploration des tréfonds du monde ne me coûterait qu'un effort dérisoire : quelques pas dans cette direction, quelques minutes dans ce monde fait de rouille, pour voir de mes propres yeux ce que Catarne avait relaté.

Il se délectait d'un énorme fruit à quelques pas de là. Je sentais son regard déluré sur moi.

Mon Ami le chameau se tenait immobile derrière moi, son

souffles chaud caressait ma nuque. Je l'interrogeai du regard : son œil humain paraissait inquiet. Je compris qu'il ne s'approcherait pas des nuages. Il ne m'en empêcherait pas non plus, mais les mots de Catarne pesaient dans mon esprit. La Baleine-Miroir avait fait de moi une Messagère. Je m'en étais toujours douté sans avoir pu l'admettre.

Mon instinct me trompait. Ma place n'était pas là-dessous. Boréalis, et tous les autres nous attendaient. Le monde était vaste et beau. Qu'y avait-il là-bas qui ferait de moi une valeureuse conteuse ? Les reliques d'un passé brisé, affamé, délabré. Tout ce à quoi nous ne devions – ne pouvions – aspirer. Mon Ami s'approcha, ses naseaux effleurèrent mon nez et ses pupilles rondes se plongèrent dans les miennes.

— Quel est son message, cher Ami ? chuchotai-je. Le sais-tu, toi ?

Il n'y avait aucun mot, je m'en doutais, pour retranscrire les souhaits du divin. Je fis marche arrière et rejoignis Verne.

— Viens, Felyn, nous devons reprendre la route. La chamellerie nous attend.

11
Coda et ses visions

Elle s'était doutée qu'il la suivrait comme il l'avait suivie depuis Dantilus. Le garçon restait cependant à une certaine distance derrière elle, le regard vexé fixé devant lui. Entendre son pas traînant sur la route d'Yadalith agaçait un peu Coda. Lorsqu'elle s'arrêtait pour le regarder, il s'arrêtait aussi, tout en l'ignorant. Doucement, ils approchaient de la crête suspecte. Faite de pierre brune écorchée, elle jetait son ombre sur une portion de la route. Si la roche était creuse, il faudrait en trouver l'entrée.

Quel meilleur repaire pour des chasseurs de baleines que la formation géologique issue du cadavre d'une baleine ? Coda ne put retenir un frisson en repensant aux paroles de Monouï : cet endroit avalerait-il vraiment leurs couleurs ? À cette distance, sombre et inhospitalier, le rocher semblait pourtant inoffensif.

Il fallait désormais quitter la route pour s'en approcher. Le caprice de Hazel devait cesser. Coda s'assit par terre, but quelques gorgées, et ne fit rien jusqu'à ce qu'il daigne la rejoindre. Lorsqu'il s'assit à côté d'elle, elle se releva et se remit à marcher.

— Allez, en route. Il faut y arriver avant la tombée de la nuit !

Elle l'entendit râler dans son dos mais il la suivit. Quand il parvint à sa hauteur, elle examina son visage boutonneux. Il la toisait d'une tête mais semblait le plus enfantin des deux.

— Tu n'as vraiment pas de famille, ici ? demanda-t-elle sans attendre de réponse, afin de faire la conversation, même face à un roc.

— Personne que je veuille côtoyer.

— Pourquoi donc ?

— C'est tous des enflures.

Coda ne sut comment interpréter ces mots. Elle aurait pu en demander davantage, mais ne voulait pas vraiment savoir. Elle vivait dans l'aura idéaliste d'une famille aimante et heureuse, selon ses propres souvenirs qui remontaient à déjà deux ans.

Elle refusait d'imaginer la vie lorsqu'elle serait de retour à Cascade. Elle souhaitait que les choses soient exactement comme avant, mais savait pertinemment qu'elles ne le seraient jamais. Pinaille n'était plus là. Le sort de Pandore était encore incertain. Lorsqu'elle voyait son reflet, Coda détournait les yeux. Elle acceptait mal son visage d'adolescente qui se taillait : plus fin, plus dur. Ses cheveux avaient poussé jusqu'à ses épaules, et elle avait beaucoup grandi.

Veda et Tavik la reconnaîtraient-elles à son retour ? Pourraient-elles vivre avec la même harmonie que jadis ? Coda ne serait plus une enfant, pas complètement. Elle se sentait autre. Et puis il y aurait ce qu'elle avait vécu. Ce que Veda et Tavik pouvaient avoir vécu. La disparition de Calix, sa grande sœur, avant sa naissance, avait laissé un trou béant dans la vie de ces femmes. Aucune d'elles, surtout sa mère, ne s'en était vraiment remise, hantée par l'idée entêtante que son enfant était quelque part dans le monde, sans aucun souvenir de sa mère, incapable de retrouver son chemin jusqu'à elle. Ou bien l'enfant ne le voulait-elle pas ? La torture devait être double maintenant que Coda avait aussi disparu. Deux longues années s'étaient écoulées, Tavik et Veda devaient la croire morte, piégée, souffrante. Il faudrait tout leur raconter pour les rassurer. Mais le vide de leur séparation subsisterait malgré le réconfort de leur retour, Coda s'en doutait. Alors, peut-être, comprendrait-elle les paroles affligées d'Hazel. Elle n'ajouta rien, par respect pour lui.

— Et toi ? dit-il d'une voix éraillée.

— Ma mère est loin, avec ma grand-mère. Pandore et moi venons d'une cité côtière au bord de l'Euroy, loin du chemin d'Yadalith. Les baleiniers nous ont emmenés, une nuit, contre notre gré. Ils nous ont piégés et manipulés selon l'idée que les enfants attirent la Baleine-Miroir.

— C'était pas plutôt pour ton bijou ?

— Si c'était que mon bijou, ils n'auraient eu qu'à me le prendre. Ça va plus loin que ça. En réalité, un enfant ne suffit pas à attirer la Baleine-Miroir.

— Que faut-il donc ?

— Il n'y avait sur ce navire que des personnes avides de l'apercevoir. Elles ne posaient leurs yeux sur l'horizon qu'avec l'attente de sa venue. Je pense qu'elle apparaît pas dans ces conditions. Alors, avoir de nouvelles personnes sur le pont – des personnes qui s'en fichent – peut aider. Les enfants sont plus faciles à maîtriser que les adultes, surtout lorsqu'ils se rebellent.

Elle repensa au moment où on l'avait jetée dans la cale du bateau avec Pandore, juste avant la tempête, et la terreur qui s'était emparée d'elle. Hazel hocha la tête. Son visage s'adoucit mais il n'ajouta rien.

La crête s'élevait désormais devant eux, impénétrable.

— Et maintenant ? s'enquit le garçon.

Coda examina la paroi méticuleusement, à la recherche de la moindre fissure. La pierre sombre attrapait la lumière. Elle irradiait jusqu'à scintiller selon l'angle sous lequel on la regardait. Il en émanait une odeur fraîche et végétale. C'était curieux.

Coda marcha le long du mur noir et passa le bout de ses doigts contre ses aspérités. Elle sentait déjà ses espoirs s'amenuiser. Il n'y avait là que de la roche, posée dans la plaine depuis des millénaires, laissée inerte. Elle leva la tête et scruta la falaise aussi haut que possible, cherchant la moindre saillie.

— Il n'y a rien du tout, déplora Hazel. On peut faire le tour, mais je pense que Dantilus serait au courant si ces falaises abritaient une grotte quelconque.

— Les habitants de Dantilus ne mettent jamais un pied hors de la ville.

— Et ceux de la Périphérie, alors ? Ils devraient savoir.

— La Périphérie s'étend pas si loin. Monouï m'a expliqué que personne n'osait s'aventurer jusqu'ici.

— Il aurait été trop bête d'en prendre de la graine... grommela l'adolescent avec ironie.

Déjà le soleil déclinait. L'opération ne menait à rien. Coda se résolut presque à rentrer, mais elle en avait encore fait trop peu.

— Il faut faire le tour, pour être sûrs. Après, nous pourrons repartir.

Et si Pandore ne réapparaissait pas, elle n'aurait d'autre choix que de retourner à Cascade sans lui, et de laisser sa part du butin entre les mains fiables du Croque. Cette pensée lui arracha un frisson. Alors qu'ils marchaient sans grande assurance, l'excavation tant attendue se révéla enfin. Un creux de la forme d'une porte dévoila un boyau sombre et tortueux. Hazel grimaça. Côte à côte, ils s'engagèrent dans la galerie. L'obscurité les enveloppa comme un châle. Leur seule source lumineuse se trouvait désormais dans leur dos.

Au bout de quelques minutes, une tache grelottante apparut devant eux. Elle grossit quand ils s'en rapprochèrent. Coda sortit le petit couteau de cuisine qu'elle avait subtilisé au Croque tandis que Hazel s'armait d'un tournevis aiguisé dont il ne se séparait jamais. Face aux baleiniers, ils n'auraient pas eu la moindre chance, mais il ne restait que ces petites choses pour leur donner la force de marcher jusqu'au bout. Là, une pièce éclairée par des torches les ramena à la réalité.

Il n'y avait personne. L'entrée de ce soi-disant repaire était la moins protégée qui soit. Quelqu'un vivait cependant bel et bien là, comme en témoignaient les torches accrochées aux murs. Hazel et Coda échangèrent un regard soucieux.

— On reste ensemble ?

Coda acquiesça en tremblant. Face à eux se présentaient trois galeries obscures.

— Quel chemin tu sens le mieux ? demanda Hazel.

— Celui d'en face.

Elle avait répondu au hasard. Hazel saisit une des torches accrochées au mur et, ensemble, ils avancèrent dans la pénombre. La cavité semblait la même partout. Il n'y avait rien pour distinguer un boyau d'un autre. Coda avança d'un pas prudent en restant contre la paroi. Elle laissa ses doigts glisser sur la roche inégale. La torche tenue par son ami tremblotait en faiblissant tandis que leurs pas trouvaient leur écho loin devant eux. Le tunnel se fit plus étroit, son plafond plus bas et son sol plus accidenté. Bientôt, il fallut se pencher pour continuer d'avancer. L'enfant sentit un poids s'abattre contre sa poitrine et sa respiration s'accéléra. La flamme s'éteignit.

— Hazel ? Que se passe-t-il ?

Son écho lui répondit.

— Hazel !

Elle tendit ses bras, cherchant le garçon à tâtons dans l'obscurité la plus totale. Elle fit demi-tour plusieurs fois, à l'aveugle, oubliant sa direction initiale. La panique l'envahit. La cage qui lui enserrait la poitrine rétrécit. Elle s'écroula au sol, adossée à la paroi et agrippa ses genoux dans une tentative désespérée de calmer sa respiration.

— Hazel ! cria-t-elle.

Seul l'écho lui tint compagnie. Le garçon semblait volatilisé. Peut-être gisait-il, inconscient, à quelques mètres de là. Coda, piégée par l'obscurité, se sentit défaillir, prête à périr là où personne ne la retrouverait.

— Hazel ! hurla-t-elle plusieurs fois. Hazel !

Elle ne craignait plus de se faire repérer par les mécréants qui grouillaient là – si cette supposition était exacte. L'urgence était ailleurs : il fallait qu'on la retrouve, qui que ce soit. Elle étendit ses jambes, bascula sa tête en arrière et respira quelques secondes dans le silence de la grotte pour laisser ses poumons reprendre le contrôle de leur tâche. Elle reprit possession des quelques sens qui lui restaient et tâtonna pour retrouver ses marques. Elle se tourna dans une direction et se mit à marcher à petits pas chancelants, gardant chacune de ses paumes sur un côté de la galerie. Petit à petit, ses yeux s'habituèrent à la pénombre et elle put distinguer un scintillement émergeant de la roche. Quelques accrocs se coloraient de rose et de bleu, oscillant de l'un à l'autre selon l'orientation du regard de Coda.

— Des couleurs... murmura-t-elle pour elle-même.

Elle examina ses mains et ses vêtements, en vain. Était-ce la roche qui lui dérobait ses couleurs, comme le racontait la légende de Monouï ? Il faisait toujours trop sombre pour distinguer quoi que ce soit d'autre que ces nuances hérissées. Éblouie par ce spectacle, Coda buta contre une pierre protubérante et s'étala de tout son long, écorchant ses mains et ses genoux. Le sang se mit à couler le long de sa jambe, chaud et sirupeux. Son souffle coupé laissa échapper des sanglots de surprise. Elle sentait la panique affluer à nouveau, cherchant à prendre le dessus dès que Coda l'oublierait. Alors qu'elle se relevait, elle entendit un rire familier.

— Te voilà encore toute peinturlurée !

Elle ne distinguait toujours rien mais cette voix n'avait nulle autre pareille.

— Maman ! s'écria la petite. Maman !

— Tu pourrais faire attention où tu mets les pieds ! Tu sais bien comme le sol est inégal, chez nous.

Sa voix avait quelque chose d'éthéré. Elle était là sans vraiment l'être, comme si elle émanait des murs et non d'une bouche. « Chez nous... » laissa son écho lécher les tympans de l'enfant. Elle ne sentait plus l'humidité ni le fer de la grotte, mais l'air salin de l'océan, ballotté par les bourrasques jusqu'en haut de la Cité Rocheuse. Il faisait complètement noir, mais déjà les contours de sa maison se dessinaient dans son esprit.

— Maman... gémit-elle, comprenant l'illusion.

— Viens là, Coda, je vais soigner tes coupures.

Veda se tenait là, devant ses yeux. Ses longs cheveux noirs flottaient comme bercés par l'eau. Son visage impeccable esquissa un sourire las. Ce n'était pas sa mère, pas vraiment. La vraie Veda avait les cheveux ternes et emmêlés, et son visage cerné, marqué par l'air marin, avait une couleur de sable. Coda se releva, et leur visage à même hauteur lui fit prendre conscience comme elle avait grandi depuis son départ de Cascade.

— Je peux pas rentrer tout de suite, maman... Je dois les retrouver.

— Dépêche-toi un peu, tu dégoulines de sang ! Regarde les pierres à tes pieds. On croirait que j'ai écorché un cochon sur mon propre perron !

— C'est pas notre perron, ce n'est qu'une grotte. Loin, bien loin, de la Cité Rocheuse. Je reviendrai, maman, avec Pandore.

— Calix aussi devait revenir...

Son image faiblit, effacée par les larmes. Veda ne mentionnait pratiquement jamais Calix. Du moins, pas ainsi. Cela faisait longtemps qu'elle ne pouvait plus prononcer le prénom de sa fille disparue. Coda n'ajouta rien et laissa l'illusion disparaître.

— Tu devrais faire attention, s'éleva une voix, cette fois-ci bien présente. Les couleurs sont des fantômes, par ici. Il en faut peu pour les rejoindre.

Coda crut la reconnaître, mais ne put retrouver son propriétaire.

— Qui est là ? s'exclama-t-elle. Montrez-vous !

— Je suis juste là, tu n'as qu'à me regarder.

— Il fait trop noir.

— Ouvre simplement les yeux, il fait encore jour, ne vois-tu pas la lumière se déverser par la crevasse, au-dessus de nos têtes ?

— Je... J'y arrive pas !

Elle jurait avoir les yeux déjà ouverts. La voix se déplaçait autour d'elle sans trébucher ni hésiter. Il n'y avait que les couleurs qui pulsaient autour d'elle. Elle passa ses mains devant ses yeux, espérant au moins discerner leurs ombres entre la roche brillante et son visage mais ne vit rien. Ce n'était pas la roche qui scintillait, c'était son propre regard rendu aveugle. Coda se mit à pleurer, la panique la submergeait à nouveau.

— Chut, respire, Coda. Il n'y a pas lieu de paniquer, tu n'es pas seule.

La voix s'était faite plus douce en se rapprochant de son oreille. Coda pouvait désormais sentir l'odeur de son interlocutrice. Cette dernière lui prit les épaules et murmura :

— Tu ne me reconnais pas ?

Coda secoua la tête, peinant à calmer sa respiration.

— Cela fait bien longtemps, ta voix aussi a changé.

Elle pensa d'abord à Pinaille, mais même le temps n'aurait jamais pu modifier sa voix de cette manière. C'était une femme qu'elle avait déjà entendue, mais ni à Cascade ni dans la Périphérie.

— Diana !

Celle-ci gloussa.

— Merci ! J'ai failli me vexer.

Une vague de chaleur l'envahit.

— Diana, je ne vois rien, seulement des étoiles multicolores. Qu'est-ce qui m'arrive ? parvint-elle à articuler entre deux sanglots.

— Ne t'en fais pas, c'est normal. Cette grotte est particulière. Elle dégage un gaz qui fait halluciner lorsqu'on n'y est pas habitué. Respire, la vue te reviendra dès que ton organisme se sera fait à l'atmosphère. Tiens mon bras, viens avec moi.

Coda faillit s'exécuter mais ne put faire un pas en avant.

— Où ça ?

— À l'abri.

— Je peux pas te suivre... J'aimerais te faire confiance mais je peux pas, tu es trop fidèle à Totem, tu le seras toujours malgré ta bonté.

Coda l'entendit soupirer de lassitude. Diana avait vécu la majeure partie de sa vie avec Totem et les chasseurs de baleine mais, contrairement à eux, elle avait toujours œuvré pour protéger la Baleine-Miroir de leurs agressions. Elle entretenait une relation singulière avec la créature. Pour autant, elle n'avait jamais pu se résoudre à quitter l'équipage.

— Je comprends, Coda, chuchota-t-elle. Mais si tu restes ici, aveugle comme tu l'es, ils vont te trouver.

— Dis-moi d'abord si Pandore est ici.

— Oui, il est ici, mais tu n'aurais pas dû venir. J'étais en train de faire mon possible pour l'aider.

Ça, j'aurais difficilement pu le deviner, pensa l'enfant.

— Et Pinaille ? Est-elle avec toi ?

— Non... dit-elle en paraissant hésiter. Non, elle n'est pas là. Elle est en mer avec Totem. Elle... elle a beaucoup changé, tu sais. Comme Pandore et toi, j'en suis sûre.

Coda comprit ce que Diana voulait dire : Pinaille était bel et bien devenue l'une des leurs. Son existence cascadienne, loin derrière elle, oubliée. Coda se laissa emporter le long d'un autre boyau. Peu à peu, alors que sa respiration ralentissait et que les battements de son cœur reprenaient un rythme normal, elle put distinguer son environnement avec plus de précision. La pierre, ordinaire, ne scintillait pas vraiment. Alors seulement, elle pensa au pauvre Hazel. Elle n'en dit rien, ne sachant pas s'il était judicieux de partager les détails de l'opération qu'elle menait avec le garçon. Quand la vue lui fut suffisamment revenue, elle leva les yeux vers Diana qui lui sembla beaucoup moins grande que la dernière fois qu'elles s'étaient vues, deux ans plus tôt.

— Tu n'as pas changé, dit-elle.

— Je ne suis pas le genre de personne qui change. Toi, par contre, tu as sacrément grandi. Pandore aussi.

Coda se retint de lui demander si elle avait à nouveau aperçu la Baleine-Miroir depuis la dernière fois. Elle se doutait de la réponse. Diana la voyait fréquemment. Elle et Coda s'entendaient déjà bien lorsqu'elles vivaient sur le navire de Totem, mais Coda sentait à présent qu'elles partageaient quelque chose de plus. Elle aussi avait été témoin de la majestuosité de la créature.

Diana la mena jusqu'à un antre peu spacieux et poussiéreux, juste assez haut pour elle, mais pas pour une adulte comme Diana.

— Cache-toi là. Je vais faire ce que je peux pour récupérer Pandore et je te l'amènerai.

Coda lui agrippa le bras.

— Non, Diana. Je viens avec toi.

— Tu n'es pas bien ? C'est exactement ce que les autres attendent de toi. C'est un piège !

— Je sais ! Mais je ne vois pas non plus pourquoi ils te laisseraient libérer Pandore.

L'absence de réaction immédiate de la part de Diana lui indiqua qu'elle avait raison.

— Écoute-moi, Diana. Le mieux pour toi c'est que tu nous ignores. T'as pas besoin de t'attirer les foudres de Totem. Quant à moi, je sais exactement ce qu'il veut, et je suis prête à le lui donner en échange de Pandore.

Elle leva la main, et laissa la lumière qui pleuvait d'une crevasse ricocher contre la pierre bleue enchâssée dans sa bague.

— Je sais qu'il en a après cette bague. Elle a un effet sur la Baleine-Miroir, c'est ça ? Eh bien, qu'il la garde. Pandore passe avant n'importe quel bijou. Il passe avant la Baleine-Miroir.

Pour Diana, qui n'avait jamais eu d'ami plus fidèle que la Baleine, ce devait être difficile à comprendre. Elle garda les yeux fixés sur la bague avec un air confus et secoua la tête.

— Non, tu ne comprends pas...

Coda ne prit pas la peine d'argumenter davantage. Elle se leva et marcha dans une direction au hasard. Elle s'arrêta, se tourna vers Diana et lui demanda :

— Peux-tu au moins m'indiquer où je dois aller ?

— Suis la crevasse, répondit-elle d'une voix brisée.

Le couloir de pierre était surmonté d'une longue brisure dans la roche, contrairement aux galeries qu'elle avait explorées jusqu'ici. Elle marcha vers son destin avec une détermination qui la surprit, espérant toutefois retrouver non seulement Pandore, mais Cal et Hazel avec lui. Elle aurait eu des scrupules à repartir sans les deux Dantiliens. Elle avança, guidée par la lumière du ciel de soirée, douce et fraîche. Le dédale de pierre n'avait pas été sculpté par l'être humain. C'était l'œuvre de la nature.

Elle déboucha sur une vaste salle à la forme singulière, éclairée par des torches enflammées et dépourvue de plafond. Le soleil avait achevé de se coucher. Les étoiles s'allumaient une à une dans la voûte encore claire qui surplombait cet espace. Pandore et Hazel étaient enfermés dans une cage en bois. Nulle trace de Cal. L'attendant là, Réor, le cuistot, Atamine, la seconde de Totem aux cheveux tirés, et une poignée d'autres baleiniers qu'elle connaissait bien peu, la regardèrent, non surpris de la voir débouler. Les pas de Diana résonnèrent derrière elle. Coda entendit à son souffle qu'elle tremblait. Pourtant, elle savait pertinemment qu'elle ne trahirait jamais Totem et les siens. Coda arracha la bague de son doigt et la brandit en hauteur. Elle gonfla ses poumons et s'écria :

— Laissez-les sortir, et elle est à vous.

Chacun l'observa avec un intérêt léger puis tous – à l'exception des prisonniers – éclatèrent de rire. Diana la contourna pour les rejoindre, l'air impassible. Coda examina la bague en question en fronçant les sourcils. C'était bien celle que Totem avait convoitée, celle pour laquelle il avait paniqué quand elle l'avait jetée par-dessus bord. Peut-être ses complices n'étaient-ils pas au courant de l'importance qu'elle revêtait. Ou peut-être n'étaient-ils pas prêts à croire que c'était la même bague : celle qui devait se trouver au beau milieu de l'océan depuis le naufrage du navire de Totem. Coda la renfila à son doigt, comprenant qu'elle ne lui permettrait pas de se sortir de ce pétrin. Hazel avait plongé son visage dans ses mains et Pandore, l'air débraillé, la scrutait avec peine.

— Allez, petite, ne rends pas les choses plus difficiles, et rejoins tes amis, lui ordonna Atamine en déverrouillant la cage de bois.

Elle aurait voulu se débattre, lutter, fuir, mais il n'y avait vraiment rien à faire pour améliorer la situation. À l'instant où elle descendait les quelques marches qui la séparaient du plancher de la salle, une grosse boule de suie grise tomba au sol, au beau milieu des baleiniers.

Le regard de Hazel s'illumina.

— *Boum*, fit-il en mimant une explosion avec ses mains.

Personne n'eut le temps de réfléchir. Coda leva la tête juste à temps et reconnut la silhouette de Cal, agenouillée en haut de la crevasse, qui lui jetait une corde. La boule éclata et répandit un nuage de poussière grisâtre dans toute la pièce. L'air devint irrespirable et opaque. Des toux retentirent et Coda ne put que discerner Hazel qui jaillissait au-dehors de la cage et vers la corde, comme s'il attendait cela depuis le début. Il s'y agrippa et se mit à grimper avec aisance, Pandore sur ses talons. Coda se précipita à leur suite mais on la retint par la taille. Elle se débattit et cria, donna un coup de poing à son assaillant, tomba à terre et, sans réussir à se relever, toujours étouffée par le nuage de poussière, rampa à tâtons jusqu'à la corde qu'elle saisit. Au-dessus d'elle, les silhouettes se faisaient déjà toutes petites, hors d'affaire. À bout de souffle, elle entreprit l'escalade, sentant l'air plus respirable en hauteur. Elle eut à peine le temps de s'élever qu'un baleinier lança une hache au-dessus de sa tête. La corde céda soudainement, tranchée. Coda s'écroula à nouveau sur le sol caillouteux et hurla :

— Hé ! Attendez !

Les silhouettes de ses amis s'effaçaient. Ils s'en allaient en l'oubliant, elle en était persuadée.

— Non ! Revenez !

Le nuage assaillit à nouveau ses poumons. Elle tomba au sol, accablée par la toux, et n'eut d'autre choix que se laisser faire lorsqu'on l'attrapa. Ballottée par des bras musclés, elle se sentit emportée dans un couloir obscur puis attachée par les mains et les pieds dans une petite cave creusée dans la roche. Son geôlier s'en alla sans rien dire, verrouillant une porte en bois derrière lui. Coda se retrouva à nouveau plongée dans l'obscurité, incapable de bouger. Elle sentit pourtant, à son doigt, la bague de lapis-lazuli parfaitement ajustée.

12
Yud et Tirya

Juchées sur le dos de nos Amis, Felyn et moi retournions parmi les nôtres. Le Tir nous avait paru agréable, les Tirons accueillants. Mais nous ne pouvions nous y éterniser. Alors on laissa le tapis de nuages derrière nous, nos mains enfouies dans le duvet des chameaux. Lorsque je chevauchais mon Ami, serrée entre ses deux bosses touffues, je me sentais en parfaite sécurité. Il décidait où il allait mais ne me prenait jamais par surprise. Je pouvais m'assoupir sur son dos sans craindre la chute.

En vérité, j'étais plutôt enthousiaste à l'idée de retrouver la chamellerie car Baris m'y attendait. Les jours m'avaient paru si longs, loin d'elle. Felyn n'affichait pas la même détermination. Je pouvais lire dans son regard morose qu'elle aurait souhaité s'attarder là plus longtemps.

— Tu aurais pu rester. J'aurais compris.

— Je n'y ai pas été invitée.

Elle l'avait donc bel et bien souhaité. Mais la règle que nous nous étions tous fixés au départ de la chamellerie, à

Bakarya – quand elle n'était pas encore une chamellerie – était claire : nous ne pouvions nous installer que parmi les peuples qui l'acceptaient. Et même si les Tirons s'étaient avérés aimables, ils n'avaient pas pour intention de faire des étrangers les leurs. Je ne savais comment consoler Felyn. Il valait parfois mieux garder le silence. Celui-ci ne dura pas. L'écho des montagnes nous apporta une voix fluette.

— Attendez ! Attendez !

C'était Verne qui nous courait après. Nos Amis s'arrêtèrent en sentant nos regards tirés vers arrière. Verne s'arrêta à notre niveau, haletant.

— Que se passe-t-il, Verne ? Un problème ?

— Non ! Non, aucun !

Iel portait sur son dos un massif baluchon maladroitement tenu par quelques bouts de ficelle.

— Je me demandais seulement si vous accepteriez que je me joigne à vous ?

Voilà une proposition à laquelle je ne m'attendais pas. Iel ne pouvait pas réaliser ce que cela impliquait. Loin de son peuple, de sa terre natale et de ses précieuses traditions. La vie nomade n'avait jamais semblé l'effrayer, mais il ne s'agissait pas seulement d'aller d'un village tiron à un autre. Il s'agissait de traverser le monde.

— Tu es sûr d'en être capable ? De le vouloir ? lui demanda Felyn.

— Le Conseil de Tir méridional m'envoie ! Je leur ai

demandé ce qu'iels pensaient de ce projet, et votre venue leur a donné conscience qu'un peuple a besoin d'histoirologues. Nos histoires tournent de village en village depuis si longtemps qu'elles ne surprennent plus personne. Je ne vous garantis pas de vous suivre jusqu'à la mort, mais votre chamellerie aurait bien besoin d'um Tiron, ne pensez-vous pas ? Vous n'avez pu apprendre qu'une poignée de nos contes, j'en connais tellement plus.

— Oh tu n'as pas besoin de nous convaincre ! indiquai-je, amusée. Nous t'embarquons avec plaisir. Nous sommes seulement assez surprises. C'est un voyage difficile, et nous traverserons des contrées bien moins accueillantes que le Tir, à la rencontre de peuplades plus brutales.

— Je me doute. Et c'est ce qui me pousse à vous suivre. En aurai-je un, moi aussi ? demanda-t-iel en regardant l'Ami de Felyn.

— Un Ami ? répliqua-t-elle. Peut-être. C'est eux qui choisissent, tu sais. On ne peut rien prévoir de leur comportement.

Verne avait cette étincelle réparatrice que j'appréciais. Je ne pouvais pourtant m'empêcher de penser avec regrets à cette terre qu'iel laissait derrière ellui. Le mal du pays me frappait alors que je venais d'une contrée peu enviable. Je ne pouvais m'imaginer dans sa situation. Iel faisait preuve d'une grande sagesse.

— Que faites vous donc avec cette chamellerie ? demanda-t-iel alors que nous reprenions la marche.

— Nous explorons les frontières du monde connu de nos civilisations, répondis-je par automatisme. Nous transmettons nos contes et ceux que nous rencontrons.

— Pour quoi faire ?

— Pour connecter les peuples autour de ce qui les intéresse. Créer une culture commune et des ponts entre elles. Une force.

— Je vois. Les Tirons ne sont peut-être pas prêts à faire partie de cette passerelle. Mais si votre peuple s'installait à l'entrée du Tir, nous n'y verrions pas d'inconvénient.

— Que veux-tu dire ? dit Felyn. Les Tirons t'ont chargé de nous transmettre ce message ?

— Précisément. Iels ont apprécié votre visite. Iels ne veulent pas vous voir disparaître aussi vite que vous êtes apparues. Iels vous octroient un territoire à l'entrée du Tir pour y installer certains de vos chameliers.

Felyn et moi nous regardâmes. Nous n'avions jusqu'ici pas eu la prétention de marquer notre passage ainsi. C'était pourtant la suite logique. Je hochai la tête, pensive.

— Très bien, acceptai-je. Ceux qui le désireront pourront rester là. Les Tirons les aideront-iels à s'installer ?

— Pour sûr ! Moi, je viens avec vous. Mais le Tir méridional va s'engager à maintenir un lien avec votre peuple. Ce village, il lui faudra un nom, cela dit.

Nous arrivions déjà à l'étroit pont de pierre qui nous avait valu une belle frayeur à l'aller. Verne ouvrit la voie, sautillant sur les roches sans craindre le vide tandis que nous, perchées sur nos Amis, les laissions à l'œuvre. Il ne nous restait plus qu'à franchir la montagne qui nous faisait face. J'imaginais déjà les centaines de silhouettes humaines et animales se dessiner sur l'herbe vive, et les tentes dressées autour des feux de camp fumants. Baris m'attendait, gardant la chamellerie avec la bienveillance qui lui était propre. Je sentais mon cœur battre à tout rompre à l'idée de la revoir.

Pourtant, là, sur le flanc opposé de la montagne, l'herbe fraîchement piétinée s'étendait à perte de vue, sans âme l'habitant. C'était pourtant bien là que j'avais chargé Boréalis de nous attendre. Je scrutai les alentours, confuse. Le Tir était vaste et ses montagnes se ressemblaient, mais j'étais sûre d'être au bon endroit. Avec Verne pour guide, il n'y avait aucun risque de se tromper. Nous avions laissé les nuages derrière nous, et j'apercevais au loin la forêt luxuriante que nous avions traversée.

— Ici, indiqua Verne. Voilà où vous installerez votre village. À l'orée du Tir.

Ce n'était là que le cadet de mes soucis. Verne me lança un regard interrogateur. Felyn mit pied à terre et arpenta la pelouse piétinée à la recherche d'indice.

— Elle devait être ici. La chamellerie devait nous attendre juste ici.

— Peut-être s'est-elle déplacée pour une raison quelconque ? suggéra lo Tiron.

— Tu ne saisis pas. Vu sa taille, nous la verrions, à moins que...

— Ils sont partis, constata Felyn. Ils ne nous ont pas attendues.

Ce ne pouvait pas être vrai. Cela faisait des mois qu'on n'écoutait plus que moi – à mon grand dam. Comment les humains comme les chameaux avaient-ils pu s'en aller si subitement ? Comment Baris avait-elle pu partir ?

— Il y a quelqu'un, là-bas, déclara Verne en pointant une silhouette menue accompagnée d'une autre, bien plus massive.

La plus petite nous faisait de grands signes, la créature qui l'accompagnait marchait à ses côtés d'un pas paisible. Il ne me fallut pas longtemps pour distinguer l'habit mauve. Pressentant mon soulagement, mon Ami le chameau se mit à trotter dans sa direction, me portant avec délicatesse jusqu'à Boréalis. Je bondis à terre et franchis la distance qui nous séparait en courant. Baris me serra et son odeur me ramena plusieurs jours en arrière, lorsque je l'avais quittée, lui confiant la chamellerie.

— Que s'est-il passé ? Où sont-ils tous ?

Je m'attendais au pire. Baris ne dit rien pendant quelques instants et se contenta de m'enlacer en attendant que Verne et Felyn nous rejoignent. L'Amie de Boréalis me donna un coup de museau à l'épaule pour me saluer, et je lui offris une grattouille sur le chanfrein en retour. Enfin, Baris desserra son étreinte, me laissant constater sa mine inquiète.

— Arakélon. C'est Arakélon.

— Arakélon ? Quoi ? s'étonna Felyn avec impatience.

— Bonjour, je suis Verne, dit l'intéressé en guise de présentation, sans faire attention à l'inquiétude qui l'entourait.

— V... Verne, bonjour, répondit Baris, incertaine. Je suis...

— Boréalis ! s'exclama Felyn. Où sont-ils donc ?!

— Après deux jours, Arakélon s'est mis à ignorer mes décisions. Il allait voir chaque groupe et contestait tout ce que je disais. Il prétendait que nous étions en danger ici, que les enfants pouvaient tomber dans les précipices, que les bêtes sauvages – ou pire : une peuplade inconnue – seraient prêtes à nous prendre en embuscade.

— Comment a-t-il pu faire ça ? m'écriai-je.

— Je ne sais pas ! Lorsque tu étais là, il était à tes pieds, mais une fois que tu as eu le dos tourné, il s'est moqué de tout ce que je pouvais dire. Alors, le troisième jour, nous avons déplacé le campement plus au sud. Deux jours plus tard, il a tenu le même discours, prétendant cette fois-ci que nous avions suffisamment attendu. Les chameaux semblaient suivre son raisonnement, ils s'agitaient, prêts à reprendre la route. Tous pensaient que toi et Felyn nous rejoindriez. Il leur a même dit que c'était prévu.

— Tu ne leur as pas signalé qu'il mentait ? demanda Felyn.

— S... Si... Enfin, j'ai essayé. Les gens sont si nombreux, et Arakélon m'a prise à part, il n'a pas supporté que je passe derrière lui. Il s'est montré si différent qu'à son habitude, presque menaçant. Il considérait que je ne savais pas ce que je faisais, que je ne pensais qu'à toi et moi, Yud, pas au peuple. Et...

— Et tu t'es laissé convaincre, déplora Felyn.

— Felyn, un peu de tact, s'il te plaît, implorai-je. Boréalis, tu as fait ce que tu as pu, j'en suis certaine. Mais pourquoi Fydjor, Fyona, Quarante et Vingt-Huit ne sont pas restés avec toi ? Ce sont nos amis, pas les siens.

— Oh oui, tiens, comment ma merveilleuse famille a-t-elle pu partir sans moi, leur chère sœur ?

Baris haussa les épaules.

— Je crois que tout le monde a cru que vous nous retrouveriez. J'ai préféré rester en arrière pour vous attendre.

Je tombais des nues. J'avais toujours vu Boréalis dotée d'une merveilleuse aura qui la rendait appréciable par tous, persuadée que c'était elle que les gens suivaient, et pas moi, pas vraiment. Tous, y compris nos amis, avaient choisi de l'ignorer. Elle se retenait d'éclater en sanglots, sa main dans la mienne. Je n'osais imaginer combien de nuits elle avait passées seule dans cette prairie. Au moins, son Amie lui avait tenu compagnie.

— Tu sais par où ils sont partis ?

— Vers le sud. Nos Amis sauront les retrouver, mais nous devons partir au plus vite si nous voulons avoir une chance de les rejoindre.

Les chameaux se couchèrent pour nous aider à grimper sur leur dos, mais avant que j'en aie la chance, Verne me prit à partie :

— Et le village !

Je scrutai les alentours, remarquai une large pierre ancrée dans l'herbe, m'en approchai, sortis un maillet et un ciseau de ma sacoche et entrepris de graver sur la pierre l'emplacement du premier village fondé sur le chemin rouge. Laissant parler mon instinct, les lettres apparurent pour former son nom : Tirya, la ville du Tir, selon l'ancien dialecte des steppes d'où j'étais originaire. Le suffixe « ka » s'ajoutait à un mot pour désigner un village, et « ya » pour désigner une ville. Cette plaine encore vierge n'avait rien d'une ville. Peut-être ne serait-elle jamais rien de plus qu'un assemblement sommaire de quelques bâtisses. Je n'y pensai qu'après coup. Tirya, gravée sur la pierre, existait désormais.

— Toute ville est d'abord née d'un village, souffla Boréalis par-dessus mon épaule comme si elle avait lu dans mes pensées.

Le destin de cette cité invisible résidait dans l'ambition tracée par son nom. Les années passeraient, les aventures s'enchaîneraient et l'ennui resterait longtemps loin de moi. Je ne remis jamais les pieds à Tirya. Je sus pourtant, d'après les dires de mes compères, que la cité vit le jour et, fidèle à son nom, servit de portail vers la magnifique région du Tir, où voyageurs du continent et Tirons se côtoieraient longtemps dans la paix.

— Felyn, dis-je. Si tu veux rester ici, proche du Tir, je le comprendrais.

Elle me lorgna d'un air abasourdi et répondit :

— Cet enfoiré d'Arakélon s'est barré avec notre chamellerie, sans manquer de rabaisser Boréalis. Il a manipulé mon frère, ma sœur et ma nièce, et se prend maintenant pour le guide de la chamellerie rouge. Il est hors de question que je m'arrête maintenant. Allez, venez mes amies, en route ! Tirya peut attendre.

13
Coda dans la roche

Coda ne sut combien de temps elle resta enfermée dans la petite cave. Sous la pierre, le temps s'étirait comme de la mélasse. Il y faisait si sombre que ses yeux ne s'y habituèrent pas. Elle devina par l'écho de ses sanglots que la pièce était très petite et le plafond très bas, elle n'essaya même pas de se tenir debout.

Pieds et poings liés, elle peinait à trouver une position confortable. Alors, pendant les heures qui s'étalaient dans l'obscurité, elle retraça le déroulé des événements. Alors que Coda était prête à confier la bague aux pirates, Cal était intervenue en faisant éclater une boule de poussière dans la crevasse. Une corde était tombée à ses pieds, Hazel et Pandore avaient réussi à s'échapper, mais un baleinier l'en avait empêchée. À partir de ce moment, seul l'effroi avait rythmé ses pensées.

Elle aurait tout donné pour sentir la présence de sa mère à

ses côtés dans le noir, même si cela n'aurait été qu'une illusion. Les pensées dansèrent dans son esprit comme des ballerines infatigables. Le Croque rencontrait Pinaille qui valsait aux côtés de Cal dont les yeux verts et perçants cinglaient l'air scintillant de couleurs. La Baleine-Miroir, son chant et ses écailles apparaissaient parfois dans un coin, presque invisibles, et trop furtifs.

— Qui es-tu ? murmura Coda.

Le Mastodonte, existant seulement dans ses rêveries, parut lui adresser un clin d'œil. L'enfant l'effleura des doigts, perdue entre éveil et sommeil.

— Tu m'as libérée une fois. Reviens…

Y avait-il un lieu dans le monde que la Baleine ne pouvait atteindre ? Elle était bien apparue dans les cieux aux yeux de Diana, plusieurs fois. Peut-être fendrait-elle la roche comme de l'écume. Mais déjà, la voilà qui s'éloignait, muette.

— Reviens !

Son écho lui répondit avec froideur. Encore, et encore. Les heures s'égrenèrent. Peut-être s'étirèrent-elles même en jours. La faim et la soif saisirent l'enfant, les rêves peuplés de créatures gigantesques continuèrent à la bercer.

Lorsque la porte s'ouvrit enfin, le jour s'infiltra violemment, zébrant le visage d'une Coda endormie. On délia ses poignets et ses chevilles, et on lui lissa tendrement les cheveux.

— Si seulement tu m'avais laissé faire, entendit-elle dire. Elle ouvrit les yeux sur le visage de Diana. Elle l'avait attendue. Elle savait qu'elle ne l'abandonnerait pas.

— Tu vas m'aider à m'échapper ? demanda-t-elle, la gorge sèche.

— La Baleine-Miroir est revenue, cette nuit. Les chasseurs sont après elle, à l'heure qu'il est. Totem ne va pas tarder à arriver. Il sait que tu es là, nous devons vite partir.

Coda se leva péniblement, ses muscles s'étaient ramollis.

— Que veux-tu dire ? La Baleine est ici ?

— Je l'ai entendu chanter alors je suis montée en haut de la falaise. Elle voguait là paisiblement, presque souriante. J'en ai pleuré, Coda. Cela faisait si longtemps… Elle n'était pas revenue me voir depuis ce jour de tempête, lorsqu'elle vous a emmenés, Pandore et toi. Mais les autres l'ont vue. C'est comme si elle voulait qu'ils la suivent.

— Qu'espèrent-ils faire ? Si elle vole dans les airs, ils ne pourront jamais l'attraper.

— Les baleiniers sont pleins d'illusions, tu sais. Mais ils sont aussi futés. Ils l'ont déjà harponnée par le passé, alors qu'elle était juste au-dessus de nos têtes. Les arbalètes sont encore plus maniables sur terre qu'en mer. N'oublie pas que c'est le territoire de l'humain, nous y sommes à notre avantage.

En parlant, Diana l'emmenait à travers le repaire, le long de galeries infinies. Elle lui serrait la main, trop effrayée à l'idée de la perdre dans ce dédale de pierres.

— Est-ce que c'est à cause de moi ? demanda Coda. J'ai attiré la Baleine, n'est-ce pas ?

— Il semble, en effet, qu'elle t'apprécie.

— Pourquoi ?

— Je ne sais pas, Coda. Elle s'attache à certaines personnes sans qu'on puisse l'expliquer. Peut-être aime-t-elle simplement narguer les chasseurs. Elle doit savoir des choses que nous ignorons, des choses sur l'univers, sur l'ordre naturel. Nous ne sommes que des fourmis, à ses yeux.

— Peut-être, mais une fourmi n'a jamais essayé de tuer un humain !

— Qu'est-ce que t'en sais ? grommela-t-elle, arrachant un gloussement à l'enfant.

Enfin, elles sortirent du monolithe. L'air sentait la rosée matinale. Le soleil, disque orangé sur l'horizon, inondait la plaine d'une auréole dorée. La fraîcheur envahit les poumons de Coda qui n'avait respiré qu'un air chargé de poussière ces derniers temps. Elle sentit la main de Diana frissonner dans la sienne, et suivit son regard vers l'est. Ses yeux peinaient encore à s'habituer à la lumière. Il ne lui fallut pourtant qu'un court instant avant de comprendre ce qui se déroulait devant elle.

Dans un champ qui s'étendait jusqu'à l'océan, une centaine de baleiniers couraient, arbalète à l'épaule. Au-dessus de leurs têtes, la Baleine-Miroir, joueuse, valsait avec les nuages. Coda lâcha la main de Diana et se mit à courir dans sa direction, tandis que des harpons épais comme des branches d'arbre s'élevaient dans les airs. Certains ricochaient contre la paroi de cristal du cétacé, d'autres s'y implantaient. De telles armes devaient nécessiter une force hors du commun, mais les baleiniers se préparaient à ce genre d'affrontement toute leur vie.

— Non ! hurla Coda en fendant l'air. Va-t'en ! Envole-toi !

Il n'y avait pourtant rien que la Baleine puisse entendre venant d'une enfant. Son langage lui était étranger.

— Coda ! intervint Diana en la retenant par le bras. Tu ne peux rien faire. Nous devons fuir.

Les baleiniers s'agitaient dans la plaine sans faire attention à elles. Certains lui étaient familiers, comme Réor ou Ludel, le propre frère de Diana. D'autres, par dizaines, lui étaient étrangers. Probablement des membres de l'immense flotte de la vieille Yadalith, des collègues de Totem. Et parmi eux, une jeune fille aux longs cheveux bruns. Quand elle se tourna vers Coda, elles se reconnurent.

— Pinaille ? murmura Coda.

Son ancienne amie fit mine de ne pas l'avoir vue. Et malgré la poigne de Diana qui l'emmenait vers la ville, Coda réalisa que Pinaille n'esquissait pas un geste. Elle contemplait la Baleine-Miroir. Coda en fit autant, un instant, le temps d'emmagasiner les paroles de Diana…

— *Nous* devons fuir ?

La femme lui rendit un regard intimidé.

— Toi et tes amis, vous n'êtes qu'une bande d'enfants. Vous allez vers les problèmes comme un poisson s'accroche à son appât.

— Et Ludel ? Et Totem ? Je croyais que tu ne pouvais pas les laisser.

Et Pinaille ? voulut-elle ajouter. Elle n'était pas en mer comme l'avait prétendu Diana. Elle était là et n'avait rien fait pour aider ses anciens amis.

Diana ne lui répondit pas. Elle avançait d'un pas déterminé, la main toujours agrippée au poignet de Coda. Celle-ci n'insista pas, devinant le combat intérieur qui faisait rage en la baleinière. Elle accorda un dernier regard à la Baleine-Miroir qui tournoyait dans le ciel, ignorant les échardes de métal fichées dans sa carapace, amusée par la drôle de danse des humains sous son ventre. Elle ne pouvait pas se trouver là par hasard. Elle lui venait en aide, Coda en était certaine. La Baleine n'agissait jamais par pure coïncidence.

Mais alors qu'elles couraient, fuyant la scène, Diana ralentit comme si ses pas la portaient de moins en moins, obéissants à une force étrangère. C'était au tour de Coda de la tirer en avant, aussi loin que possible. Enfin, à court d'énergie, elles s'arrêtèrent, le regard fixé sur la Baleine.

— Peuvent-ils vraiment lui faire du mal ? demanda Coda.
— Ils en ont l'air persuadés...
— Que se passerait-il, s'ils la tuaient ?
— Une autre viendrait la remplacer.
— Comment ?
— Je ne sais pas. C'est ce que les légendes racontent. La Baleine-Miroir ne doit pas mourir avant d'avoir assuré sa descendance. Les chasseurs espèrent l'avoir avant qu'elle n'en ait le temps.

Coda essaya d'imaginer un Baleineau-Miroir qui traverserait les mers et les airs auprès de sa mère. Y avait-il assez de place dans le monde pour deux d'entre eux ? Alors que le spectacle du cétacé parmi les nuages fascinait les deux amies, Coda crut percevoir un clin d'œil de sa part. La Baleine s'éleva dans les airs, hors d'atteinte des harponneurs, et s'éloigna très doucement de la plaine qui avait mis en scène sa diversion.

— Vite, murmura Diana sans trop d'assurance. Il faut partir, les baleiniers vont se rendre compte que tu as disparu. Et maintenant que tu as attiré la Baleine à deux reprises, ils ne voudront plus se séparer de toi.

— Comme ils n'ont jamais pu se séparer de toi ?

Diana n'ajouta rien. Elle lui prit à nouveau la main et elles se remirent à courir le long du chemin d'Yadalith. Coda fut parcourue d'un frisson quand elles dépassèrent une des stèles rouges qui le jalonnaient. Elle peinait à croire que la jeune et vaillante voyageuse qui avait posé ces dalles pour marquer son passage était la même personne qui, aujourd'hui, finançait des mercenaires pour tuer cette créature majestueuse. En avait-elle déjà après la Baleine, dans sa jeunesse ?

Dantilus se dessinait déjà plus nettement devant elles. Il n'y avait qu'un seul endroit où se rendre : chez Le Croque, pour récupérer son prix, puis vers le port, en espérant qu'elle retrouverait Pandore en route. Une fois sur l'Euroy, Totem et ses sbires n'auraient plus les moyens de les retrouver. Elle espérait simplement pouvoir dénicher un marin qui accepterait d'embarquer trois personnes pour le prix de deux. Elle n'avait pas le choix, elle ne pouvait pas laisser Diana en arrière après le sacrifice qu'elle venait de faire pour elle.

14
Yud à Villarondière

Nous marchions, tous les sept, humaines et chameaux, depuis deux semaines, sur les traces de la chamellerie, toujours persuadés que, le jour suivant, nous la rejoindrions enfin. Où donc Arakélon trouvait-il l'énergie de l'emmener si vite et si loin ? Les plaines, piétinées par des centaines d'individus, étaient marquées de profonds sillons dans les herbes hautes. Notre avancée devait être moins pénible que la leur. Mais ils voyageaient à dos de chameau, désormais, et nous aurions fait de même si Verne avait eu un Ami pour l'accompagner. Par solidarité, Felyn, Boréalis et moi marchions à ses côtés, d'un pas vif et endurant, mais toujours moins que celui des chameaux. Nos Amis avançaient devant nous, jetant parfois de rapides coups d'œil agacés en arrière. Eux aussi désiraient retrouver leur famille.

— Je vais peut-être dire quelque chose d'idiot, déclara Verne, mais pourquoi nous acharnons-nous à retrouver cette chamellerie, exactement ?

— Nos proches en font partie, sans compter ceux de nos

Amis les chameaux, indiqua Baris sans lui accorder un regard, trop concentrée sur le rythme de ses pas dans l'herbe charnue.

— Ces mêmes proches qui ont suivi cet Arakélon plutôt que de vous attendre ?

Personne ne protesta. Felyn avait le regard dur. Ce n'étaient pas seulement ses amis qui étaient partis sans elle, c'était son frère, sa sœur, et sa nièce. Cette famille qui avait toujours eu tant de mal à la comprendre. Dans mon cas, c'était ma rancœur envers Arakélon qui me poussait à sa poursuite. Il ne connaissait pas ce peuple comme il osait le prétendre. C'était un opportuniste dépourvu d'intérêt pour autrui. Il avait osé prétendre être mon ami, ces derniers mois, mais n'avait pas hésité un instant avant de trahir ma confiance. Néanmoins, Verne avait raison. Je ne pouvais reprocher à personne de m'avoir quittée. Les chameliers n'étaient pas mes sujets, ils étaient libres. Et même si j'avais agi comme leur guide, j'avais toujours insisté sur leur indépendance.

Ce périple à effectif réduit ne me déplaisait pas. Je me sentais allégée du poids de la responsabilité, et libre, aussi, d'une manière différente. Toutefois, mon instinct me guidait le long des traces laissées dans l'herbe. L'agitation des chameaux en rajoutait une couche. Ils étaient les Messagers de la Baleine-Miroir, après tout.

Ainsi, nous marchions chaque jour plus longtemps et plus rapidement, ignorant les ampoules se formant sur nos pieds, et les courbatures qui assaillaient nos muscles. À l'aube d'une énième journée de marche, alors que nous avions repris la route aux toutes premières lueurs du soleil, l'odeur bestiale des chameaux nous chatouilla enfin les narines, charriée par un air venant du sud. Les chameaux, de nature silencieuse, blatérèrent en sentant leurs congénères non loin de là. Ils se mirent à trotter en nous ignorant.

Le troupeau se révéla enfin. Dans la distance, il me paraissait fort majestueux. Chacun était juché sur un chameau dont le pas nonchalant donnait à la procession une allure paisible.

Le pas vif, nous dépassâmes les voyageurs un à un. Je pouvais sentir qu'ils nous adressaient des regards stupéfaits, mais je ne leur en accordai aucun, non par rancœur, mais par simple concentration. Je remontai la chamellerie avec Baris sur mes talons, laissant Verne et Felyn derrière. Je ne m'entendais même plus haleter. Ma cape rouge claquait au vent, le ciel était menaçant. Devant, loin, une chaîne de montagnes tapissait l'horizon. Arakélon, perché sur son Ami, un chameau brun foncé, ne m'entendit pas arriver. Mon Ami me donna un petit coup de museau, m'incitant à grimper sur son dos. D'un mouvement fluide, presque naturel, je m'agrippai à son poil et me hissai entre ses deux bosses. Pressant mes jambes contre ses flancs, je sentis son aura chaude envahir mon corps. Ses pattes devinrent comme l'extension de mes membres, et son trot amblé prit le rythme de mes enjambées. L'homme qui avait usurpé le statut de meneur se retourna enfin, presque dépourvu de surprise, comme s'il s'était attendu à me voir débarquer à tout moment.

On échangea un regard, et je lui passai devant, sans rien dire. Il ne protesta pas, et se comporta comme si de rien n'était. Boréalis me rejoignit. Je n'entendais pas le moindre murmure derrière nous. Les choses revenues à leur place, je décidai qu'on ne s'arrêterait pas avant d'atteindre les montagnes.

Le soir venu, alors que je mettais enfin pied à terre, j'aperçus Verne jouer avec une jeune chamelle au poil gris clair. Iel avait trouvé son Amie. Les tentes se dressèrent une à une, les feux s'allumèrent et, rapidement, je sentis les odeurs de rôtis s'élever dans les airs. Arakélon passait de foyer en foyer, comme à son habitude, mais je sentais les regards interrogateurs peser dans ma direction. Je me demandais ce qu'il avait bien pu leur raconter à mon sujet.

— Qu'attends-tu ? me lança Felyn.

Elle n'était même pas allée saluer sa famille, même si je l'y avais poussée.

— Va donc lui dire ses quatre vérités à cet idiot.

Je me levai et marchai dans sa direction d'un pas posé. Il me vit arriver, ne bougea pas, puis me salua d'un mouvement de tête.

— Yadal...

— Ne perds pas ton temps. Parle tant que je te l'accorde encore.

— Il n'y a pas grand-chose à dire, vraiment. Tu avais disparu.

— C'est tout ce que tu as à dire ? Ne te prive pas, vas-y !

Quitte à dire des bêtises, essaie au moins de les justifier.

— Nous étions au même endroit depuis des jours, la nourriture s'apprêtait à se faire rare, nous étions piégés dans une cuvette, en proie aux bêtes sauvages. Il fallait bouger.

— Bouger n'est pas partir, grommela Boréalis qui venait de nous rejoindre. C'est ce que j'avais préconisé, après que tu as mentionné tes inquiétudes.

— En effet.

— Et tu as contrevenu aux ordres de Boréalis, que j'avais rendue responsable de la chamellerie.

— Écoute, Yadalith, commença-t-il sur un ton paternaliste, je n'ai forcé personne à me suivre. Tu as rendu Boréalis responsable, mais les gens ont décidé de me suivre, moi. La vérité est sous tes yeux. Ta compagne n'a pas la carrure d'une dirigeante, pas comme toi, ou moi. Nous sommes des guides, pas des gouverneurs. Mets-toi un peu à leur place. Tu pars à l'aventure, sans nous accorder le moindre message, sans t'inquiéter. Nous sommes partis, car nous avons compris que nous n'avions pas les mêmes intentions que toi.

— Et quelles sont-elles, dans ce cas, vos intentions ?

— Dénicher de nouveaux territoires accueillants où nous pourrions implanter des villages, cultiver la terre, répandre nos légendes. Le Tir ne remplissait pas ces critères. Ta curiosité t'a perdue, voilà tout.

— Très bien, admis-je en hochant la tête. Très bien, Arakélon.

Sans lui accorder davantage d'attention, je lui tournai le dos et revins m'asseoir autour du feu sur lequel Felyn et Verne faisaient cuire notre pitance. Boréalis, sur mes talons, m'interpella.

— C'est tout ? Tu ne peux pas laisser cet affront impuni ! Il t'a ridiculisée !

— Impuni ? Que veux-tu que je fasse ? Que je le bannisse ? Ou bien que je le fouette ?

— Non, seulement...

— Il avait raison, Baris. Je n'ai pensé qu'à moi. La chamellerie l'a suivie parce qu'il a fait preuve d'une abnégation dont je suis dépourvue.

— Il n'a pas fait ça pour l'intérêt du peuple, mais seulement pour se donner bonne figure ! Il a fait ça pour son propre ego !

— Ne crois-tu pas que j'agis par ego, moi aussi ?

Boréalis recula de stupeur. Verne et Felyn, assises dans l'herbe, se firent toutes petites. Les regards s'accumulaient autour de nous. Je réalisai tout juste que ma voix portait plus que je le pensais.

— Tu n'es pas du tout comme lui, intervint Boréalis. Tu ne manigances pas de manière à te faire aimer.

— Qu'est-ce qui m'anime, dans ce cas ?

J'espérais qu'elle me livrerait la réponse, car je n'en savais rien. Elle s'assit à côté de moi, son bras frôlant le mien dans un mouvement électrisant.

— Tu agis par instinct et par passion. Par intérêt pour l'humanité. Tu immortalises les contes humains. Arakélon ne saura jamais raconter une histoire, même si sa vie en dépendait. On ne le suit pas pour les mêmes raisons qu'on te suit, toi. D'ailleurs, si tu l'avais permis, la chamellerie entière t'aurais accompagnée dans le Tir. Je le sais, car j'étais avec eux avant qu'Arakélon ne se mette à répandre des rumeurs absurdes comme quoi tu te fichais de nous. Ils l'ont suivi par crainte. Ils te suivent par respect. Tu nous inspires tous.

— Tu me dis ça parce que tu m'aimes.

— Elle n'a pourtant pas tort, indiqua Felyn en mâchonnant une patte de lièvre. Je t'aime bien, Yadalith, mais pas au point de… enfin, tu vois. Et pourtant, je suis plutôt d'accord avec ce qu'elle vient de dire.

J'absorbai ces paroles un instant. Felyn n'était pas souvent dans le partage. Elle fronça un de ses sourcils d'une drôle de façon pour manifester son inconfort à l'idée de me complimenter.

— Alors que devrais-je faire ? leur demandai-je à toutes.

— À mesure que la chamellerie va s'agrandir, il faudra accepter que tous n'aient pas toujours envie de te suivre ou te faire confiance, précisa Boréalis. Il y aura d'autres Arakélon, d'autres fortes têtes qui remettront en question ta légitimité. Tu ne dois pas les ignorer.

Baris était de nature réservée, peu encline à diriger – Arakélon disait vrai – mais elle faisait une conseillère hors pair.

— Je ne veux pas imposer au peuple de choisir. C'est injuste, protestai-je pourtant. Si nous nous divisons à nouveau, alors nous serons comme les Bakaryens. C'est ce que nous avons juré d'éviter.

— Ne mélange pas tout, s'indigna Felyn. Le monde est vaste. Nous marchons des jours sans apercevoir âme qui vive. Les Bakaryens ont décidé de vivre sur les mêmes terres tout en se détestant. Nous ne sommes pas condamnés au même châtiment simplement parce que nous entrons en désaccord. Si Arakélon veut mener une partie de la chamellerie de son côté, nous pourrons toujours aller ailleurs.

— Très bien, mais comment s'assurer qu'il n'a aucune mauvaise intention ? Il ne porte aucun intérêt aux histoires ou aux cultures. Je ne veux pas qu'il se sente en position de conquérir un territoire étranger juste parce qu'il en a la force. Il aurait fondé Tirya sans en demander la permission aux Tirons.

— Mais il ne l'a pas fait. Et crois-tu vraiment pouvoir empêcher un homme de mener ses desseins à bien s'il est soutenu par d'autres ? Tu n'as pas la carrure d'un tyran, Yadalith, précisa Felyn. Tes histoires existent, nous les connaissons tous grâce à toi, et grâce à tous les conteurs qui voyagent à nos côtés. Même si Arakélon nous quitte, il emportera ces contes avec lui, d'une manière ou d'une autre.

— Et tant que l'aura de la baleine qui étincelle veillera sur le genre humain, celui-ci ne pourra jamais accomplir ce qu'elle désapprouve. Il faut lui faire confiance, intervint Verne.

— La baleine qui étincelle ? répéta Baris, stupéfaite.

— La Baleine-Miroir, chuchota Felyn à son intention.

Je pensais connaître les montagnes, pour avoir grandi parmi les steppes et vécu à Bakarya, cité nichée parmi les sommets. Mais celles que nous traversions n'avaient pas le même parfum. Elles n'étaient pas vertes comme les escarpements du Tir, ni grises comme la roche ceinturant Bakarya. Leur couleur ocre dégageait une odeur de soufre et de poussière sèche. Il y poussait de petits arbustes épineux et de grandes fleurs aux pétales agressifs. Ce ne fut pas tant cette hostilité qui me frappa, mais plutôt les vestiges humains qui tapissaient notre itinéraire. Ce n'était pas des restes pittoresques et accueillants comme ceux du Tir, ils témoignaient d'une ardeur toute autre.

Nous passâmes sous d'imposantes arches de marbre sans doute dressées par la force de centaines d'individus, et sur des ponts probablement plus vieux que Bakarya, qui n'arboraient pas la moindre fissure. Ce n'étaient pas simplement les traces d'une existence passée, mais le berceau d'une cité disparue. À mesure que nous avancions, les ruines se multiplièrent et nous menèrent jusqu'au sein d'une véritable ville.

Des tours de pierre jouxtaient des chapelles de granit rose. Les pattes écailleuses des chameaux claquaient dans les rues pavées dévorées par la mousse et les pissenlits. L'air glissait dans les artères de la ville morte en sifflant.

— Il y a quelqu'un ? cria vainement Arakélon.

Nous débouchâmes enfin sur une grande place. Peut-être un marché y avait-il eu lieu, chaque matin, à une époque ? Sur quelques dalles encore préservées, je pus lire des lettres familières : VILLARONDIÈRE. Ce peuple manifestement disparu depuis longtemps utilisait le même alphabet que nous. Je mis pied à terre et m'agenouillai pour effleurer les lettres gravées dans la pierre, chacune recouvertes d'un enduis noir et rugueux.

— Villarondière, murmurai-je en me demandant si j'avais déjà entendu ce nom.

Je sentis la présence rassurante de Boréalis derrière moi.

— Celles et ceux qui ont vécu ici partageaient notre culture, dis-je à son intention. Vois comme les lettres sont tracées à la manière bakaryenne.

— Et valésyenne, indiqua Fydjor, qui nous avait rejointes.

Je lui adressai un regard avisé. Il ne m'avait pas adressé la parole depuis notre retour, mais je sentis à ses yeux fuyants qu'il reconnaissait son erreur. Je hélai Verne, pour lui demander de nous rejoindre.

— Écrit-on de cette manière, dans le Tir ? lui demandai-je.

Iel haussa les épaules en examinant l'inscription.

— Je ne sais ni lire ni écrire de cette façon. Nous employons plutôt des idéogrammes. Mais j'ai déjà pu observer des lettres de ce type dans certains ouvrages.

— Quel genre d'ouvrages ?

Iel me lança un regard amusé.

— Des ouvrages de l'ancienne civilisation, du temps des cités qui tutoyaient les nuages. Des objets savamment conservés mais qui demeurent indéchiffrables. Leurs lettres ressemblaient à celles-ci, mais elles s'organisaient de manière complètement différente.

Voilà quelque chose d'intéressant. Nos plus lointains ancêtres, le peuple des cités, qui avaient laissé leur civilisation choir sous les tremblements du Souffle, qui avaient vu leurs villes avalées par des gouffres, et leurs constructions grignotées par des typhons, nous avaient pourtant transmis leur alphabet.

— Nous devrions nous installer ici, souligna Arakélon qui avait lui aussi mis pied à terre. Ces constructions ne datent pas d'hier, mais voyez comme elles semblent solides. Je n'ai jamais rien vu de tel. Les pierres sont imbriquées comme si elles avaient été façonnées pendant plusieurs millénaires dans cette seule intention. Le temps fait son œuvre. Ces tours lui ont résisté. Elles feront des abris sûrs pour quelques nuits.

J'acquiesçai sans rien dire, consciente de la tension que les regards tissaient entre nous deux. Sans attendre, il se retira et enjoignit à chacun de répandre le message. Nous étions libres d'investir Villarondière. Il n'y avait plus âme qui vive depuis une éternité. Même la nature s'était détournée de ces murs. Hormis quelques pousses de lierre, un mince tapis de mousse et des herbes folles assoiffées d'espace, les pierres restaient immaculées. Quelle que soit la chose qui avait fait fuir le peuple d'une telle cité, ce n'étaient pas les ravages du temps.

Alors que les jours s'écoulaient avec onctuosité, Baris et moi profitions de quelques jours amoureux, quelques heures silencieuses. Villarondière recelait de trésors que tous traquaient, de l'aube au crépuscule. Certains investissaient les balcons sculptés dans le marbre surplombant la vallée ocre, tandis que d'autres visitaient les multiples jardins redevenus sauvages où les sculptures de quartz bleu se noyaient dans la végétation, offrant des scènes plus épiques encore qu'au moment de leur confection. Il y avait des villas dotées de mille pièces, des thermes encore opérationnels dont les vapeurs embaumaient les rues en s'échappant par un système de ventilation ingénieux. Des escaliers dérobés menaient aux sources fraîches et limpides nichées entre les monts. Des passerelles de câbles tendus menaient d'un versant à un autre en quelques minutes. Les plus intrépides se laissaient glisser le long des tyroliennes.

Boréalis et moi avions opté pour une des multiples galeries où la fraîcheur et l'humidité donnaient l'impression de voguer sur l'Areyne. Elles débouchaient sur des balcons naturels à flanc de montagne où le silence était composé des échos des cimes. Nous nous asseyions là, blotties l'une contre l'autre, des heures durant, scrutant la courbe de la roche, puis celle de nos corps. Nos rires et nos gémissements s'élevaient dans la vallée, rejoignant la mélodie des vents et le chant des rapaces. Dans ces moments, la chamellerie n'existait plus. Je pouvais fermer les yeux et nous voir, toutes les deux, riant grassement, sans craindre qu'on nous entende, au fin fond des steppes de la Torieka, loin du village, là où ses règles n'existaient plus, là où nous étions les reines du monde. Un monde qui n'était fait que de nos yeux sombres, de nos peaux tièdes et de nos chevelures noires. Un monde où nos lèvres dessinaient les contours de nos langues liées.

J'oubliais parfois que je sortais tout juste de l'adolescence. Et même durant ces années-là, j'avais omis ma propre innocence enfantine en mettant au monde un petit garçon. Je l'avais aimé comme une mère, et l'avais perdu comme une mère. Je m'étais tenue responsable de son sort, et m'était condamnée à une vie endeuillée, sous l'ombre de Galug.

Non.

Sous l'ombre de Galiegu, comme j'avais toujours voulu pouvoir l'appeler. Il était né d'une union maladroite entre Luni, un garçon des steppes, et moi. Comme le voulait la tradition toriékaine, nulle ne connaîtrait son véritable prénom, Galiegu, tant qu'il ne serait pas grand-père. Alors, pour tout le monde, il était simplement Galug. Mon petit Galug.

Je n'avais jamais rien vu d'aussi parfait. Sa peau avait autant de valeur qu'une montagne d'or. Et ses yeux, aussi noirs que les miens, me transperçaient l'âme à chaque fois qu'il me regardait.

Cela ne dura qu'un mois. Comme de nombreux enfants des steppes, il ne s'avéra pas assez solide pour la vie. Il tomba malade, et s'éteignit dans la souffrance. Personne ne connaîtrait jamais son nom véritable. Après tout, personne n'était censé connaître le mien non plus. Et pourtant, j'avais pris en main ce pan de mon histoire.

La noix qui tintait dans ma poche pour me rappeler son existence furtive retentissait à chacun de mes mouvements : au rythme du pas de mon Ami, lorsque je prenais Baris dans mes bras, ou quand j'allumais un feu. Il ne se taisait que lorsque j'ôtai ma robe, révélant ce qui restait de moi, tout juste adulte, à la seule parmi nous qui avait connu ce nourrisson. Lorsque les montagnes chantaient et les galeries de pierre sifflaient, il me semblait parfois entendre les babillements du garçon qui n'avait jamais porté son nom véritable comme nous portions les nôtres. Un garçon qui avait dû se soumettre à des règles avant même de pouvoir les comprendre.

— Penses-tu que ces montagnes portent un nom, Baris ?

Il n'y avait plus que moi qui l'appelais par ce surnom. Le coin de ses lèvres s'étirait quand elle m'entendait le prononcer.

— J'imagine que tout a porté un nom à un moment dans l'histoire de son existence. Mais aucun nom ne vaut celui donné par une mère.

— Les montagnes n'ont pas de mère.

— Nous l'ignorons, souligna-t-elle.

Je sortis le grelot de ma poche et le laissai rouler dans le creux de ma paume, sous les yeux soucieux de Boréalis. Je pris sa main et fis passer l'objet entre ses doigts. À la Torieka, il était formellement prohibé de toucher le grelot d'une autre femme, voire même d'y jeter un coup d'œil, mais cela faisait longtemps que Baris n'était plus une femme toriékaine. Elle prit le grelot, fit tinter le noyau coincé dans sa coque de noix, et sourit.

— Tu n'as jamais su son nom véritable, lui indiquai-je.

— Non, il était si petit. Galug…

— C'est Luni qui a pensé à ce surnom, avant même de lui avoir trouvé un nom véritable, expliquai-je en ponctuant ma phrase d'un soupir sonore. Tu sais, je m'en suis voulu, par la suite. Je me suis dit que c'était chercher la malchance que de faire les choses dans cet ordre-là.

— Ce n'est que de la superstition, Yud. Ce n'est pas ça qui a tué ton fils.

Baris s'était toujours montrée bienveillante à l'égard de ce petit garçon, même s'il était né d'une union dont elle ne faisait pas partie. Elle ne m'avait jamais reproché de l'avoir fait avec Luni, de lui avoir offert mon corps et d'avoir pris le sien. Elle et moi étions déjà proches, à l'époque, sans comprendre à quel point. C'était par crainte de faire face à la vérité que je m'étais détachée d'elle, en faveur de Luni, un garçon gentil, sans force de caractère, mais loyal, qui me faisait la cour depuis longtemps. Ma mère m'avait convaincue que les sentiments n'existaient vraiment qu'avec la naissance d'un bébé, et qu'il n'y avait rien de plus volage et passager qu'une union stérile. L'enfant que j'étais l'avait crue.

Elle n'avait pas complètement tort. Galug m'avait unie à Luni d'une manière que je n'imaginais pas. Ce n'était cependant pas l'œuvre de l'amour pour notre enfant, mais celle du chagrin face à sa disparition. Nous nous étions consolés dans les bras l'un de l'autre. Puis cette affection-là s'était finalement érodée.

Après des années à jouer la bonne Toriékaine, je compris que la seule chose qui n'avait pas disparu, c'était Baris. Elle m'avait attendue, paisiblement, comme si elle savait comment les choses se termineraient.

Dans la grotte, elle me serra contre elle. Nos corps allongés s'emboîtaient aussi naturellement que les pierres qui façonnaient Villarondière. Elle fit jouer le grelot entre ces mains, et son chant me parut différent. La mélopée s'était changée en rhapsodie joyeuse. Galug n'avait pas toujours pleuré. Entre les mains de Baris, le noyau ricochait pour imiter son gazouillis joyeux.

— Galiegu, lui dis-je. Il s'appelait Galiegu.

— Galiegu, répéta-t-elle en souriant. Comme c'est joli.

Et le tintement du grelot, faisant écho aux rires de mon fils, se mêla à la ritournelle de la vallée.

— C'est aussi le nom de ces montagnes, ajoutai-je en chuchotant dans son oreille.

Les années passeraient, les aventures s'enchaîneraient et l'ennui resterait longtemps loin de moi. Sur les cartes du monde entier, on inscrirait ce nom pour identifier la chaîne de montagnes laissée orpheline. Galiegu ne serait jamais plus le nom tu d'un petit garçon. Il représenterait cette barrière naturelle, passerelle vers un autre monde. Ces lettres évoqueraient la grandeur et la puissance d'une entité immuable. Les humains s'éteindraient bien avant ces montagnes, elles outrepasseraient nos contes et nos légendes et en abriteraient de nouveaux.

15
Coda en fuite

Deux bœufs aux massives cornes noires tiraient une charrette bâchée dont les roues grinçaient. Son conducteur, un vieil homme ratatiné, une pipe entre les lèvres, fredonnait un air oublié. Il saluait les marcheurs qu'il croisait d'un geste de la main et se faisait dépasser par les voitures, plus rapides, souvent tirées par des animaux plus endurants : des élans de trait ou des poneys. Par chance, la route de gravier, bien entretenue, comprenait peu de nid-de-poules. Le voyage était paisible.

Cachée sous la bâche, au milieu du chargement de poteries, une femme veillait sur deux enfants endormis. Deux autres, plus âgés, regardaient la ville qui les avait vus grandir disparaître à mesure que le chemin rouge les menait vers le nord.

— C'est trop dangereux, leur avait dit le Croque lorsque Coda lui avait présenté l'idée de retourner à Cascade. Ils sauront vous retrouver là-bas.

Elle ne l'avait jamais vu ainsi. L'homme sévère et renfrogné qu'elle connaissait avait perdu son masque face au spectacle de la Baleine-Miroir assaillie. Il n'avait pu détacher son regard de la scène – sceptique qu'il était – à la vue de l'innommable. Il était tombé à genoux et avait pleuré. Ce n'étaient pas des larmes de tristesse, ni même de peur ou d'émoi, c'était les larmes d'un homme qui découvrait la vérité sur l'univers. Les légendes à son propos ne manquaient pas, de la Tar-Mara à l'Aucellion, à travers les océans et les territoires habités. En un instant, la Baleine-Miroir avait dévoilé sa silhouette de cristal à des milliers d'âmes, laissant tomber son statut de mythe pour un autre aux répercussions inévitables. Il y avait ceux qui la craindraient et ceux qui l'adoreraient au point de négliger leur propre existence. Tous ceux-là trouveraient réconfort auprès des chasseurs de baleines. Quant aux autres, comme Coda, Pandore, ou Diana, ils ne douteraient plus de l'existence d'une entité plus vaste, plus lourde et plus intelligente que toute créature connue en ce monde. Le Croque était de ceux-là.

— Je ne manquerai pas cette chance de rentrer chez moi, pas encore ! protesta Coda.

Le Croque prit son petit visage dans ses grandes mains de pierre.

— Tu n'as pas le choix, ma petite.

— Nous ne pouvons pas fuir pour l'éternité ! Ils pourront toujours nous retrouver à Cascade, il faut juste espérer que...

— Que quoi ? s'impatienta Cal, qui avait rejoint l'auberge avec Hazel et Pandore. Ces brutes ne nous laissent pas le loisir d'espérer, tu comprends ? Seule leur disparition nous permettra de retourner à Cascade !

Coda s'éloigna, refusant d'écouter ses arguments. Cal ne comprenait pas, elle ne connaissait pas Cascade. Il n'y avait personne, là-bas, qui l'attendait depuis déjà deux ans. Mais autour de Coda, personne ne prit son parti. Même Pandore, le regard rivé au sol, resta muet. La Cité Rocheuse n'avait pas toujours été un havre de paix, pour lui. Sa famille n'était pas aussi chaleureuse que celle de Coda. Elle sentit des larmes chaudes perler au coin de ses yeux, lourdes et collantes comme de la sève, si bien qu'elles ne tombèrent pas.

— Non, gémit-elle tandis que le Croque la prenait dans ses bras, une étreinte paternelle dont elle avait toujours été privée, suite au départ de son propre père de Cascade, quelques mois avant sa naissance.

— Vous serez en sécurité, assura-t-il. Faites-moi confiance.

Ainsi, il les avait menés dans les méandres de la Périphérie, auprès d'un vieux marchand de poteries. Il avait glissé quelques pièces de cuivre dans sa poche et avait chuchoté une destination à son oreille. Il avait ensuite aidé Diana, Cal, Hazel et les enfants à monter dans sa charrette.

— Trouvez Vittali, dans les plaines des Vieux-Os, à l'est de Périphélie. Il vit dans une petite ferme, avec son épouse. Ils vous cacheront là le temps nécessaire. Ne vous faites pas voir avant votre arrivée, soyez plus prudents que vous ne l'avez jamais été.

— Et après ? bégaya Pandore. Combien de temps faudra-t-il ?

L'aubergiste fit mine de réfléchir.

— Honnêtement, gamin, j'en sais rien. Mais vous serez bien, là-bas. Faites votre part du travail à la ferme, et vous serez nourris comme il faut. Vittali ne manquerait pas d'un peu d'aide, il se fait vieux. Vous verrez, c'est un meilleur employeur que moi.

Pandore réprima un sourire et se jeta au cou de l'homme, comme un dernier au revoir. Il salua ces enfants qu'il avait appris à si bien connaître, et ceux qu'il venait tout juste de rencontrer, puis regarda la charrette s'éloigner sur un chemin tortueux et accidenté.

— Qui est-il, ce Vittali ? cria Coda à son adresse.

— C'est mon père. Passez-lui le bonjour ! Dites-lui que Crocus pense à lui.

Coda sentit son cœur se serrer pour cet homme qui n'avait jamais eu que du mépris pour le monde de l'enfance – du moins en apparence. Et pendant les jours qui la menèrent à Périphélie, le long de la route d'Yadalith, elle dormit pour apaiser sa peine.

Dans son sommeil, elle se sentit bercée par la douce Diana, sa main nouée dans celle de Pandore, frère qu'elle s'était choisi. Elle entendit Hazel et Cal glousser à des blagues qu'elle ne comprenait pas. Dans sa solitude, elle avait trouvé de la compagnie.

Périphélie, grande ville au nord de Dantilus, accueillait le Siège des Routes où des gouverneurs organisaient l'entretien du chemin rouge ainsi que de ses sœurs : la route boréale qui formait deux branches au nord de Bakarya, et la route d'Arakélon qui s'étendait de Villarondière au Joyau, dans l'Empire Anaca. La ville était plus modeste que Dantilus, en taille comme en artifice. L'architecture, simple, privilégiait la solidité à l'esthétique. Le seul monument de la ville résidait en son cœur : le Siège des Routes s'érigeait au pied d'un clocher sobre qui s'élevait nettement au-dessus des habitations aux toitures sombres. Il retentissait toutes les six heures pendant dix minutes. Ses cloches nappaient la ville d'une mélodie à chaque fois différente, redondante et légère.

La compagnie n'y dormit que deux nuits, dans la petite chambre d'une auberge animée. Elle s'abstint de s'aventurer à l'extérieur à visage découvert trop longtemps, par crainte d'être aperçue par la mauvaise personne. Coda avait même ôté sa bague pour plus de sécurité, même si elle avait fini par comprendre que celle-ci ne revêtait pas autant de valeur qu'elle se l'était imaginé.

Elle aurait souhaité pouvoir explorer la ville avec ses amis. Hazel et Cal partagèrent sa déception tandis que Pandore et Diana, plus réservés, avaient hâte de repartir au plus vite. Le marchand qui les transportait ne leur parlait quasiment pas, il n'avait même pas voulu leur dévoiler son nom. D'apparence sympathique, il en était tout autre en compagnie de réfugiés. Il ne manquait toutefois pas d'attention pour ces bœufs, deux énormes bêtes au pas si mou que marcher aurait été plus rapide. La charrette conférait au moins l'anonymat.

Les nouvelles allaient bon train, le long du chemin rouge. La spectaculaire attaque des baleiniers contre la Baleine-Miroir se répandit comme une traînée de poudre. Très vite, on entendit murmurer de soi-disant témoignages dans les échoppes de la ville et au bord de la route d'Yadalith.

— Je l'aie vue, et elle n'est pas si grande qu'on le dit, prétendaient certains.

— Les baleiniers ont réussi à lui arracher une nageoire, je t'assure ! calomniaient d'autres.

Coda savait que quiconque ayant réellement assisté au ballet en aurait parlé en des termes bien différents. Les baleiniers avaient l'air bien inoffensifs à côté de la Baleine-Miroir, même armés de leurs dards de métal. Ce qui inquiétait Coda, c'était la facilité avec laquelle la Baleine était tombée dans leur piège, et comment elle s'était amusée à les approcher. Elle ne craignait pas la moindre blessure, mais la jeune Coda avait vu des morceaux de miroir larges comme un des bœufs qui tiraient leur charrette tomber sous l'impact des harpons. La créature n'était faite pas de chair mais elle n'était pas non plus indestructible. Perdue dans ses pensées, Coda se surprit à frissonner en imaginant le cadavre du cétacé. Elle lui était redevable maintenant qu'elle l'avait secourue deux fois, mais ce n'était pas tout. Coda sentait qu'un lien indéfectible s'était tissé entre elles.

— La Baleine-Miroir n'est pas aussi maline qu'on le croit... marmonna-t-elle à mi-voix, dans la charrette brinquebalante.

Seule Diana l'entendit, les autres plongés dans une partie de cartes.

— Que veux-tu dire ?

— Une seule chose la menace : les baleiniers. Elle a le pouvoir de disparaître à son gré, de voguer parmi les flots comme parmi les nuages, et pourtant elle revient toujours vers eux en tombant dans leurs pièges flagrants. Elle t'a toujours voué une fidélité à toute épreuve alors que tu préférais louer ta loyauté aux chasseurs de baleines. Et lorsqu'ils m'ont enfermée, elle est venue leur offrir ce qu'ils cherchaient : sa venue.

Diana resta pensive un instant. Son amitié avec la Baleine-Miroir remontait à son adolescence, quand elle avait rejoint les baleiniers. Malgré tout, la créature avait toujours tourné cela à son avantage, s'assurant que la jeune mousse ne sonnerait jamais l'alarme trop tôt, lui laissant le temps de filer avant qu'un quelconque chasseur ne se rende compte de sa présence.

— Ce que je veux dire, ajouta Coda, c'est qu'elle aurait très bien pu ne jamais revenir te voir. Pourquoi se faire des amis parmi les baleiniers ? Pourquoi ne pas simplement les éviter ?

— Crois-tu que je serais là, avec vous quatre, si elle n'était pas revenue me voir ? rétorqua Diana.

— Non, bien sûr que non... Mais les baleiniers n'auraient même pas de raison d'exister si la Baleine pouvait simplement les éviter.

— Connais-tu l'histoire des Mastodontes, Coda ?

— Assez peu, reconnut-elle. Je sais seulement que la Baleine-Miroir en faisait partie.

— Ils étaient six à sortir des entrailles du monde et à peupler la terre après que le Souffle s'est abattu sur la dernière civilisation. Je ne sais pas s'ils y sont arrivés à cause d'une anomalie, ou si leur présence avait bel et bien un sens, mais ils ont tous fini par repartir dans l'Entremonde. Tous, sauf elle.

— Pourquoi donc ?

— Nul ne le sait. Peut-être a-t-elle voulu rester ici, peut-être a-t-elle manqué de temps. Toujours est-il que les seuls êtres qui se rapprochaient le plus d'une famille, pour elle, l'ont quitté pour l'éternité. Elle est depuis condamnée à errer parmi les mortels. Qui donc peut comprendre ce qu'elle ressent ? Peut-être côtoie-t-elle les baleiniers pour lutter contre l'ennui. Peut-être trouve-t-elle des amis parmi les humains pour combler le vide laissé par ses frères et sœurs.

Diana visait juste. La Baleine-Miroir, dans sa majesté, était criblée de solitude. Dans un premier temps, elle s'était rapprochée de certaines espèces animales : les chameaux, les cerfs abriteurs, ou certains insectes, par exemple. Ces animaux évoluèrent pour accroître leur sensibilité aux messages qu'elle leur laissait. Ils devinrent ce qu'on appelait désormais des Messagers. De toute évidence, la créature entreprenait la même chose auprès des êtres humains. Elle décelait chez eux une ambition absente chez la plupart des animaux. Une soif d'au-delà qui ne s'étanchait qu'avec l'exploration de mondes hostiles. Une curiosité qui résidait dans les histoires qu'ils se racontaient, repoussant chacune davantage les frontières de l'imaginaire.

La charrette s'éloigna du chemin rouge en quittant Périphélie. Elle prit un chemin de terre cahotant, bien plus étroit et moins emprunté que la route d'Yadalith. Elle traversa des prairies, des bois et des plaines qui se succédèrent durant des jours. Et enfin, au détour d'un énième chemin sablonneux, la ferme de Vittali se révéla aux voyageurs.

Le marchand les laissa là et repartit sans demander son reste. Diana prit les devants, les adolescents et les enfants derrière elle formaient une drôle de famille. Lorsque Vittali sortit sur le pas de la porte, il n'y eut aucun doute : le Croque était son fils. Bien qu'il ressemble à sa progéniture, Vittali était nettement plus âgé et moins repoussant. À la différence de son fils, il arborait un sourire chaleureux.

En apprenant leur histoire, il les accueillit et leur présenta son épouse, Tonia, avec qui il vivait depuis dix ans. Coda et Cal héritèrent d'une chambre, Hazel et Pandore d'une autre, et Diana d'une minuscule pièce qui avait dû servir de débarras, où elle serait tranquille. Dans leur ferme, vaste et déserte, le vieux couple cultivait quelques légumes, des fruits et des céréales, pour leur propre usage et élevait une centaine de moutons dont il vendait la laine à Périphélie.

— Et ces chevaux, interrogea Pandore, ils ne sont pas à vous ?

Dans la plaine, une cinquantaine de chevaux massifs au poil épais regardaient les nouveaux venus, l'air circonspect. Ils n'avaient rien des mules ou des ânes qu'on rencontrait souvent sur la route. Ils étaient au moins deux fois plus gros, de la taille du Croque au garrot, pour la plupart.

— Eux ? fit Vittali en éclatant de rire. Je serais mort si j'avais essayé d'en faire un élevage !

— Ce sont des Messagers, déclara Tonia, les yeux étincelants. Ils sont remarquables. Nous vivons sur leur territoire, et ils nous protègent tant que nous les respectons.

Une bourrasque balaya la plaine et, dans un chahut disparate, les chevaux se cabrèrent, ruèrent, et partirent dans un galop aux foulées prodigieuses.

— Elle nous quitte jamais bien longtemps, murmura Coda pour elle-même sans ignorer que chacun l'entendit.

Elle prit la main de Diana, celle de Pandore, et sut que ces années d'exil forcé ne seraient pas qu'un châtiment.

16
Yud et la ville fantôme

Le charme de Villarondière avait quelque chose de déroutant. Au fil des jours, je me surpris à voir la ville de plus en plus grise, et les montagnes de plus en plus silencieuses. Mon humeur changea. Je devins irritée par le moindre désagrément et je constatai la même aigreur chez mes compagnons. Certains matins, je peinai même à rejoindre Boréalis dans notre galerie. Quand j'y trouvais la force, elle n'en était pas capable. Nous flânions sans passion dans des rues quasiment désertes, devenant allergiques au contact de nos pairs.

Les chameaux nous avaient délaissés pour se prélasser dans la vallée où coulait une eau claire et limpide, désintéressés de nos humeurs humaines. Il aurait été naïf d'ignorer leur comportement. Ils dédaignaient la ville malgré ses attraits. Rien de bien surprenant, venant d'animaux nés sur les hauts-plateaux de la steppe. Cependant, je ne pus m'empêcher d'y lire un avertissement.

Un matin, intoxiquée par la ville, je m'en éloignai, à la recherche de mon Ami. Il somnolait en amont de la rivière, allongé dans une herbe haute et abondante. Il ouvrit ses yeux sombres en m'entendant arriver et les plongea dans les miens comme il en avait l'habitude. Je me sentis happée par son regard à l'air étrangement humain. Je ne m'y habituais décidément pas. Je m'agenouillai à côté de lui et laissai reposer ma tête contre son pelage duveteux. Je m'assoupis, ne rouvrant les yeux qu'au coucher du soleil. Comment avais-je pu dormir si longtemps ? Le souffle soudainement léger, je me sentais libérée d'un poids. Je laissai mes yeux dessiner les contours de Villarondière, circonspecte.

— Il y a quelque chose, là-haut, qui me donne irrésistiblement envie d'y retourner, et pourtant je crains de ne pouvoir en ressortir, expliquai-je à mon Ami, sachant pertinemment qu'il comprenait ces choses mieux que moi.

Il se contenta de frotter son museau humide contre mon épaule dans un signe d'affection que je lui rendis en lui grattant le sommet de sa tête recouverte d'une frange brune. Machinalement, je sortis de ma poche le signeur de Tortue. Il m'arrivait souvent de l'interroger, persuadée que je pourrais y lire quelque chose que je ne trouverais nulle part ailleurs. Il ne s'était pourtant plus manifesté depuis qu'il avait éveillé les fées de Bakarya. Encore une fois, il ne me rendit que le reflet impeccable de mon visage mat, avec cette tache sombre qui grignotait ma joue. J'oubliais souvent qu'elle existait. J'orientai l'objet vers la ville, mais le simple reflet du soleil couchant vint y ricocher. Peut-être n'y avait-il aucun mystère à percer ? Devais-je simplement me fier à mon intuition ?

Alors que je me dirigeais vers la ville, le chameau poussa un gémissement rauque. Il me fixait d'un l'air inquiet, les plis de ses sourcils encadrant ses pupilles complètement noires. Il piétinait sur place, la tête baissée. Ses congénères levèrent la tête vers moi. Tous affichaient ce même air méfiant.

— Je reviens vite, lui promis-je.

J'étreignis mon Ami une dernière fois avant de remonter l'interminable escalier qui me séparait de Villarondière, tâchant de ne pas trop réfléchir à ce qui venait de se passer. Arrivée en haut, j'étais essoufflée, ce qui n'empêcha pas Souris de me sauter dans les bras.

— Yadalith ! s'exclama-t-elle. Il faut vite que tu viennes voir ce que j'ai trouvé !

Elle agrippa mon bras et me tira à travers des ruelles engorgées d'une lumière de début de soirée. Nos talons claquaient sur les pavés gris. Après quelques bifurcations, elle me fit dévaler un escalier le long d'une corniche, jusqu'à une de ces passerelles qui longeaient la muraille de la ville. Là, un boyau nous guida jusqu'à une bulle de verdure et d'humidité. La lumière qui pleuvait à travers une bouche d'égout au-dessus de nos têtes ricochait sur les feuilles et formait une flaque sur la mousse qui recouvrait les briques.

— C'est merveilleux, Souris. Quel endroit magnifique.

— Regarde un peu par ici, insista-t-elle en pointant un monticule dans un coin.

M'approchant, je reconnus là des restes humains, à n'en point douter. Des crânes presque réduits à l'état de poussière, des os entassés dans le désordre. Souris semblait ravie par sa découverte.

— Quel drôle d'endroit pour mourir ! s'exclama-t-elle.

— En as-tu trouvé d'autres, par ici ? lui demandai-je, inquiète.

— Des os, oui mais pas autant qu'ici.

Je levai la tête. Le puits de lumière déversait les rayons déclinants du soleil sur la tête de cette pauvre personne qui s'était éteinte ici. Je pouvais l'imaginer, agonisant, essayant vainement d'agripper la clarté dans ses derniers instants de lucidité.

Nous n'avions retrouvé aucune trace humaine à travers la ville, mais qui mieux que des enfants pour en dénicher dans les moindres recoins. Une poignée d'enfants avec qui Souris passait désormais ses journées nous rejoignit. Ils semblaient avoir investi ce charnier. Aucun d'entre eux ne saisissait l'ampleur de leur découverte.

Je remerciai Souris de m'avoir menée jusqu'ici et enjoignis tous les enfants à retourner auprès de leurs parents, à la surface, où je rejoignis Felyn, Fydjor, Arakélon et Boréalis. Verne était occupé un peu plus loin à coiffer l'interminable chevelure brune de Fyona. L'attroupement s'était installé au rez-de-chaussée d'un bâtiment qui avait pu être une boutique, une auberge ou même un foyer. Le verre des fenêtres avait disparu, la porte également, laissant de vastes ouvertures sur la rue pour faire circuler l'air chaud. Je leur racontai en quelques mots l'étrange découverte des enfants. Arakélon et

Fydjor ne sourcillèrent pas, Felyn émit un juron de dégoût, et Boréalis se retint de rendre le ragoût qu'elle était en train d'ingérer.

— Ce n'est quand même pas anodin, comme découverte. Pas le moindre indice de ce qui a pu se passer ici en surface, mais des restes humains sous terre. Qu'y a-t-il à comprendre ?

Fydjor haussa les épaules.

— Nous n'avons pas encore exploré toute la ville, il se peut que ce ne soit qu'un hasard.

— Inutile de s'affoler, tempéra Arakélon. C'est plutôt bon signe, en réalité. Des gens ont bel et bien vécu ici, ils ne se sont pas volatilisés.

— Parce que c'est ce que tu craignais ? le gaussa Felyn.

Il lui jeta un regard noir.

— Nous devrions repartir sans traîner, proposai-je.

— Excellente idée, admit Arakélon. Laisse-moi transmettre le message dès demain et nous achèverons la traversée de ces montagnes le jour suivant. Nous avons déjà suffisamment traîné.

— Non, dis-je en secouant la tête. Nous ne pouvons pas aller plus loin.

Des yeux stupéfaits se levèrent, délaissant le repas.

— Que veux-tu dire ? s'exclama Fydjor. Où veux-tu donc aller ?

— À Bakarya ? suggérai-je. Ou Valésya. Je l'ignore. Mais je pense qu'il serait plus sage pour tous de retourner vers des terres connues. Certains d'entre nous pourraient retourner vers Tirya et s'y installer. Il y a de la place pour tout le monde, là-bas. Nous marchons depuis des mois, sans but réel. Et... je ne sais pas. Cette ville me donne la chair de poule.

— Mais enfin ! s'esclaffa Arakélon. On ne peut pas prendre une telle décision parce que tu es mal à l'aise ici. Il suffit de mettre cette terre derrière nous, hors de question de retourner en arrière ! Il y a tant à découvrir par-delà ces maudites montagnes...

— Le *Galiegu*, l'interrompit Boréalis d'une voix calme. Ces montagnes portent un nom. C'est le Galiegu.

— Oh, oui, pardonnez-moi, chère meneuse, dit-il à son intention. Yadalith nomme les villes, les montagnes, nous n'avons plus qu'à lui obéir !

Le rouge monta aux joues de Boréalis qui serra les poings, se retenant d'exploser au visage de l'homme. Verne qui avait délaissé sa tâche, venait de nous rejoindre, attiré par la tension qui montait dans notre habitat de fortune. Iel m'interrogea du regard.

— Allons bon, s'interposa Fydjor, pas la peine de s'emporter. Yadalith mène la marche depuis Bakarya. Elle a éveillé les fées de la ville, s'est liée avec les chameaux des Hauts-Plateaux, et n'ignorons pas qu'elle a vu la Baleine-Miroir de ses propres yeux. Nous nous sentons tous plus tranquilles à l'idée de la suivre.

— Pardonne-moi, Fydjor, mais je ne suis pas superstitieux. La Baleine-Miroir pourrait se trémousser sous mes yeux, je n'en aurais rien à faire. La chamellerie n'a pas besoin de contes de fées, elle a besoin d'ambition. Ceux qui nous suivent sont là pour marquer l'histoire. Jamais une telle assemblée n'a traversé le monde comme nous le faisons. Ces stèles rouges que nous plantons après nous pour guider ceux qui suivront nos traces vont façonner ce monde d'une manière que nous ne pouvons imaginer. Ce n'est pas la Baleine-Miroir qui fait tout ça, ce n'est pas elle qui fait vivre l'humanité, que je sache !

— Que tu saches ? m'écriai-je en me levant. Mais que sais-tu, Arakélon ? Qu'y a-t-il donc qui fait de toi un meilleur meneur que moi ? Qu'y a-t-il donc au-delà de ces montagnes qui va t'apporter gloire et bonne fortune ?

— Oh, ça suffit, ne commence pas avec tes beaux discours. C'est bon, tu es charismatique, je sais bien que c'est pour ça que les gens te suivent.

— Tu ne réponds pas à ses questions, rétorqua Verne, d'une voix pleine d'assurance. La gloire et la bonne fortune t'attendent-elles là-bas ?

— J'imagine qu'il n'y a qu'un seul moyen de le vérifier, siffla-t-il avec un air défiant.

Un silence de marbre s'installa quelques instants. Je me rassis sans le quitter des yeux.

— Et bien vas-y, finis-je par dire. Que ceux qui partagent ta vision te suivent. Quant aux autres, nous retournerons sur nos pas. Il y a tant à visiter là-bas aussi. Tu écoutes tes orgueilleux désirs d'honneur, libre à toi. Mais cela ne m'empêchera pas de choisir mon instinct, et les messages de la Baleine-Miroir.

— Et je suis certain que tu en seras parfaitement récompensée. Avec un peu de chance, elle t'offrira une deuxième écaille pour y tailler un autre signeur que tu pourras offrir à ta chérie. Oh, je vais être jaloux !

Boréalis le fusilla du regard, mais il l'ignora, me lorgnant d'un air excédé. Il quitta la pièce sans demander son reste. J'en fis autant, me dirigeant vers celle que Baris et moi utilisions comme chambre. Elle m'y rejoignit quelques minutes plus tard, et se blottit contre moi sur notre matelas de fortune. La pièce était vaste et complètement vide, il y régnait une froide obscurité. Je fourrai mon nez dans son épaisse chevelure noire. Elle sentait bon l'automne.

— Quelle audace ! murmura-t-elle. C'est bien facile de rejoindre la chamellerie à partir de Valésya et de faire comme s'il savait tout mieux que toi.

Je ne répondis rien, la laissant donner libre cours aux invectives qu'elle n'osait jamais lancer aux personnes qui le méritaient pourtant.

— Qu'il aille se perdre dans je-ne-sais-quelle contrée et y trouver les richesses qu'il présume mériter.

— Il n'avait pas complètement tort, admis-je finalement.

— Bien sûr que si ! Et traiter la Baleine-Miroir comme... un vulgaire poisson. Non mais vraiment, il ne manque pas d'audace !

— Il ne l'a jamais vue, il ne peut pas comprendre. Personne ne peut comprendre, à part Felyn.

— Moi je comprends.

— Tu comprends parce que tu m'aimes, dis-je en riant. C'est bien dommage qu'Arakélon soit insensible à mes charmes.

Boréalis fit mine de vomir à cette éventualité, faisant redoubler mon rire.

— Il faut bien admettre qu'aucun de nous deux ne sait vraiment ce qu'il fait, ajoutai-je. Il cherche à être bien vu, honoré, peut-être même idolâtré – je ne sais pas. Et moi, je suis l'ombre d'une créature qui aurait très bien pu n'être qu'un mirage, une hallucination. Que cherchons-nous, Baris ?

— Tu crois vraiment que notre périple est inutile ? Arakélon n'avait pas complètement tort. C'est vrai : ce chemin que nous traçons pourrait changer la face du monde humain. Imagine un peu : on pourrait aller de Valésya jusqu'au Tir sans craindre de se perdre. Des villages pourraient même naître sur la route, pour permettre aux voyageurs de faire des haltes. On pourrait aussi rejoindre Villarondière, une ville déjà toute faite, il n'y a qu'à poser ses valises. Et puis, qui sait où le voyage nous mènera par la suite.

— Mais est-ce bien nécessaire ?

— Nécessaire, je ne sais pas, mais sûrement pas inutile. Il y a encore quelques années, nous étions toutes les deux persuadées que rien ne nous attendait à l'extérieur de la Torieka, que nous étions condamnées à une vie d'ennui et de déceptions. Même à Bakarya, nous n'avions de contrôle sur rien, constamment fichées entre les Animalistes et les Numéroteurs, toujours étrangères. Je suis certaine que notre sort aurait été le même à Valésya. Je ne me suis jamais sentie aussi libre et investie d'un rôle – et pas simplement d'un masque – que depuis que nous sommes sur la route.

J'esquissai un sourire.

— Et enfin, admets donc que la vie est nettement plus drôle sur le dos d'un chameau. Peu importe que notre voyage n'ait pas de finalité ! Nous ne le saurons pas avant de l'atteindre, de toute façon. En attendant, et tant que nous ne dérangeons ni les animaux ni les habitants des contrées que nous traversons, autant en profiter !

— Et Arakélon ? maugréai-je.

— Oh, laisse-le donc partir, on sera débarrassées !

J'éclatai de rire en écho du sien.

— Boréalis, tu ferais une bien meilleure meneuse que moi, je te le garantis !

— Oui, bien sûr, dit-elle avec cynisme, si seulement j'arrivais à dire tout ça devant une assemblée de plus... d'une personne.

— Un jour, tu en seras capable, chuchotai-je en rapprochant mes lèvres des siennes.

Elle passa la main sur ma nuque et m'embrassa, rapprochant son corps du mien. Dans ses bras, je n'étais plus l'honorable Yadalith que chacun – ou presque – respectait. J'étais sa Yud, celle qui avait été son amie, sa confidente, puis son amante. Elle passa ses doigts sur le maigre duvet de mon angiome, où mes sens étaient parfois décuplés. Quand nous étions ensemble, loin de l'agitation de la chamellerie, la nuit nous appartenait.

L'agitation du départ avait envahi Villarondière. Chacun s'occupait d'empaqueter ses maigres possessions. La vallée nous avait fourni des fruits et des noix en abondance qu'on avait mis à sécher en prévision de notre départ. Arakélon donnait des directives depuis la place principale. Il ne nous accordait pas un regard et je me retenais du mieux possible de lui porter rancune. Cent douze personnes avaient choisi de se joindre à lui sur sa route au-delà du Galiegu. Une part respectable de la chamellerie comptant presque cinq cents âmes humaines.

Arakélon allait donc poursuivre le chemin que nous avions déjà tracé ensemble, mais il avait décidé que les stèles qui marqueraient son périple seraient peintes en vert, et non en rouge, la couleur qu'on m'avait attribuée malgré moi. La Route d'Arakélon. Cela sonnait bien, je pouvais l'admettre. Boréalis paraissait toute guillerette à l'idée d'enfin se débarrasser de lui. Je ne savais comment le prendre. Je pensais aux cent douze voyageurs que j'avais peut-être déçus. Je perdais ma légitimité et je ne pouvais en vouloir qu'à moi-même. Je ne perdait toutefois pas de vue l'objectif qui avait été le nôtre depuis le départ de Bakarya : nous irions répandre les contes de nos peuples et de ceux qui nous croiseraient, nous créerions un chaînon de l'humanité pour assurer à chacun la possibilité de trouver sa place quelque part. Pour cela, nous devions coûte que coûte faire confiance à la Baleine-Miroir, qui unifiait déjà les êtres humains. Elle était la seule créature qu'on pouvait retrouver dans les histoires d'un bout à l'autre du monde connu.

L'euphorie du départ fut bouleversée par des pleurs incontrôlables, ceux d'une fillette, au bout de la rue. En tournant la tête, j'aperçus la petite Souris, accrochée à son père comme s'il allait s'envoler d'un moment à l'autre. En me voyant froncer les sourcils, il s'approcha de moi, le visage fermé.

— C'est quoi ce bazar ? s'exclama Felyn qui détestait voir sa nièce en pleurs.

— Felyn, Yadalith, j'ai besoin de vous parler, déclara Fydjor, l'air contrit.

Il s'agenouilla, essaya tant bien que mal de croiser le regard paniqué de sa fille et lui demanda d'une voix douloureuse d'aller jouer avec Verne. La petite n'avait pas l'air d'en avoir envie mais s'exécuta quand même, le pas traînant.

— J'ai pris une décision, dit-il en se relevant. Et je vais avoir besoin de votre aid...

— Alors, mon bon vieux Fydjor ! apostropha Arakélon en se joignant au petit groupe que nous formions. Prêt pour le grand départ ? Tu n'imagines pas ma joie quand ta sœur est venue m'annoncer la nouvelle. Ma chamellerie avait exactement besoin d'un gars comme toi.

Il parla sans m'accorder un regard, sachant pertinemment

que chaque mot aurait l'effet d'un coup de poignard. Fydjor afficha un air gêné mais satisfait.

— Arakélon, s'il te plaît, j'ai besoin de régler quelques formalités avant de partir.

— Mais pas de souci, l'ami ! Prends le temps qu'il te faut. Mais n'oublie pas, ce ne sont que des au revoir !

Il s'en alla non sans m'accorder un regard suffisant. Felyn, fébrile, se retint de le gifler.

— Tu ne vas quand même pas suivre cet imbécile !

— Felyn, s'il te plaît…

— Et Fyona aussi ? Vous avez manigancé ça tous les deux, sans m'en parler ?

— J'essaie justement de t'en parler, là.

— Et Fyona ? Elle ne veut pas assumer, elle aussi ?

Celle-ci était en train de plaisanter avec Arakélon, et je n'eus pas besoin de les observer bien longtemps pour comprendre ce qui se tramait. Ils se regardaient avec des yeux étincelants, le sourire aux lèvres. Il la fit danser au son d'une flûte qui célébrait les préparatifs. Elle éclata de rire quand il la souleva dans les airs, ébouriffant sa longue chevelure brune. Je crus un instant que Felyn allait imploser à cette vue.

— C'est absolument dégoûtant, murmura-t-elle seulement.

— Écoute, Felyn, elle m'a demandé de l'accompagner. Elle n'a pas l'âme d'une aventurière mais il semblerait qu'Arakélon lui corresponde bien. Elle ne voulait pas partir seule avec lui en sachant que toute sa famille retournait à Bakarya. Elle a besoin des siens à ses côtés, tu la connais.

— Absolument dégoûtant, répéta-t-elle sans ciller.

— Nous t'aurions bien proposé de venir avec nous et... d'ailleurs, si tu en as envie, tu es la bienvenue, mais je ne crois pas me tromper si je dis que tu préfères rester avec Yadalith et Boréalis, n'est-ce pas ?

— Alors, ça, tu ne te trompes pas le moins du monde.

— Voilà. Je veux toutefois te promettre que nous nous reverrons bientôt. Arakélon est peut-être un peu téméraire, mais il reste prudent. Dès qu'on sentira que ça se gâte, nous ferons marche arrière.

— Il devrait sentir que ça se gâte déjà, dis-je enfin, surtout pour moi-même.

— Comment ça ?

— Cette ville. Tu ne ressens rien de lourd, ici ? Tu ne trouves pas ça louche que tout soit resté en si bon état depuis tout ce temps ? Et que les seuls restes humains soient sous terre ?

— Ma foi, c'est souvent là qu'on met les restes humains, non ? Mais tu as raison, il ne vaut mieux pas rester ici. Aller de l'avant me semble judicieux.

Je secouai la tête, refusant toute explication à ce que mon intuition m'intimait. La ville était magnifique. Et même si les premiers jours nous avaient rendus euphoriques, l'effet s'était inversé, jusqu'à nous rendre tous plus aigris les uns que les autres, lassés de ce qui nous entourait. Comme si tout cela était factice. Une mise en scène.

— Écoutez, poursuivit Fydjor, je me dois d'accompagner Fyona car c'est mon devoir de frère. Tu as raison, Yadalith, on ne sait pas ce qui nous attend de l'autre côté du Galiegu. Cette ville pourrait porter un mauvais présage. Mais Fyona ira coûte que coûte, et je ne peux pas la laisser partir seule. On se serre les coudes, dans cette famille.

— Tu ne viendrais pas, si c'était moi qui y allais.

— Felyn… tu m'en empêcherais.

— Tu ne l'envisagerais même pas.

— Ça suffit, vous deux ! m'insurgeai-je. Fydjor a bien le droit de partir, c'est ce qu'on a décidé. Et tu as raison, le monde n'est pas si vaste et le chemin rouge sera là pour te ramener à nous quand tu le souhaiteras. Alors, même si tu vas beaucoup me manquer, et Souris aussi, je suis obligée d'accepter ton choix. Quant à ta sœur, Felyn, comprends donc un peu son désarroi.

— En réalité… c'est de cela que je voulais vous parler. Je crains ne pas pouvoir emmener Souris avec moi. J'ai besoin que vous vous occupiez d'elle pendant mon absence.

Aucune de nous ne parvint à prononcer le moindre mot. Penaude, je fis les yeux ronds.

— J'ai bien réfléchi, reprit-il. Je me dois d'accompagner Fyona, mais je ne peux imposer cette aventure à ma petite fille. J'ai trop peur de ce qu'on pourrait devoir affronter là-bas. Et, puisque vous retournez vers Bakarya, vous pourriez la déposer chez mes parents et mon grand-père. Ils seront ravis de la retrouver.

Voilà donc pourquoi la fillette était en pleurs. Elle qui n'avait jamais connu l'amour d'une mère, était en train de perdre la présence rassurante de son père.

— Tu n'y songes pas sérieusement, j'espère ? balbutia Felyn. Souris est ta fille, tu ne peux pas la confier à…

— Ma famille, continua-t-il. Tu es ma sœur, Felyn, je te fais entièrement confiance. À toi aussi, Yadalith. Tu as toujours mené la chamellerie avec bienveillance, et Souris t'adore. Elle sera en sécurité avec vous.

— Fydjor, tu ne peux pas lui faire ça…

L'homme étouffa la réponse de sa sœur avec une embrassade. Il la serra plusieurs secondes dans ses bras puis m'embrassa sur la joue avant de s'éloigner en soufflant un timide « merci ». Felyn était trop bouche bée pour esquisser le moindre geste mais je me lançai à sa poursuite.

— Fydjor ! m'écriai-je. C'est ta fille ! Elle a besoin de toi !

— Yud, je pensais que tu comprendrais…

— Yadalith. Mon nom est Yadalith, dis-je d'un ton ferme, le visage dur. Je ne te permets pas de m'appeler autrement que par mon nom.

— Il y a encore quelques mois, ça t'était égal.

— Ça ne m'a jamais été égal.

Il était bien plus grand que moi, mais à cet instant, je le dominais.

— Fydjor. Elle est trop petite pour que tu l'abandonnes.

— Je ne l'abandonne pas. Je la confie à ma sœur !

— Tu dis ça comme si Felyn allait la garder quelques jours pour te rendre service. Tu t'apprêtes à traverser le continent dans un sens pendant que nous le traversons dans l'autre ! Tu sais très bien que nous n'allons pas nous revoir avant plusieurs mois, si ce n'est plus ! Tu n'as pas besoin de lui infliger ça ! Elle en souffrira.

— Je ne peux quand même pas l'emmener vers l'inconnu alors que toi-même tu ne t'y aventurerais pas !

— Et pourquoi pas ? Tu es prêt à risquer ta vie, à t'entendre parler. Fyona aussi. Qu'y a-t-il qui t'effraie tant, là-bas, pour ne pas emmener ta fille avec toi ?

— Tu l'as dit toi-même, cette ville ressemble un peu trop à un avertissement.

— Alors ne t'y aventure pas, ne prends pas le risque de rendre ton enfant orpheline.

— Je devrais simplement laisser Fyona partir seule ?

— Elle ne sera pas seule. Arakélon, et cent dix autres personnes veilleront sur elle si elle en a besoin. Et puis, que je sache, Fyona n'est pas une enfant. Elle n'a pas besoin d'un père pour veiller sur elle.

— Ne le prends pas mal, Yadalith, mais tu ne peux vraiment pas comprendre. Tu n'as ni frère, ni sœur, ni enfant. C'est bien aisé pour toi de me faire la morale.

Chose bien rare : mon visage vira au rouge. Fydjor m'avait toujours été sympathique, mais jamais au point de m'entendre lui faire des confidences. Le voilà qui ne parlait qu'en connaissance de vagues histoires tirées des steppes. Il ignorait tout du grelot qui teintait quotidiennement dans ma poche, et des huit accrochés au-dessus de ma couche lorsque je vivais encore dans la cabane de mes parents à la Torieka. Il ne savait rien du petit Galug et de mes frères et sœurs morts à l'aube de leur vie. Je me gardai bien de les lui mentionner. Il avait déjà fait son choix.

Alors qu'il s'en allait vers Arakélon et Fyona à grands pas, je criai :

— Si tu t'en vas, pars dans la vérité. Tu n'agis pas en frère protecteur. Tu n'agis pas en père attentionné. Tu agis en homme assoiffé de gloire et de reconnaissance. Tu veux aller plus loin que quiconque a osé pour revenir et pouvoir dire « j'y ai été ».

— Dis à ma fille que je l'aime, et que je penserai à elle à chaque instant jusqu'à mon retour.

Je ne cillai pas tandis qu'il s'éloignait avec ses nouveaux compagnons de route. Les portes de la ville les appelaient.

Villarondière avait été une cité prospère, nichée dans des montagnes qui ne portaient pas encore le nom de Galiegu. Elle était densément peuplée par de riches commerçants et fréquemment traversée par des voyageurs et des conteurs venus de l'empire Anaca ou du Tir. L'air y était pur, la nourriture abondante et l'eau qui coulait dans sa vallée avait des bienfaits dont on vantait les mérites jusqu'au Joyau. Les plus grands architectes travaillaient constamment pour apporter à la ville la dernière innovation en matière de construction. Rien n'était laissé au hasard. Chaque détail devait servir l'hygiène ou l'art, sans oublier les déplacements. Villarondière aurait pu exister ainsi des siècles et s'élever comme la plus grande et la plus puissante cité humaine du monde nouveau. Il y avait pourtant une chose que les humains ne pouvaient conquérir : l'invisible. Au détour d'un hiver glacial qui avait affaibli tant le moral de la population que ses réserves en nourriture, un virus particulièrement vorace envahit la ville, sans doute apporté par un voyageur inconscient de l'arme qu'il transportait. Il décima Villarondière en un peu moins de trois mois. Trois mois, après des siècles de règne.

Le virus rendit les malades sensibles à la lumière, si bien que presque aucun ne trouva la mort en surface où le soleil s'avérait trop agressif. Certains s'isolèrent dans la vallée boisée, où leurs dépouilles ravirent les bêtes sauvages. D'autres trouvèrent refuge dans les égouts de la ville, à l'ombre des rayons malfaiteurs. Ils reposèrent là, en paix, peut-être, au cœur d'une ville que plus personne n'osait traverser.

On racontait que les vivants y étaient assaillis par des âmes en quête de corps à occuper. Celui qui s'y attardait trop longtemps se sentait progressivement envahi par une désagréable impression de pourrir de l'intérieur. Comme si l'âme humaine se détériorait peu à peu.

17
Coda et les chevaux

Tonia était une femme rondelette aux cheveux bouclés et aux joues dodues. Elle parlait peu, sans pour autant être muette, et supportait mal l'enfermement. Dès les premières lueurs du jour, elle s'asseyait sur son fauteuil à bascule, une couverture sur les genoux, et admirait le lever du soleil rose. La plaine s'étendait à perte de vue, verte et fleurie. Une timide chaîne de montagnes se dessinait si loin que ses pics n'apparaissaient qu'en filigrane bleuté. Tonia faisait grincer son fauteuil pour réveiller les oiseaux, les poules et les moutons. Quand la maisonnée s'activait enfin, elle se levait, saisissait son arrosoir et s'en allait choyer son potager.

Coda remarqua son manège, et prit l'habitude de s'éveiller peu après elle pour préparer le petit déjeuner. Chose faite, elle allait s'asseoir sur le porche, à côté de Tonia, sans rien dire, et sirotait une tasse de café, le regard posé sur l'horizon. Elle ne discernait pas vraiment ce que la vieille femme y voyait. Celle-ci avait une vue de lynx. Celle de Coda déclinait.

Cela n'avait encore rien de handicapant. Elle pouvait reconnaître les choses à leur simple silhouette. Quant aux taches brunes qu'elle voyait galoper dans la plaine, elle savait qu'il s'agissait des chevaux. Chose étrange : lorsque la Baleine-Miroir était apparue au-dessus du repaire des baleiniers, Coda l'avait parfaitement distinguée.

Ce n'était pas tant pour le paysage qu'elle profitait de ces instants matinaux, mais pour l'air froid qui soufflait sur la plaine, l'odeur du thé qui s'élevait de la tasse de Tonia, et le lointain martèlement des sabots sur la terre. Un matin, la fermière se décida enfin à rompre le silence :

— Lève-toi, ma puce.

Coda s'exécuta sans poser de question et suivit la doyenne vers la prairie. Elle ne s'était jamais autant éloignée de la ferme, se méfiant légèrement du comportement des chevaux. Ils broutaient avec tranquillité aux abords du potager sans remarquer l'arrivée des intruses. Coda resta pelotonnée contre Tonia, impressionnée. Les animaux la dominaient tous, mesurant pour certains deux fois sa taille. Ils étaient dotés d'un pelage dense, d'une crinière drue et d'énormes sabots noirs qui devaient faire la taille de son visage. Leur queue fournie fouettait l'air pour chasser les mouches.

— Ils ne nous feront pas de mal, lui indiqua Tonia. Tu sais, ma puce, j'ai passé toute ma vie ici. Mes parents vivaient dans une ferme, un peu plus au nord. Je n'ai jamais rien fait d'autre que m'occuper du potager et du bétail. Je ne sais faire que ça. Mais je me garde bien de m'en plaindre, car ils ont toujours été là.

Un cheval au pelage caramel et aux crins délavés leva la tête. Son énorme œil noir les lorgna un instant avant qu'il se détourne, faisant balancer sa croupe comme une chaloupe.

— Ce ne sont pas des animaux ordinaires. Ils ne se sont jamais laissé domestiquer par les humains, comme les vaches ou les poneys. Malgré tout, ils apprécient notre présence.

— Pourquoi donc ?

— Oh, ma puce, si tu cherches une explication à chaque comportement animal, tu n'as pas fini de réfléchir. Mais eux, ce ne sont pas des animaux ordinaires, ce sont des Messagers de la Baleine-Miroir.

— Comment le sais-tu ?

— C'est facile. Il est presque impossible de tuer ou d'assujettir un Messager. Il est protégé par quelque chose. Ne me demande pas quoi, je l'ignore...

— Presque impossible ?

— Il y a toujours des exceptions. Toujours. Mais si tu essaies d'attacher un de ses animaux, de monter sur son dos et de marteler ses flancs de coups de pied, tu auras vite fait de te retrouver par terre, le crâne fendu.

Un frisson lui parcourut le corps.

— C'est pour ça que Crocus vous a envoyés ici. Il faudrait que ces baleiniers soient sacrément courageux pour venir se frotter à ses chevaux. Et plutôt futés, car personne ne peut venir jusqu'ici sans connaître la route.

Tonia s'approcha du troupeau dont chaque individu leva la

tête pour l'examiner.

— Ces chevaux n'ont rien d'ordinaire, en effet. Cela ne m'empêche pas, murmura-t-elle en levant la main vers l'un d'eux, de leur accorder une certaine confiance.

Un énorme bai rapprocha ses naseaux de ses doigts. Elle passa sa paume le long de son chanfrein, autour de son œil puis contre sa joue qu'elle gratta. Il ferma les paupières et souffla.

— Vois-tu, continua-t-elle, leur présence ici nous protège. Jamais notre ferme n'a été assaillie par des brigands ou des insectes ravageurs. Personne n'ose venir nous embêter, car chacun sait que ces chevaux protègent ceux qui habitent sur leurs terres. Quant à ceux qui s'installent ici avec de mauvaises intentions... Ils ne restent jamais longtemps.

— Comment ça ?

Elle lui lança un sourire malicieux.

— Disons seulement qu'il ne faut pas oublier de venir saluer les chevaux de temps à autre. Ils sont gourmands, alors je viens parfois leur déposer des fruits. En échange, ils nous protègent et apportent un peu de leur féerie dans nos cultures.

Coda lui demanda si la Baleine-Miroir était, elle aussi, déjà passée par ici. Tonia secoua la tête en riant. Quelle drôle d'idée ! Disposer de Messagers permettait de ne pas avoir à se déplacer. Elle partagea cependant un événement qui avait eu lieu bien avant sa naissance, alors que sa propre mère attendait son premier enfant, le frère aîné de Tonia.

— À l'époque, le troupeau qui vivait ici n'était pas celui que tu vois aujourd'hui. Les chevaux étaient plus craintifs et confus depuis quelque temps, comme si quelque chose avait altéré leur état. Et un beau jour, ils sont partis, laissant les plus jeunes derrière eux. Il n'y avait presque plus aucun cheval dans la plaine. *Pouf*, volatilisés !

— Mais ils ont fini par revenir, n'est-ce pas ?

— Les petits ont grandi, ils se sont reproduits et, finalement, leur population a retrouvé son ampleur d'antan, mais les animaux qui ont disparu ne sont jamais revenus. Quant à ceux qui sont restés, ils ont retrouvé leur prestance au bout de quelques semaines, comme si rien n'avait changé. Depuis ce jour, mes parents m'ont enseigné comme il est important de profiter de leur présence tant qu'ils sont là. Ils ne nous appartiennent pas, ils sont libres comme l'air. Plus que nous ne le serons jamais.

Coda et Tonia passèrent la matinée en présence de ces créatures majestueuses. L'enfant parvint même à en effleurer quelques-uns, malgré leur légère méfiance. Minuscule à côté de ces titans, Coda se sentit pourtant plus puissante que jamais. Il y avait quelque chose d'exaltant à se tenir si proche d'animaux qui pouvaient l'anéantir à tout moment, tout en sachant qu'ils ne le feraient pas. Avant de les quitter, elle caressa le flanc de celui au pelage caramel. Il ne broncha pas, l'ignorant complètement. Elle s'éloigna en le contemplant, et il en fit de même, l'œil las et le pas lourd, insensible à l'enfant.

Le reste de ses journées se partageaient entre les différentes corvées de la ferme. Hazel et Cal se chamaillaient constamment, l'un traitant l'autre de fainéant. Pandore accomplissait ses devoirs sans jamais se plaindre. Il en faisait même plus que nécessaire, soudoyé par Hazel. Il ne se détachait plus de Vittali qui passait ses journées à lui enseigner la cuisine, le bricolage et le jardinage. Quant à Diana, elle sortait peu de sa chambre. Personne n'osait la déranger, tous conscients du sacrifice qu'elle venait de faire. Coda l'entendait parfois sangloter, la nuit. Diana se réveillait en sursaut, secouée de panique et désorientée. Vittali se chargeait alors de lui monter à manger dans sa chambre et parfois, au coucher du soleil, elle se joignait aux autres pour faire la vaisselle et lire au coin du feu. Elle se couchait bien après tout le monde, rassurée par la nuit tombée.

Les premiers mois dans la ferme de Tonia et Vittali se déroulèrent ainsi, rythmés par les cultures et les voyages au village où l'on vendait certaines denrées. Les petits réfugiés se joignaient rarement à l'excursion, trop inquiets d'être repérés par la mauvaise personne.

Cal gribouillait tous les soirs dans son calepin les visions du futur qui lui venaient, refusant toujours de les partager avec les autres. Vittali, méfiant vis-à-vis de cette condition, lui parlait peu et gardait ses distances, mais Cal ne lui en tint jamais rigueur. Elle était habituée à attiser la suspicion chez les personnes qui ne la connaissaient pas. Sa propre réticence à partager ses prédictions n'arrangeait rien. Elle ne cédait tout simplement jamais.

Coda finit toutefois par se sentir rassurée en sa présence. Elle épiait ses moindres expressions du visage, dans l'espoir de lire ce qui s'annonçait. Sincère ou bonne comédienne, Cal ne semblait pas accablée par l'avenir, et vu le quotidien monotone de la ferme, il n'y avait pas de quoi. Hazel, lui, était consterné par la vie rurale. Il n'avait jamais quitté Dantilus et tombait d'ennui face au calme de la campagne. Les chevaux le terrorisaient, il n'osait pas mettre un pied à l'extérieur des limites de la ferme.

Tonia emmenait Coda se promener parmi les équidés plusieurs fois par semaine, désormais. Le grand bai venait quémander des caresses de la part de la vieille fermière à chaque visite. Il avait l'œil confiant. Tonia expliqua que leur amitié remontait à bien longtemps, alors qu'elle n'était qu'une enfant. Elle avait remarqué que le grand bai raffolait des pommes trop mûres. Elle avait pris soin de ne lui proposer plus que ça. Leur complicité ne reposait pas sur grand-chose d'autre, mais c'était suffisant, aux yeux de l'animal.

Alors Coda se mit en tête de faire la même chose. Elle commença à leur rendre visite sans Tonia, contre l'avis de celle-ci. Elle restait à bonne distance et les observait pendant parfois plusieurs heures, assise dans une herbe si haute qu'elle la camouflait presque entièrement. Elle ramenait toutes sortes de friandises pour les animaux, les déposait à leur intention, puis observait leurs comportements. Le caramel aux crins délavés procédait toujours de la même manière : il goûtait un peu de chaque friandise – pomme, fraises, carottes, et pain dur –, passant méthodiquement de l'un à l'autre à chaque bouchée. Coda avait beau varier le menu, le cheval ne brisait jamais son habitude. Tous les autres avaient leurs préférences, et au bout d'un certain temps, elle les avait toutes identifiées, hormis pour le caramel. Mise au défi, elle s'entêta à lui proposer de quoi le ravir, en vain. Songeant qu'il préférait peut-être les caresses, elle tenta maintes fois de l'approcher. L'animal n'en avait cure. Il ne lui accordait même pas un regard. Lorsqu'elle parvenait miraculeusement à l'effleurer, il restait immobile, ne dévoilant pas le moindre signe de contentement.

Quand elle rentrait enfin à la ferme, avide de raconter ses découvertes au reste de la bande, elle se retrouvait confrontée à leur indifférence. Diana ne sortait pas de sa bulle, Cal savait déjà tout ce qui lui serait dit, et Hazel se contentait de râler, car Coda avait failli à ses tâches de la journée. Seuls Pandore, Vittali et Tonia s'y intéressaient.

Le jeune garçon avait ses propres histoires à partager. Lui qui avait vécu la majeure partie de sa vie sur un piton rocheux au bord de la mer n'avait jamais eu l'occasion d'étudier réellement les joies que la nature offrait. Lorsqu'il vivait dans la Périphérie de Dantilus, il passait son temps à travailler et à s'entraîner. Vittali l'initiait désormais à observer ce qui l'entourait : les insectes, les petits animaux et les oiseaux, mais aussi à comprendre les secrets de la vie : comment faire pousser des légumes, quelles conditions préférait chaque espèce et à quelle saison il valait mieux semer. Il lui montra comment tondre les moutons, filer leur laine et en faire des pelotes que Tonia transformerait en vêtements. Enfin, il lui expliqua comment exister parmi tout cela.

Finalement, il n'y avait que Tonia pour la conseiller. Coda la questionna sur le cheval au pelage caramel. Son apparent désintérêt lui mettait la puce à l'oreille.

— Ma petite, s'amusa la fermière, tu t'entêtes à reproduire ma stratégie. Mais tous les chevaux ne sont pas les mêmes. Je pouvais attendrir le grand bai avec des pommes mûres parce qu'il en était fou, mais ces créatures sont trop complexes pour utiliser la même technique avec chacun. Si ce caramel n'est pas gourmand, alors il va falloir que tu trouves ce qui l'intéresse. Et n'oublie pas qu'il n'a peut-être aucune envie de partager une amitié avec une fillette comme toi. Pense à ses souhaits, pas aux tiens.

Le lendemain, Coda emmena Diana voir les chevaux au lever du jour. Elle grogna d'agacement, le visage embué de sommeil, mais la jeune fille n'en démordit pas.

— Allez, Diana ! Tu vas voir, ça va te faire du bien.

La femme s'habilla d'une chemise ample et d'un pantalon sombre, chaussa les bottes que Tonia lui avait offertes et rejoignit Coda sur le porche. Le jour se levait tout juste, inondant la prairie d'un flot ambré. L'herbe ondoyait sous la brise matinale comme les vagues d'un océan d'or. Les chevaux les regardèrent s'avancer vers eux parmi les brins, laissant derrière elles un sillon sombre. Les yeux cernés de Diana peinaient à s'accoutumer à l'éclat de l'horizon.

— Tu vois celui-là, à la robe foncée ? C'est l'ami de Tonia. Si elle était avec nous, il viendrait la saluer.

En l'état, il se contentait de les toiser à une certaine distance.

— Et lui, là-bas, qui nous ignore, reprit Coda, c'est celui dont je t'ai parlé qui n'aime rien en particulier.

Sur ces mots, elle déversa le contenu du panier qu'elle avait emmené. Pommes, carottes, betteraves et céleris s'éparpillèrent.

— Tout ça rien que pour eux ? s'étonna Diana. Vittali et Tonia sont bien généreux.

— C'est la tradition. Viens, suis-moi.

Elle l'entraîna vers le caramel qui se laissa approcher sans broncher. Coda posa sa minuscule main sur son flanc poussiéreux, enjoignant Diana à faire de même. Celle-ci secoua la tête, tant dégoûtée qu'apeurée.

— Il te fera rien, expliqua Coda. C'est le plus gentil du troupeau.

Diana haussa les épaules et se résolut à effleurer l'animal. Ce dernier leva la tête vers la nouvelle arrivante. Il la regarda un instant avant de porter ses yeux sur Coda, soupira, et se remit à brouter.

— Je ne comprends pas ce que tu lui trouves, plaisanta Diana en gloussant.

— C'est pas que je lui trouve quelque chose, c'est… difficile à expliquer.

D'autres chevaux s'approchèrent pour recevoir des caresses de l'une et l'autre. Les animaux se délectèrent de leurs victuailles laissées dans l'herbe, mais le caramel ne s'en approcha pas. Il s'était lassé de ces offrandes, comme s'il avait compris le manège de Coda. Alors, Diana prit un céleri dans sa main et le lui proposa, paume ouverte. La bête renifla le légume d'un air circonspect avant de croquer dedans. Sa bouchée terminée, il s'en désintéressa. Coda prit un air stupéfait.

— Qu'y a-t-il ? s'étonna Diana.
— Il n'a jamais mangé dans ma main…
— Oh, c'est qu'il doit me préférer !

Diana laissa la jeune fille se renfrogner avant d'éclater de rire.

— Je plaisante, Coda !

Elle haussa les épaules et feignit l'indifférence. Ensemble, elles retournèrent à la ferme. Contrairement à son habitude, Diana ne passa pas le reste de sa journée enfermée dans sa chambre. Elle aida Pandore et Vittali au potager pendant que Hazel, Cal et Coda chargeaient le chariot des ballots de laine que Tonia vendrait au village le soir même.

D'épais nuages noirs s'amoncelaient dans le ciel tandis que celle-ci s'en allait. Chacun rejoignit la chaumière pour préparer le dîner pendant que Coda retournait voir les chevaux. Sans vouloir l'admettre, le geste du caramel envers Diana l'avait vexée. Elle lui rendait visite tous les jours depuis plusieurs semaines, prenant soin de lui apporter de quoi le réjouir, mais il n'avait jamais fait attention à ses moindres tentatives de le nourrir. Elle s'était sentie stupide toutes les fois où elle avait tendu la main vers l'animal en espérant qu'il lui mangerait dans la paume. En retournant le voir, elle espérait naïvement se convaincre que ces heures passées à l'observer n'avaient pas été vaines.

Le troupeau s'était éloigné de la ferme, comme il le faisait souvent en fin de soirée. Coda marcha une demi-heure pour le rejoindre. À mesure qu'elle approchait des chevaux, ils s'éloignaient en trottant, non pour la fuir, mais pour tarir leur agitation. Quand le ciel se mit à gronder, ils hennirent en réponse. Coda hésita à faire marche arrière, la ferme était minuscule, dans son dos, et le ciel complètement assombri. Obstinée, elle continua d'avancer derrière le troupeau, ne se laissant pas impressionner par leurs galops farouches. Le caramel était à l'image de ses congénères, aux aguets.

Un éclair de lumière zébra le ciel, presque immédiatement suivi d'un grondement guttural qui balaya la prairie. Coda ne flancha pas, ignorant la pluie battante quand elle se mit à tomber. Elle poursuivit sa marche aux côtés des équidés. La pluie redoubla et les éclairs s'enchaînèrent. L'orage était juste au-dessus de leur tête. Transie, Coda se mit à trembler de froid comme de peur. La ferme avait disparu derrière le rideau pluvieux. Il lui était désormais impossible de se repérer. Elle tourna plusieurs fois sur elle-même dans l'espoir de reconnaître un bosquet, une colline ou une autre ferme, en vain. La prairie détrempée semblait éternelle.

Coda aperçut un sycomore à la ramure dense et s'y précipita en courant, ignorant l'excitation violente des chevaux. Elle s'accroupit au pied du tronc, le troupeau réparti autour d'elle. Malgré la densité du feuillage au-dessus de sa tête, l'eau coulait de long de ses cheveux, de sa nuque et de son dos. Elle n'avait plus l'impression d'être sur terre. Les chevaux n'étaient plus ces paisibles animaux qui broutaient dans la prairie le matin même. Ils s'étaient transformés en de féroces bêtes prêtes à en découdre. Certains étalons se martelaient de coups de sabot, les oreilles couchées en arrière. D'autres ruaient en galopant, comme pour chasser un ennemi imaginaire. Tous ignoraient la fillette campée parmi eux. Recroquevillée qu'elle était, ils auraient pu la piétiner.

Un orage ne dure jamais trop longtemps, pensa Coda pour se rassurer. Mais comme pour la contredire, quatre éclairs découpèrent le ciel à l'unisson, et leurs quatre rugissements déchirèrent l'atmosphère dans un chœur lancinant. La déflagration se répandit jusque dans la terre qui trembla. L'arbre, malmené par les bourrasques, prit vie. Les chevaux, terrifiés eux aussi, prirent la fuite au triple galop, leurs sabots se faisant l'écho du tonnerre. Ils disparurent derrière le rideau liquide en un battement de paupières, laissant la petite Coda complètement seule face aux éléments.

Elle serrait ses genoux avec ses bras, les yeux fermés, comme vaine tentative de faire front à la nature. Elle peinait à respirer, noyée sous les trombes d'eau, la cage thoracique bloquée par l'effroi. Elle ouvrit les yeux, espérant de toutes ses forces apercevoir la ferme devant elle. Mais la pluie ne faiblissait pas et la ferme ne se révéla pas. À sa place, un cheval se tenait immobile, la tête haute et sereine, le regard lointain.

Sous cette pluie drue, la vision de Coda la trompait. La ferme se dessinait en réalité non loin de là. C'était ce que le cheval regardait. La fillette, cependant, dut plisser les yeux pour reconnaître la bête. Le caramel aux crins délavés tourna la tête vers elle. Il n'avait pas l'air inquiet. Il la fixait comme il ne l'avait jamais fait auparavant. Comme si, pour une fois, il la voyait vraiment. Coda resta là un instant, trop abasourdie.

Il n'y avait plus qu'eux deux dans la tempête. Elle finit par se lever, prenant appui sur l'arbre dont les branches ployaient sous la force du vent. L'étalon trépigna, les naseaux grands ouverts dans sa direction. Face à son agitation, mais toujours pantoise, Coda marcha vers lui d'un pas chancelant. Il ne la quitta pas une seconde du regard. Quand elle fut suffisamment proche de lui, il s'éloigna de l'arbre avant de se tourner à nouveau vers elle. Ils avancèrent ainsi comme deux danseurs, l'un plus décidé que l'autre. Alors qu'ils se dirigeaient vers la ferme que Coda ne pouvait toujours pas discerner, un éclair frappa le sycomore qui s'enflamma sous les yeux de l'enfant. Torche solitaire dans la plaine détrempée, les flammes semblaient s'élever jusqu'aux nuages. Coda s'était trouvée sous ses branches quelques instants plus tôt. Rester là aurait mis un terme à ses aventures.

Blottie contre le cheval caramel, elle le remercia sans émettre le moindre son, sachant qu'il n'en aurait eu que faire.

Il continua de la guider jusqu'à la chaumière. Lorsqu'ils l'atteignirent, la pluie se dissipa enfin et l'orage s'éloigna. Coda ne put saluer l'équidé qui s'en alla sans lui accorder le moindre regard. Elle le vit disparaître derrière un écran de brouillard, sa queue humide se balançant au rythme de sa démarche.

— Coda ! cria quelqu'un qu'elle n'eut pas le temps de reconnaître.

Exténuée, elle s'effondra au moment où elle sentit des mains la saisir.

18
Yud à la Galioka

Arakélon ne mena pas de chamellerie de l'autre côté du Galiegu, car aucun chameau ne se mêla à son départ. Personne ne pouvait ignorer cet avertissement flagrant laissé par les Messagers de la Baleine-Miroir. Il y avait là-bas quelque chose de menaçant. Même Souris, dépitée par l'abandon de son père, le devina. Ses larmes ne s'étaient pas taries depuis la veille. La petite avait pleuré jusqu'à s'endormir, puis elle avait sangloté dans son sommeil, blottie entre Boréalis et moi, puis dans les bras de sa tante. Aucun mot ne pouvait la consoler. Je regrettai presque d'avoir imposé ce schisme à la chamellerie, comme si j'étais responsable du choix de Fydjor. Son départ m'accablait. J'avais toujours vu en lui un ami de confiance. Et même s'il prétendait partir pour accompagner sa sœur aînée, j'avais parfaitement compris qu'il préférait simplement suivre un homme de son âge et de sa carrure, avec qui il avait souvent de longues discussions argumentées et des intérêts en commun. Peut-être n'avais-je été à ses yeux qu'une enfant sans expérience. Ou bien entretenait-il une jalousie depuis que Tortue avait décidé de faire de moi son héritière conteuse. Mais lui n'en avait jamais eu l'ambition. Je voyais autour de moi s'écrouler les piliers d'une entreprise qui m'avait fait pousser des ailes.

Ce fut maussade que je montai sur le dos de mon Ami le chameau. Chacun prit place dans la chamellerie, me laissant ouvrir la voie, Baris sur mes talons, Verne et Felyn, non loin de là. Souris, le visage fermé, était juchée sur l'Ami de sa tante, blottie dans ses bras. Son Ami, le jeune chameau noir, sautillait autour d'elles. Ce fut au son des sanglots que nous quittâmes Villarondière, l'âme encore lourde. Désormais, chaque pas nous éloignait un peu plus d'Arakélon, Fydjor et Fyona.

Le retour nous mena d'abord vers Valésya. Long de plusieurs mois du fait de notre fatigue, il se fit sans heurt. Nous traversâmes quelques montagnes et une courte plaine avant de retrouver nos steppes familières, balayées par les vents et abreuvées par les pluies. Celles-ci se firent si intenses qu'on dut trouver refuge dans un village pour quelques jours. La Galioka nous accueillit chaleureusement. Sa rue principale devint un segment du chemin rouge, bordée de maisons en pierre à deux étages. Ses élevages d'aurochs me rappelèrent la Torieka, mais la ressemblance s'arrêtait là. La centaine d'habitants affichèrent de larges sourires de notre arrivée. Les enfants se ravirent de pouvoir jouer parmi les chameaux des Hauts-Plateaux sous l'œil méfiant de leurs parents. Souris ne les rejoignit pas, toujours mutique.

Un matin, je l'emmenai promener les aurochs dans la steppe, comme mon père l'avait souvent fait avec moi. Je la pris par la main comme une mère l'aurait fait, je lui présentai les bêtes malgré ses craintes, et je lui appris à se tenir bien droite en leur compagnie pour leur montrer qu'elle existait.

Nous nous éloignâmes suffisamment du village et de la chamellerie campée non loin de là. L'aurore nous embrassa. Souris avait davantage voyagé dans sa courte vie que bon nombre d'humains de notre monde. Il était rare qu'elle se réveille sans poser son regard sur quelque chose de nouveau, si bien que plus rien ne l'étonnait.

Je lui expliquai qu'elle vivait là un instant qui avait été quotidien, pour moi, lorsque j'avais son âge, mais elle ne répondit rien. Alors je la pris dans mes bras, la serrai quelques instants avant de la poser à califourchon sur le dos d'un aurochs qui ne s'en rendit même pas compte. Ces créatures flegmatiques pouvaient se montrer dangereuses lorsqu'on les défiait, mais aussi d'une grande affection à condition de les respecter. Souris entrelaça ses doigts dans la fourrure rêche de l'animal, et se laissa bercer par le balancement de son pas.

Nous marchâmes vers le soleil. Mon père m'avait toujours confié qu'il fallait commencer chaque jour ainsi, car le soleil nous apportait l'énergie dont nous aurions besoin dans la journée. Mais Souris semblait hermétique à mes mots. Désemparée, je fis la seule chose pour laquelle je ne doutais jamais. Je lui racontai une histoire.

— Loin au nord de Bakarya, là où les saisons sont orphelines, le jour ne se couche pas l'été, et n'apparaît pas de l'hiver. Les créatures qui peuplaient ces terres il y a bien longtemps se cachaient en saison estivale et, voilées par la nuit, se tapissaient dans l'ombre hivernale. On ne distinguait que leur souffle qui formait des volutes blanches, et leurs yeux qui perçaient la pénombre comme de petites étoiles. Les rares humains habitant ces contrées boréales devaient continuellement se méfier, une fois la neige tombée. Ils n'étaient plus que des proies. Alors, un jour, l'un d'eux fit un pacte avec ces créatures. Il leur offrit un œuf complètement rond et leur dit : « J'ai logé, à l'intérieur de cette coquille, la moitié d'un homme. Ajoutez-y la moitié d'une créature, et naîtra un être qui unira nos espèces. Nous n'aurons plus faim l'hiver, car nous nous protégerons et nous nourrirons mutuellement. L'être croisé sera garant de notre union. » Les bêtes acceptèrent mais ce ne fut pas un, mais quatre êtres croisés qui vinrent au monde, quatre monstruosités bipèdes dotées de toutes les affreuses caractéristiques des envoyés de l'ombre. Le pacte demeura. Les siècles s'écoulèrent, et les quatre créatures du Levant, tel qu'on les nomma, ne trouvèrent jamais la mort. Les humains finirent par oublier leur origine et la raison de leur existence. Une année, l'hiver fut si long et si froid que les humains dépérirent un à un. Leurs dépouilles, en proie à la glace, semblaient endormies. À l'aube du printemps, quatre silhouettes encapuchonnées dévalèrent la montagne en procession. Un homme à demi inconscient ouvrit l'œil sur leurs figures de monstres. Il reconnut de l'un à l'autre, les masques des créatures du levant. Austères et graves, leurs pupilles aveugles le fixaient. Leur fourrure et leurs plumes étaient grises. L'un avait des cornes effilées, l'autre une protubérance sur le front, un troisième seulement des narines. Le dernier, à la figure triangulaire, était doté d'un bec pointu similaire à celui d'une corneille, et son œil sage était le plus expressif de tous. « Aidez-moi » murmura l'homme encore dans les vapes. L'oiseau se pencha un peu puis jeta un œil sur le soleil levant, derrière lui. Il fit signe à ses compagnons et tous s'éloignèrent vers l'obscurité fuyante. L'homme se redressa péniblement et, juste avant que leurs silhouettes disparaissent derrière la colline de bruyère, s'écria : « Revenez ! Réveillez mon peuple ! Je vous en conjure. » Mais le jour, désormais levé, avait chassé les gardiens de la pénombre. Alors il se laissa choir sur le flanc de la montagne et son âme s'éteignit à son tour. Les créatures du Levant ne reparurent jamais. Elles-mêmes avaient oublié d'où elles venaient. La moitié d'homme qui leur avait donné vie s'étiola au moment où les humains dépérirent jusqu'au dernier. Leurs carapaces monstrueuses ne suffirent pas à les sauver. Bien des années plus tard, les humains du sud investirent les terres boréales et trouvèrent là les...

— ... les dépouilles encore endormies des derniers hommes qui les avaient précédés. Et, plus loin, celle des créatures du Levant, fossilisées.

— Tu connais cette histoire ? m'étonnai-je.

— Tortue est mon arrière-grand-père. Je connais presque toutes ses histoires.

— Tu ferais une excellente conteuse.

La petite se renfrogna.

— Tu ne penses pas ? insistai-je.

Elle haussa les épaules, le regard toujours perdu au loin.

— Je ferais une conteuse ordinaire.

Je prétendis ne pas saisir la teneur de son propos, mais je le compris bien. Elle n'avait pas eu la moindre réaction à mon récit, car je l'avais raconté de la même manière que Tortue me l'avait enseigné. Les voyageurs venus de Valésya, du Tir ou des villages qui jalonnaient le chemin rouge aimaient m'entendre conter, car ils ne connaissaient pas Tortue, pour la plupart. Mais je me doutais que certaines personnes ne me suivaient pas pour mes talents d'oratrice.

— Que ferait une conteuse extraordinaire, dans ce cas ? demandai-je à la petite, réellement intéressée.

Elle réfléchit un instant tandis que l'aurochs sur lequel elle était juchée se couchait. Les pieds de la petite n'effleuraient même pas le sol, même après qu'il se fut allongé, tant le corps de l'animal était imposant.

— Elle raconterait des choses que jamais personne n'a entendu.

— C'est plus facile à dire qu'à faire. Mais c'est pour ça qu'on voyage autant : pour répandre des histoires peu connues. Je reconnais que celle des créatures du Levant n'était pas le meilleur choix pour une petite Bakaryaine comme toi...

— Pourquoi as-tu choisi cette histoire-là, Yadalith ? Tu aurais pu me réciter celle des orphelins de la vallée cramoisie, qui cherchaient leurs parents parmi les voyageurs. Ou bien celle du père canard, qui volait à travers les continents pour ramener des joyaux dans son nid et ravir ses petits. Ou bien celle de la chanteuse du château enterrée qui, chaque soir, racontait un souvenir à son vieux père pour l'empêcher de mourir.

— Aurais-tu préféré entendre ces histoires-là ?

— Je les connais déjà toutes par cœur. Mais je suis triste, et tu m'as raconté quelque chose de vraiment sordide.

Je ne pouvais pas lui expliquer qu'il me semblait injuste de trouver un sens au départ de son père au travers d'une de ces histoires. Fydjor avait fait preuve de lâcheté, et les histoires que Souris venait de mentionner parlaient toutes de bravoure, de patience, et d'amour. Je ne pouvais me résoudre à convaincre la petite fille que son père, qui l'avait abandonnée, l'aimait quand même de tout son cœur. Elle reconnaîtrait sans peine le mensonge. Elle était jeune, mais pas idiote.

— C'est vrai, c'est une histoire bien sordide. J'aurais pu essayer de te remonter le moral en te parlant de toutes les belles choses que l'univers possède. Mais je ne crois pas qu'il faille toujours combattre la tristesse par son opposé. Comprends-tu ?

Souris secoua la tête.

— Ta peine a raison d'être, expliquai-je. Ton père est parti. Il n'aurait pas dû. Je ne veux pas essayer de te convaincre qu'il a eu raison de le faire, car c'est faux. Tu mérites la vérité, Souris. Et ces contes que tu as mentionnés, dans lesquels les parents aiment leurs enfants si fort qu'ils sacrifieraient leur vie pour eux, sont pour la plupart des mensonges.

La petite fronça les sourcils.

— Certains parents ne sont pas aussi aimants qu'on le souhaiterait. Mes parents étaient de bonnes personnes, comme ton père, mais s'ils m'avaient aimée comme je le méritais, je vivrais toujours auprès d'eux.

— Ils t'ont pas abandonnée, au moins.

— L'abandon n'est pas le seul moyen de trahir son enfant.

— Je comprends pas, déclara Souris.

— Je me doute bien, c'est pourquoi je t'ai raconté l'histoire des créatures du Levant. Elles étaient faites de la moitié d'un homme, et de la moitié d'une créature de l'ombre. Mais elles n'étaient ni homme ni créature de l'ombre. Elles étaient entièrement autres.

— Elles sont pourtant mortes comme des hommes.

— Et les hommes sont morts comme les créatures de l'hiver. Et comme les animaux, les plantes, les poissons, les baleines, les arbres, les oiseaux, et les insectes. La mort unit tous les êtres. Mais chacun vit différemment.

— Mon père va jamais revenir, alors ? murmura-t-elle, au bord des larmes.

— Je n'en sais rien, ma chérie. Mais malgré son absence, je sais que tu continueras d'exister, de respirer, de rire et de rêver. Tu n'as besoin de personne pour grandir.

Elle me regarda un instant, laissant couler quelques larmes contre sa volonté. Baris et Felyn n'avaient de cesse de lui répéter qu'elle n'était pas seule, depuis notre départ de Villarondière, lui assurant qu'elles ne la laisseraient jamais. J'avais songé à lui dire la même chose mais je doutais de l'efficacité de ces mots. Comment y croire après avoir été abandonnée par son propre père ? Seul le temps pourrait soigner cette blessure. Elle essuya ses joues, renifla un bon coup, et me dit :

— Une conteuse extraordinaire pourrait inventer ses propres histoires.

— Les inventer ? Mais comment ?

— Je sais pas. En réfléchissant, peut-être.

La Galioka abritait une bibliothèque. Je n'en avais jamais vu pour la simple et bonne raison qu'il n'en existait pas à Bakarya, et encore moins à la Torieka où personne ne savait lire, de toute façon. Cette bibliothèque n'avait rien d'une simple réserve d'archives, car elle était composée de *livres*, des objets dont je découvris tout juste l'existence. Le chef du village ouvrit ses portes à une poignée de conteurs de la chamellerie, dont Boréalis et moi. C'était un imposant bâtiment de pierre sur plusieurs étages, surplombant largement le village. À l'intérieur, Romuald, le bibliothécaire, nous accueillit. C'était un homme d'une trentaine d'années aux cheveux très courts. Il avait le visage allongé, pâle, et le nez droit. D'apparence timide, il se révéla d'une grande passion pour les livres dont il avait la charge. Il nous fit visiter son petit dédale d'étagères et nous présenta un grand nombre d'œuvres qu'il jugeait remarquables : des traités de sciences, des textes de loi régissant des cités lointaines, des épopées dont l'encre avait fané, et des manuels de construction. Tout ce qui pouvait prendre la forme de l'écrit se trouvait là. Dans la salle centrale, on avait disposé des tables en rang. En temps normal – c'est-à-dire en l'absence d'invités au village – les enfants se rassemblaient là pour apprendre la lecture et toute connaissance utile stockée entre ces murs. Une agréable lumière naturelle arrosait la pièce, à travers un dôme de verre.

— Nous recevons parfois des visiteurs, quelques marchands qui connaissent bien le village, et des conteurs ambulants, de temps à autre. Mais une assemblée comme la vôtre... je ne l'aurais jamais imaginée ! Vous voyez, sur ces étagères-là, nous avons rassemblé tous les contes que nous avons entendus de la bouche des personnes passant par ici. Mais la plupart sont incomplets. Voyez-vous, les conteurs n'aiment pas tellement voir leurs œuvres écrites. La plupart considèrent que c'est une insulte à la profession.

Romuald n'accorda pas le moindre regard à la vingtaine de conteurs qui l'entouraient alors qu'il prononçait ces mots. Son attitude fuyante n'avait rien d'insultant, c'était plutôt attendrissant.

— Je ne suis pas d'accord avec ces conteurs, le rassurai-je. Je considère que les histoires doivent être partagées pour atteindre un maximum de personnes. J'imagine que les écrire peut s'avérer utile. Mais en quoi, exactement ? Cela m'intéresse.

— Oh, mais bien sûr… bégaya-t-il alors que ses joues s'empourpraient. Voyez-vous, certains considèrent la lecture comme un spectacle. Ouvrir un de ces livres et lire ses mots peut revenir à s'asseoir sur un banc et regarder le coucher du soleil, et même rêver, si je puis me permettre la comparaison…

Un vague de rire balaya l'assemblée. Je ne m'y joignis pas. Romuald n'avait pas l'air de plaisanter.

— Vous voulez dire que certaines personnes lisent à la place d'écouter un conteur ? demanda quelqu'un, le sourire toujours aux lèvres.

— Voyez-vous, tout le monde n'a pas la chance de côtoyer de bons conteurs quotidiennement. À la Galioka, nous manquons cruellement de cet art. Alors, oui, lire constitue une bonne alternative. À l'aide d'un choix de mots avisé, il est possible de recréer les effets d'un conteur sans difficulté. Il faut essayer pour s'en rendre compte…

Des rires éclatèrent à nouveau. J'esquissai un sourire malgré moi. Son propos me paraissait quelque peu curieux. En réalité, la plupart des conteurs qui m'entouraient savaient à peine lire. Romuald eut l'air de s'agacer mais il ne rentra pas dans le jeu taquin de mes collègues.

— Outre le plaisir de la lecture, poursuivit-il, c'est aussi un souci de conservation. Coucher les contes à l'écrit leur assure de ne jamais disparaître. Pour vous qui souhaitez tant perpétuer les histoires, n'est-ce donc pas là le meilleur moyen de le faire ?

Un murmure d'approbation s'éleva timidement.

— Venez-en au fait, je vous en prie, cher Romuald, l'encourageai-je.

— J'aimerais vous entendre dicter vos contes, pour que je puisse, avec l'aide de mes élèves, les mettre par écrit.

— Dicter nos contes ! s'offusqua une conteuse dans mon dos. Il n'y a rien de plus insultant que d'envisager cela ! Ce sera sans moi !

Quelques autres lui firent écho, certains quittèrent même la pièce. Je réfléchis un instant. Dicter nos récits n'était pas dans nos habitudes. Un bon orateur se devait de transmettre ses histoires avec la vie qu'elles contenaient. Conter n'était pas qu'une récitation, c'était un chant, une danse, une toile. Les livres ne pouvaient pas renfermer cette joie que nous mettions dans nos discours.

— Je comprends parfaitement qu'il vous semble inconcevable d'offrir une telle forme à vos histoires, ajouta Romuald. Mais imaginez seulement le pouvoir qu'auraient ces lignes contre le temps.

— Un conte n'est pas figé, vous devez le savoir, déclara Boréalis. Ils peuvent revêtir toutes formes selon la volonté des conteurs, leur public, et leur humeur. C'est ce qui rend leur métier indispensable. Vos livres ne renfermeront qu'une version extrêmement rigide. Aucun conteur ne voudrait s'en tenir responsable.

À l'air déconfit du bibliothécaire, je compris qu'il arrivait à court d'arguments. Il baissa les yeux, prêt à renoncer. Alors que nous lui tournions tous le dos, j'entendis sa voix retentir à nouveau.

— N'y aurait-il rien, ici, qui puisse vous intéresser ?

Je me retournai et l'interrogeai du regard.

— Je sais qu'il est de coutume d'offrir nourriture et logis à des conteurs de passage, je ne pourrais pas jouer là-dessus. Mais je songe à quelque chose que le village possède, et que je pourrais vous octroyer en échange de vos contes.

— Quoi donc ? lui demandai-je en m'approchant.

Ses yeux s'étincelèrent. Il avait décelé la brèche dont il avait besoin pour obtenir gain de cause. Il s'éclipsa dans une pièce annexe et revint avec une large toile protégée par une housse de lin.

— Il y a, sous cette couverture, la carte la plus complète et la plus précise des territoires connus de l'humanité. Elle inclut la Tar-Mara et l'Aucellion, ainsi que les océans qui les séparent. Un voyageur nous en a fait don après qu'on lui a permis d'occuper la bibliothèque pendant plusieurs mois. Il s'est nourri de toutes les connaissances qu'elle renferme pour repartir au-delà des territoires connus. Cette carte nous a été offerte en reconnaissance de notre aide. Elle sera vôtre si vous me dictez vos contes.

— Combien d'entre eux ? demanda Boréalis d'une voix grinçante.

— Tous.

Le timide Romuald s'était absenté. Celui qui se tenait devant nous, les mains posées sur une toile qui valait probablement bien plus que ce qu'il en demandait, arborait un air déterminé. Sa voix ne tremblait plus.

Trois semaines. Voilà le temps qu'il fallut pour lui transmettre tous nos contes. Six autres conteurs m'accompagnèrent dans cette tâche, et une dizaine de jeunes scribes s'acquittèrent de ce long travail, armés d'une plume, d'encre, et de livres aux pages vierges. Nous dictâmes nos histoires en n'omettant aucun détail. À défaut de ne pouvoir faire fluctuer le récit tel que nous en avions l'habitude, nous donnions le pouvoir au lecteur de lire ce qu'il lui plairait dans ces successions de descriptions, péripéties et morales qui, mises les unes à la suite des autres, auraient été trop indigestes à écouter. Romuald ne transigeait pas sur les bienfaits de la lecture. Je reconnus qu'il avait raison après avoir surpris Souris, un livre de contes pour enfant entre les mains, plongée dans des pages noircies de lettres à m'en donner la nausée. Je n'avais appris à lire que récemment, cela n'avait rien d'une pratique naturelle, pour moi. Mais, originaire de Bakarya, la petite Souris avait découvert la lecture dès ses premiers jours à l'école. Je me surpris à devenir jalouse de l'intérêt soudain qu'elle portait pour les livres de contes. Elle n'affichait pas le même air fasciné lorsqu'elle m'écoutait pratiquer mon art.

Au terme de ces trois longues semaines, ma bouche devint pâteuse à force de parler. Des dizaines de petits livres à la couverture de cuir noir s'empilèrent sur le bureau de Romuald qui, exalté, n'avait pas dormi depuis des jours. Il écrivait à longueur de journée et lisait à la lumière d'une bougie dès la nuit tombée.

— Je ne saurais comment vous remercier à la hauteur de ce dont vous venez de nous faire don, Yadalith. Ces ouvrages renferment un trésor inestimable !

— Si vous le dites, dis-je d'un ton amusé. Mais tout ce que vous trouvez dans vos livres existe bel et bien, là, dehors. Je vous souhaite d'un jour pouvoir assister à ces spectacles de vos propres yeux, Romuald. Je doute encore que les mots puissent fidèlement retranscrire l'intensité du monde.

— Il me semble que nous ne serons jamais d'accord sur certaines choses, badina-t-il.

— Il y existe pourtant un moyen de nous remercier, lui indiqua Boréalis qui venait de nous rejoindre. Cette carte que vous nous avez promise. Elle nous serait d'une grande utilité.

— Oh oui ! Certainement, attendez là, je vais la chercher tout de suite. J'ai chargé une de mes élèves de la recopier spécialement pour vous.

Il disparut dans une pièce voisine, et je l'entendis fourrager en jurant à voix basse. Boréalis effleura un des livres, l'ouvrit, parcourut ses pages des yeux avant de le refermer en fronçant les sourcils.

— Tu penses que c'était une mauvaise idée ? lui demandai-je.

— Oh non, pas du tout. C'est son enthousiasme qui me surprend. Je n'avais jamais rencontré quiconque exprimant une telle passion auparavant. J'ai surtout très envie de voir cette carte, maintenant.

Son regard se mit à briller rien que d'y penser. Romuald ne se fit pas plus attendre. Il revint les bras chargés et sortit méticuleusement la toile de sa housse. La carte était gravée sur une peau d'aurochs, solide et souple, qui nous permettrait de la transporter sans difficulté. On avait tracé les contours des continents au fer brûlant. Certaines villes étaient positionnées sur la carte : Bakarya, Valésya et le Joyau en Tar-Mara, Chante-Loup, Cascade et Camérys en Aucellion. L'Areyne grignotait la plus grande partie de la carte, ne laissant les continents que s'effleurer au nord, au niveau du royaume de la Mâchoire.

— Et nous qui pensions changer la face du monde en traçant le chemin rouge, murmura Boréalis. La personne qui a dessiné cette carte est allée partout.

— Partout, non, réfuta Romuald. Voyez comme le nord-ouest de la Tar-Mara et le nord-est de l'Aucellion sont manquants. Cette carte est inachevée.

— C'est vrai, remarquai-je. Le Tir n'apparaît même pas.

— Elle est à vous, chamellières. Vous pourrez la compléter en fonction de vos pérégrinations. Et si d'aventure vous reveniez par ici, je serais ravi de pouvoir compléter mon propre exemplaire, en service aux générations futures.

Je lui souris sincèrement.

— Avec plaisir, Romuald. Vous aviez raison, c'est une pièce inestimable. Nous n'aurons plus besoin d'avancer à l'aveugle désormais.

Je fis passer mes doigts sur les montagnes, les steppes et les déserts dessinés sur la carte. Je pouvais sans difficulté reconnaître par où nous étions passés pour aller jusqu'à Tirya, puis Villarondière. Romuald avait même pris soin d'ajouter la Galioka, située au sud-ouest de Valésya. En caressant la peau de bête, je posai mon doigt entre deux chaînes de montagnes où devait se loger la Torieka. Cela faisait bien longtemps que je n'y avais pas été aussi proche.

— J'ai vaguement entendu parler de la Mâchoire, fit remarquer Boréalis en étudiant la carte. Un royaume prospère, dit-on.

— Selon les dernières nouvelles. Le roi Ermonien II règne depuis déjà plusieurs décennies. C'est une contrée peu clémente, cela dit. Il ne vaut mieux pas la traverser l'hiver, si vous voulez mon avis. C'est pourtant le seul moment où il est possible de passer d'un continent à l'autre à pied.

— Vraiment ? À pied ?

— Voyez ces deux bouts de terre qui se rejoignent presque ? On les as nommées la Molaire et l'Incisive, en raison de leur forme, me semble-t-il. Au cœur de l'hiver, la mer qui les sépare gèle. Il est possible de la traverser, à condition d'être accompagné par des Gardiens Maritimes, bien évidemment.

— Des Gardiens Maritimes ?

— Des individus sélectionnés dès la plus tendre enfance, solides et forts, capables de supporter le pire des climats. Ils s'entraînent très dur pour acquérir cet honorable titre. Eux seuls sont capables de mener des voyageurs d'un continent à l'autre en évitant les multiples dangers dont recèle une mer gelée. Ours polaires, mammouths, lynx à dents de sabre... La liste est bien longue. Et cela sans compter le mal de la banquise qui ferait perdre la tête à n'importe qui. Seuls les Gardiens Maritimes savent comment y remédier. Mais bon, ce ne sont là que des choses que j'ai lues dans les livres... Vous vous doutez bien.

Boréalis lut sur mon visage la détermination qu'il venait de faire naître par ses explications. Il y avait un moyen de passer sur l'autre continent. C'en était presque irrésistible.

Malgré notre devoir accompli, la chamellerie resta postée à la Galioka quelques jours de plus. Certains originaires de Valésya s'y rendirent en visite. Boréalis, Verne, Felyn et moi nous plongeâmes dans de longues discussions sur la prochaine destination. Boréalis se voyait bien visiter le nord du continent d'où venait sa grand-mère. Verne ne pouvait détacher ses yeux de la forêt tropicale qui s'étendait au sud. Seule la route vers la Mâchoire m'intéressait. Au final, il reviendrait à la chamellerie de trancher.

19
Coda et le casque de métal

Le soleil brillait de nouveau quand Coda ouvrit les yeux. Cal était penchée sur elle, soucieuse.

— Coda ? Tu m'entends ?

Elle grommela quelque chose qui parut satisfaire l'adolescente.

— Tu nous as causé une sacrée frayeur ! Qu'es-tu allée faire dans la tempête toute seule ? s'indigna-t-elle.

— Laisse-la un peu respirer, la pauvre petite, lui dit Vittali. Tu as faim, Coda ? J'ai fait chauffer un peu de soupe. Tiens, bois doucement.

— J'étais pas seule, répondit-elle en serrant le bol chaud entre ses mains. J'ai suivi les chevaux.

— Encore ces chevaux ! Tu les suivrais jusque de l'autre côté de l'océan !

— J'ai perdu mon chemin, je ne voyais plus la ferme. Et puis...

Elle examina le regard préoccupé de Cal et s'étonna. Elle devait savoir que Coda se réveillerait. Autre chose se tramait.

— Et puis quoi ?

Pandore venait de surgir dans la chambre.

— Et puis le tonnerre a fait fuir les chevaux. Tous, sauf le caramel que je trouvais curieux. Il m'a tenu compagnie dans la tempête. Il avait pas peur.

Trois soupirs retentirent. Ils en avaient tous marre d'entendre parler de ce cheval. Coda posa le bol sur la table de chevet et se redressa, revigorée par sa longue nuit de sommeil et la soupe du vieil homme.

— Où est Tonia ? demanda-t-elle.

Vittali pointa la fenêtre du bout du menton. Coda se leva, vérifia la stabilité de ses appuis et s'élança dans les escaliers vers la porte d'entrée. Tonia distribuait aux chevaux leurs friandises. L'enfant balaya le troupeau du regard, à la recherche de son nouvel ami. Car voilà ce qu'il était désormais, pour lui avoir tenu compagnie. *Compagnie*, songea-t-elle. Voilà qui le caractérisait bien. Elle le vit, là, au milieu de ses congénères, et alors qu'elle allait se précipiter dans sa direction, elle décida de mesurer ses pas. Elle marcha calmement dans sa direction et s'arrêta à quelques mètres. Il leva la tête vers elle, les oreilles en avant, les naseaux grands ouverts, et la fixa d'un œil serein quelques instants.

— Alors, tu as compris ? lui demanda Tonia.

Coda lui sourit. Oui. Elle avait compris. Compagnie n'était pas de nature affectueuse. Mais il était brave et loyal. Deux valeurs au cœur d'une véritable amitié. Coda s'approcha de lui et caressa son chanfrein poussiéreux de haut en bas.

Elle arracha une touffe d'herbe et se mit à le brosser. Il ne cilla pas mais resta à l'affût. Elle lut à travers son immobilité la confiance qu'il lui vouait. Elle s'était rarement sentie aussi fière et rassurée.

Les jours passèrent et Coda ne lâcha plus ce cheval. Elle le brossait chaque matin et le suivait où qu'il aille, calant son pas aux siens, très larges. Une semaine après l'incident de l'orage, Vittali posa sur son lit un casque en métal, rembourré avec des morceaux de mousse à l'intérieur. Lorsqu'elle l'interrogea à ce sujet, il se contenta de rire. Tonia souffla d'agacement mais ne dit rien, alors la petite insista.

— Mon père aussi aimait bien ces bêtes, expliqua Vittali.
— Ce ne sont pas des bêtes, s'offusqua Coda.
— Ce casque, c'est lui qui l'a fabriqué alors qu'il était à peine plus âgé que toi. J'ai remplacé le rembourrage cette nuit. Essaie-le et dis-moi s'il te va.

Coda s'exécuta. Elle attacha les deux lanières de cuir ensemble et secoua la tête. Le père de Vittali ne devait pas être beaucoup plus grand qu'elle au moment où il avait confectionné ce casque, car il lui allait à merveille.

— À quoi ça sert ?
— À ne pas t'ouvrir le crâne si tu tombes.
— Si je tombe ? répéta-t-elle, incrédule.

Il porta son regard sur le troupeau qui broutait au loin.

— C'est une très mauvaise idée, protesta Tonia.
— Mon père n'était pas du même avis.

— Il vivait ici depuis sa naissance. Il connaissait mieux ces animaux que ses propres frères.

— Il faut bien commencer quelque part !

— Vittali, l'interrompit Coda, tu veux que... que je monte sur le dos de Compagnie ?

Sa voix se mit à trembler.

— Je n'ai jamais eu le truc avec ces chevaux, et Tonia n'est pas très intrépide. Mais toi... on m'a raconté que tu avais déjà voyagé à dos de baleine.

Coda lança un regard contrarié à Pandore qui fit mine de l'ignorer en frottant la vaisselle dans un bac d'eau sale.

— Écoute, tu n'es pas obligée. Mais je me suis dit que ça pourrait te plaire. Ce casque est pour toi, fais-en ce qui te plaît.

Elle réfléchit un instant, tentée par la possibilité qui s'offrait à elle.

— Ça va pas l'ennuyer ? C'est un Messager, il n'appréciera peut-être pas qu'on se serve de lui comme d'une attraction.

— Il n'y a qu'un seul moyen de le savoir.

Ce fut ainsi qu'elle se retrouva hissée sur le dos de Compagnie alors que celui-ci broutait paisiblement sans faire attention à l'agitation qui l'entourait. Tonia, Hazel, Cal, Pandore et Diana se joignirent au spectacle. Vittali attrapa la jambe de Coda pour l'aider à grimper sur le dos du mastodonte. Il ne broncha pas, la remarquant à peine. Elle sentit sa chair tiède sous ses mains, puis ses muscles sensibles au contact de ses mollets. Son dos n'avait rien d'inconfortable, mais elle sentit que le moindre mouvement la mettrait en difficulté. Elle agrippa une poignée de crins, penchée en avant, et serra les jambes pour se maintenir en équilibre. Le sol semblait dangereusement lointain. C'était d'une armure dont elle aurait eu besoin, en plus du casque.

— Détends-toi, lui conseilla Vittali. Et redresse-toi. Tu ne dois pas t'accrocher à son dos, tu dois tenir en équilibre.

— Non, je vais tomber ! s'écria-t-elle.

— Oui, c'est fort probable, à un moment donné. Mais n'aie crainte. Le sol est meuble et, à ton âge, ton corps est fait pour rebondir.

— Imagine-toi par-dessus le ravin de la Luée ! lui conseilla Pandore.

— Ou en haut d'un mât, ajouta Diana.

Coda se visualisa nichée dans le nid-de-pie du navire de Totem, Diana à côté d'elle, les flots fracassant la coque à une dizaine de mètres sous ses pieds. Elle n'avait jamais eu peur, là-haut. Lorsqu'elle rouvrit les yeux, elle se tenait droite, ses jambes détendues, et ses doigts s'étaient délassés de la crinière, sans la lâcher pour autant. Comme pour lui répondre, le corps de Compagnie se mut avec la douceur d'une caravelle quittant son port. Il mit un sabot devant l'autre et ses flancs caressèrent les mollets de l'enfant qu'il portait sur son dos. Il n'avait pas l'air ennuyé par sa présence. Elle le laissa s'éloigner du petit groupe d'humains et cria à leur adresse :

— Comment je fais pour le diriger ?

Tonia et Vittali éclatèrent de rire en chœur.

— Tu ne le diriges pas ! lui répondit Tonia. Il fera toujours ce qui lui plaît !

Depuis qu'il l'avait ramenée saine et sauve à la ferme, le soir de l'orage, elle ne pouvait que lui faire confiance. Il s'éloigna d'un pas paisible, parcourant la plaine vers les montagnes, et passa non loin du sycomore foudroyé. Coda frissonna à la vue de sa silhouette noire et de ses branches consumées. Sous la lumière généreuse du soleil, il lui semblait impossible de visualiser la scène apocalyptique à laquelle elle avait assistée. Compagnie dépassa le squelette noirci sans y prêter attention, comme s'il avait déjà oublié l'événement. Son pas était si doux que Coda se sentit bercée tout au long de l'après-midi. Elle aurait presque pu s'endormir sur son dos, laissant ses hanches se balancer au rythme de ses épaules. Après de longues heures de promenade, il la reconduisit à l'orée du potager, et la laissa glisser de son dos. Elle atterrit maladroitement sur la terre meuble et le caressa longuement. Le visage de l'animal se relâcha, détendu. Sa lèvre inférieure frémit, ses paupières s'abaissèrent sur les grosses billes de ses yeux, et ses oreilles s'abaissèrent. Coda commençait à comprendre son langage subtile.

La première chute survint quelques jours plus tard alors que Compagnie, exalté par ses congénères, accéléra le pas jusqu'à prendre le trot. Ses longues foulées ne désarçonnèrent pas Coda immédiatement. Mais trop enthousiaste et oubliant sa présence, il se mit à sautiller dans l'herbe. La jeune fille décolla et vola sur plusieurs mètres avant de sentir l'herbe sous son corps. Le souffle coupé, elle ne réalisa pas tout de suite ce qui venait de se passer. Ce ne fut qu'en apercevant Compagnie, insouciant avec ses frères et sœurs, que le choc de la chute la frappa. Elle détacha son casque, se remit debout, les muscles engourdis et se dirigea vers la chaumière floue.

Elle n'avait que faire des minuscules attentions que Compagnie lui octroyait parfois, ni même des longues balades qu'il lui permettait de faire sur son dos. À cet instant, elle ne voulait plus le voir. Il ne pensait décidément qu'à lui, étranger aux codes de l'amitié humaine. Elle ne dit rien face aux regards interrogateurs de ses amis et monta directement à l'étage, dans la chambre qu'elle partageait avec Cal. Elle s'effondra sur son lit, laissant le casque tomber par terre dans un *clong* retentissant, et prit de longues inspirations.

Cal n'était pas là. Elle avait laissé son lit défait. Une plume était posée sur l'oreiller, juste à côté d'une tache d'encre noire. Cal passait ses soirées à écrire dans un de ses nombreux carnets. Elle y notait ses souvenirs futurs avec le plus de détails possible de manière à ne pas les perdre une fois qu'ils feraient partie du passé. Son amnésie la terrifiait. Lorsqu'elle n'écrivait pas, elle lisait ses propres lignes dont elle ne pouvait se souvenir de l'écriture, condamnée à un passé qui lui échappait. Elle rangeait ces carnets sous son lit et défendait à quiconque d'y toucher.

Coda, toujours contrariée, s'approcha du stock et en choisit un. Elle le soupesa, en caressa la couverture de cuir noir et l'ouvrit. Une écriture allongée inondait les pages. Coda n'en lut pas un traître mot. Elle continua de les tourner, appréciant l'idée de pouvoir, rien qu'en le souhaitant, connaître l'avenir. Quel risque encourait-elle ? Cal considérait cela comme une malédiction pour une raison qui échappait toujours à Coda.

Quand la curiosité devint trop forte, elle choisit une page au hasard et lut sa première ligne. Son visage se décomposa. Elle aurait pu lire l'innocent récit d'un dimanche après-midi prochain, d'un mauvais rêve à venir, ou d'une contrariété lointaine. Mais elle trouva tout autre chose. Les mots qui maculaient cette page semblaient avoir été écrits à son attention.

« *Cascade est belle. J'ignore si elle était aussi belle quand je l'ai quittée. Mais je la vois désormais somptueuse. La mer la borde comme une couverture de saphir. Notre navire s'approche et une créature de roche nous surplombe. C'est la Cité Rocheuse qui domine le bourg avec majesté. Je vois, là-haut, des enfants qui agitent les bras à notre attention. Coda leur répond avec de grands gestes, mais je n'ose pas. Je me sens encore comme une étrangère. Je suis pourtant ici chez moi. Je suis née dans la Cité Rocheuse.* »

— Coda, dit Cal en la découvrant penchée sur son carnet.

Elle n'était pas en colère. Ni même surprise. Elle ne l'était jamais. Car elle savait que les choses se révélaient toujours inévitables. Coda referma l'ouvrage très doucement, son cœur battait à tout rompre dans sa poitrine.

— Cal… murmura-t-elle de manière inaudible.

Trois lettres qui auraient dû lui mettre la puce à l'oreille. Les yeux verts de Veda la transpercèrent. Un courant d'air souleva ses mèches bouclées, de la même teinte que celles de Coda, plus lisses. Le reste de son visage devait tenir de leur père qu'elle n'avait jamais connu.

— Calix ?

Personne ne l'avait appelée ainsi depuis bien longtemps. Elle n'avait pas honte de son propre nom : elle avait honte de ne pas se rappeler qui le lui avait donné.

Calix, la sœur perdue de Coda. La fillette que sa mère et sa grand-mère n'avaient jamais cessé de regretter. L'enfant que son père avait enlevée, une nuit, sans prévenir. Les habitants de la Cité Rocheuse devaient tous faire ce choix cornélien le jour de leurs vingt ans : partir à jamais, ou rester pour l'éternité. La Cité Rocheuse était pour beaucoup une prison choisie. Veda en faisait partie. Elle était restée pour son compagnon, le père de sa première fille, de deux ans son cadet. Elle n'avait pu se résoudre à partir sans lui, bien qu'elle aurait eu le droit d'emmener son bébé avec elle. Lui n'avait pas été aussi altruiste.

Mais par un jeu du sort, les deux sœurs étaient enfin réunies, à des milliers de kilomètres de leur ville natale : Cascade.

Calix s'accroupit à côté de sa petite sœur sans ignorer la teneur de l'échange qu'elles s'apprêtaient à avoir. Elle n'avait pas peur, car elle savait que Coda ne lui en voulait pas. Celle-ci se mit à pleurer silencieusement.

— On va finir par rentrer à la maison ? murmura-t-elle dans un sanglot.

— C'est bien ce que j'ai écrit, non ? répondit Calix, amusée.

Coda essuya ses larmes d'un revers de manche et renifla. Comment avait-elle pu ne pas reconnaître ces yeux qui avaient bercé son enfance ? Elle ne voyait désormais plus que Veda lorsqu'elle regardait Calix.

— Pourquoi tu m'as rien dit ? lui demanda-t-elle.

— Il s'est passé beaucoup de choses. Tu n'avais pas besoin d'apprendre ça trop vite. Et puis...

— Je sais. Tu n'as pas vraiment choisi.

— Si, Coda. Même si tout est déjà tracé, les choix sont toujours les miens. Ils ont simplement une autre allure que les tiens.

— Alors, Calix, ton prénom... Hazel est-il au courant ?

— Je ne sais pas trop pourquoi, mais je n'ai jamais aimé qu'on m'appelle comme ça. Il doit y avoir une raison, là, dans mon passé. Je me sens mise à nue, lorsque je l'entends. Ça me serre le cœur.

— La mémoire oublie certaines choses. Pas le corps.

— J'aimerais pouvoir t'expliquer ce qui s'est passé, pourquoi notre père m'a emmenée, où il est à présent, mais je ne sais presque rien. Je n'ai commencé à écrire mes souvenirs qu'à l'âge de sept ans. Je vivais dans une espèce d'orphelinat, tenu par une femme. C'est elle qui m'a encouragée à le faire.

— Elle n'a jamais pu te dire comment tu t'es retrouvée là ?

— Il m'y a laissée lorsque j'avais cinq ans. J'ignore pourquoi. J'imagine que le seul qui pourrait nous éclairer, à présent, c'est lui. Mais il pourrait être n'importe où dans l'univers.

— Comme toi. Je n'ai jamais nourri le moindre espoir de te retrouver. Et pourtant...

— Et pourtant.

Calix prit sa sœur dans ses bras et la serra maladroitement, comme si c'était désormais son devoir. Mais elles avaient beau être sœurs, leur lien avait été coupé depuis trop longtemps.

— Il faut le dire aux autres, suggéra Coda. On peut pas continuer à ignorer la vérité. Calix, par quel hasard nous sommes-nous retrouvées ? Tu t'y attendais, naturellement. Mais quelle force nous a-t-elle réunies ?

— Peu importe, répondit-elle, le regard soudainement embué.

Coda la sentit trembler mais n'ajouta rien. Quelque chose continuait de troubler Calix. Si ce n'était pas cette soudaine révélation, ce devait être plus important. Plus inquiétant.

— Pourquoi es-tu ainsi ? Qu'est-il arrivé à ta mémoire ?

Elle haussa les épaules. Les mémoires inversées n'étaient pas des parias qu'à cause de leur capacité particulière à se rappeler l'avenir. L'origine de leur mal, jamais élucidée, était au cœur de la méfiance qu'avait le peuple à leur égard.

— Peux-tu seulement me dire combien de fois je vais

manger la poussière avant de convaincre Compagnie de faire attention à moi quand je suis sur son dos ?

Calix éclata de rire.

— Ah ! Ça y est, c'est arrivé.

— Tu le savais.

— Si je te révèle les circonstances de ta prochaine chute, tu ne voudras jamais remonter sur son dos. Alors je vais seulement te dire que tu ne te feras jamais mal. Et qu'après chaque chute, tu lui feras davantage confiance.

— Tu pourrais mentir juste pour me rassurer.

— Je pourrais. Mais il y a une chose que tu dois bien comprendre au sujet de ta sœur : je déteste mentir. Si c'était si simple, je te dirais simplement que tu ne retomberas jamais.

— Ce qui ne serait pas franchement crédible.

— Non, c'est vrai. Mais si j'en crois les enseignements de Tonia, ce n'est pas à Compagnie de faire attention à toi. C'est à toi de t'adapter à ses mouvements. Qui sait, peut-être un jour ne ferez-vous plus qu'un, tous les deux ? À force de monter sur son dos à longueur de journée, tu seras parfaitement capable de prédire le moindre de ses mouvements, la moindre de ses sautes d'humeur. Son corps deviendra le tien.

— Et le mien, le sien.

Elle rendit à Calix son carnet et lui promit de ne jamais le rouvrir. Elle avait pu trahir une amie, mais elle serait incapable de trahir sa sœur. Elle ne vivrait désormais qu'avec l'euphorie de leur prochain retour à Cascade.

Elle imaginait la tête que ferait Veda en ne découvrant pas

une, mais deux de ses filles sur le perron de leur petite maison de pierres. Coda savait, désormais, que chacune de ses actions la mènerait jusque chez elle, d'une manière ou d'une autre. Elle n'avait plus peur de rien.

20
Yud et le conte de Romuald

La carte était déroulée sur une lourde table de chêne, au milieu d'une des salles de la bibliothèque, sombre et intimiste. Des bougies dégoulinantes éclairaient les étagères et le bureau en tremblotant. Verne, Felyn, Boréalis et moi examinions chaque détail avec minutie. Je ne me lassais pas d'observer le monde. Je peinais à croire qu'on ait pu dessiner le monde entier sur la peau d'un aurochs. Entier, ou presque. Quiconque avait entamé cette œuvre n'avait pu la terminer.

Felyn était d'avis d'explorer les terres inconnues pour compléter la carte. Boréalis trouvait plus sage de suivre une ligne passant par la Mâchoire et de descendre jusqu'à Camérys de manière à connecter les grandes villes qui existaient déjà. Verne gardait les yeux rivés sur le Tir dont la représentation manquait. Je saisis une tige de métal qui chauffait dans l'âtre, et la lui tendis.

— Vas-y, lui intimai-je.

Les trois lettres qu'iel traça avec maladresse juraient avec le reste de l'ouvrage. Verne fit une grimace et reposa la tige, gêné. Le Tir lui manquait plus qu'iel n'osait l'admettre. Pour autant, iel n'avait aucune envie d'y retourner. Je lui avais pourtant proposé de repartir dans cette direction avec les quelques voyageurs qui avaient décidé de s'installer à Tirya. Iel n'était pas parti pour revenir si rapidement. Le mal du pays était répandu parmi la chamellerie. Il n'épargnait personne, et malgré tout, rares étaient ceux qui se résignaient à rentrer chez eux.

Sept villes figuraient désormais sur la carte après que Tirya et Villarondière avaient été ajoutées. J'avais entendu parler de chacune d'entre elles, sauf une. Cascade, située en bord de mer, dans le sud de l'Aucellion, m'était étrangère. Je ne connaissais aucune histoire la concernant. Rares étaient les villes côtières. La navigation maritime était vue comme la pratique la plus dangereuse qui soit. Les seuls capables de s'y aventurer étaient certains marchands ne craignant rien, et des pirates sans vergogne. De ce fait, je voyais mal comment une ville pouvait prospérer au bord de l'océan. Il y avait bien peu d'intérêt. Romuald me vit lorgner le point noir avec circonspection.

— Un ajout curieux sur cette carte, n'est-ce pas ?

J'acquiesçai en lui accordant un sourire.

— Le voyageur qui a tracé cette carte n'y a joint que les villes qu'il a visitées. Comme vous, ce choix-là m'a surpris. Cascade n'est pas une ville ordinaire.

— Vraiment ?

— En réalité, commença-t-il en s'asseyant sur un tabouret,

la plupart de ses habitants ignorent pourquoi. Notre voyageur n'y serait d'ailleurs jamais allé sans un coup du hasard.

Verne, Felyn et Boréalis s'étaient jointes à notre conciliabule, l'une assise par terre, l'autre sur le bureau, la dernière debout derrière moi, m'enserrant les épaules.

— Alors qu'il quittait Camérys pour remonter vers le nord, il s'est perdu dans la très dense forêt tropicale. Il aurait pu trouver la mort sans le concours d'un peuple autochtone qui lui vint en aide. Ces gens avaient l'habitude de secourir des explorateurs ou des marchands trop aventureux. Le voyageur leur montra la carte qu'il confectionnait pour essayer de leur expliquer son dessein. Ses sauveurs n'étaient pas très sensibles à ses talents, manifestement. Ils ne voyaient pas le monde comme ça.

— Comment le voyaient-ils ? fit une petite voix.

Je tournai la tête et vis Souris, timide, le visage à moitié caché derrière un pan de mur.

— Oh, bonjour, ma chère, salua Romuald.

J'ouvris les bras et elle s'y précipita, grimpant sur mes genoux.

— Tu ne t'amusais plus, dehors ?

— Il est tard, les autres enfants sont rentrés chez eux.

Sa voix craqua sur les derniers mots. Je la serrai fort et fis signe à Romuald de poursuivre.

— Eh bien... Souris ? C'est bien votre nom ? Ces gens qui avaient secouru le voyageur voyaient le monde comme une bulle, et non comme une boule. En son centre vivait une entité divine.

— Qu'est-ce que c'est, une entité ? demanda Souris.

— C'est comme une force, expliqua Felyn. Quelque chose de vivant, mais pas vraiment.

— Plus ou moins, précisa Romuald. Ces gens pensaient donc que l'enveloppe du monde était aussi fragile qu'une bulle de savon et que son équilibre résidait en son centre. Tant que l'entité vivrait, la bulle n'éclaterait pas. De temps à autre, leur foi se voyait récompensée de magnifiques cristaux.

Il quitta la pièce et revint avec entre les mains une roche miroitante aux aspérités irrégulières. C'était un éclat de miroir. Il ne pouvait provenir que de la Baleine-Miroir. En voyant la chose, je ressentis la même excitation chaude que le jour où je l'avais rencontrée, à la Torieka. Felyn se crispa, le regard figé sur la roche. Je la vis se retenir d'arracher l'éclat des mains de Romuald.

— Les sauveurs ont offert aux voyageurs une de ces roches – celle-ci, en l'occurrence – pour lui apporter bonne fortune. Ils en trouvaient souvent sur leur territoire, nichée sous les racines d'un arbre, au fond d'un ruisseau, ou encastré dans de la roche ordinaire. La légende racontait que ces éclats avaient été laissés-là des siècles plus tôt, alors que l'entité avait été perturbée.

— Cette entité, c'est la Baleine-Miroir ? demanda Boréalis.

Romuald tressaillit.

— Comment avez-vous deviné ?

Je sortis de ma poche le signeur de Tortue qu'on avait taillé dans une écaille de la Baleine. Romuald en eut le souffle coupé. Il le prit entre les mains avec de grandes précautions. Il pensait à tort pouvoir le briser s'il le laissait tomber. Rien ne pouvait endommager un signeur malgré sa finesse semblable à une feuille de papier. Il me le rendit en me remerciant.

— Puis-je vous demander comment vous vous l'êtes procuré ?

— On m'en a fait don. J'ignore qui l'a confectionné, malheureusement. Et comment.

— Je pourrais peut-être vous éclairer à ce sujet. Oui, cette entité n'était autre que la Baleine-Miroir, mais ce peuple ne l'appelait pas ainsi. Selon leurs croyances, l'entité faiblissait. Elle vieillissait. Ses écailles tombèrent une à une, offrant à la forêt tropicale l'engrais le plus efficace qu'elle ait connu. Puis, quand sa fatigue devint trop importante, et sa chair de miroir trop fine, la Baleine s'est échouée...

Il plaça son index sur le point correspondant à Cascade, sur la carte.

— ... juste ici.

— Et la bulle, elle a pas éclaté ? s'enquit Souris.

— Non. La bulle n'a pas éclaté, car quelque chose a pris la place de l'entité, rétablissant l'équilibre avant que des conséquences trop néfastes s'installent.

— Cascade s'est donc construite sur la carcasse de la baleine qui étincelle ? supposa Verne. Je veux dire, la Baleine-Miroir ?

— Pas exactement. Voyez-vous, dit-il en posant son éclat de miroir à côté de mon signeur, sur le bureau, ces deux choses proviennent de la même créature, vraisemblablement, mais elles sont pourtant très différentes.

Il soupesa l'éclat d'une main et ajouta :

— Celle-ci n'a en réalité que très peu de valeur. Sa sœur, en revanche, vaut tout l'or du monde. Seul un éclat de miroir extrait d'une Baleine vivante peut être sculpté, taillé, ou façonné. Si l'on attend trop longtemps, l'éclat de miroir devient un vulgaire morceau de roche qui perd toutes ses propriétés. Dites-moi, Yadalith, quels effets ce signeur a-t-il ?

— Il éveille certaines créatures et leur fait adopter un comportement inhabituel.

— Est-ce ainsi que vous avez domestiqué les chameaux des Hauts-Plateaux ?

— Nous ne les avons pas domestiqués, protesta Boréalis. Ce sont nos Amis.

— Oui, ajoutai-je. Il se peut que la présence du signeur dans ma poche les ait... influencés. Je ne sais pas vraiment.

— Certains des écrits que j'ai amassés au fil des années considèrent que quiconque possède un signeur, ou tout objet taillé dans une écaille de Baleine vivante, serait irrémédiablement lié à elle.

— Il y a d'autres objets ? demanda Felyn avec intérêt.

— Principalement des bijoux ayant un effet limité, ou bien des babioles, des objets de décoration – si chers que seuls les plus grands dignitaires peuvent se les offrir. Ils en parent leurs demeures pour impressionner leurs invités. J'ignore l'effet que peuvent réellement avoir ces objets. Mais un signeur n'a rien d'anodin. Il a été façonné dans le but de révéler la face la plus lisse et parfaite du miroir. Quiconque y regarde son reflet voit la vérité. Je n'oserais même pas essayer.

— Ne soyez pas gêné, lui enjoignis-je.

— Oui, insista Souris. Qu'est-ce que vous voyez, dans votre reflet ?

Il prit le signeur entre ses deux mains et y plongea le regard quelques instants. Il se mit à trembler et balbutia :

— Je... je vois... mes parents...

Il nous scruta une à une avant d'éclater de rire.

— Excusez-moi, s'esclaffa-t-il, c'était trop tentant. Non, évidemment, je ne vois que moi. Mon visage de bibliothécaire, quelques rides naissantes. Ce n'est pas un miroir ordinaire, mais je suis un homme ordinaire, après tout.

Il tendit l'objet à Souris qui s'y regarda à son tour. Je vis mon reflet derrière le sien, mon visage sombre, doté de cette tache encore plus sombre. Les yeux de ma mère, le nez de mon père. Le menton de mon petit Galiegu. Et ma chevelure aussi noire que celle de Souris, mais plus épaisse. Souris me sourit à travers notre reflet et je la serrai dans mes bras.

— N'oublie pas, lui chuchotai-je à l'oreille, voici la vérité. La pure vérité.

Boréalis rejoignit notre reflet et gloussa. Son rire se communiqua au reste de l'assemblée. Verne prit le signeur à son tour, se regarda quelques instants sans rien dire, puis le fit passer à Felyn qui l'agrippa à s'en blanchir les jointures. Elle fixa son reflet, les sourcils froncés, puis reposa l'objet.

— Vous avez senti comme sa surface est chaude et douce, ajouta Romuald, alors qu'un miroir ordinaire est froid et adhérent. C'est parce que l'écaille vit, d'une certaine manière. Ce n'est pas une formation géologique, c'est comme de la peau.

— Beurk ! s'exclama Souris.

— Le terme de roche ne convient d'ailleurs pas vraiment, puisque ce n'est pas de la roche. De même pour ce vulgaire éclat qui a été trouvé dans la forêt bien après que la Baleine l'a perdu. Il s'agit de sa chair. Et c'est pourquoi sa valeur augmente selon l'origine et la forme de l'objet.

— Je ne suis pas sûre de comprendre, dit Felyn. Qu'est-ce qui peut changer ?

— D'après les informations que j'ai collectées, il existe deux types d'éclat de miroir : celui issu de la Baleine-Miroir morte, et celui qui provient de son corps alors qu'elle est encore vivante. Dans le premier cas, l'éclat n'a aucun effet. Ce n'est qu'un artefact à collecter, rien de plus. Dans le second cas, on peut en tirer quelque chose, à condition d'être rapide. Voyez, cet éclat que je possède.

Il le prit entre ces mains et le soupesa en le faisait passer d'une main à l'autre.

— Il a été trouvé dans la forêt tropicale. La Baleine a dû le perdre en se grattant, ou lorsqu'elle était malade. Cette écaille est tombée. Par définition, puisqu'elle est issue de la Baleine vivante, elle pourrait avoir beaucoup de valeur. Mais ce n'est pas si simple. Il aurait fallu qu'on taille cette roche pour lui donner une forme particulière : un signeur, une figurine, un vase – que sais-je. Maintenant, si j'en crois le conte que je vous ai raconté, que ce voyageur m'a transmis, il semblerait que la Baleine qui a déposé cet éclat dans la forêt est morte par la suite. Et puisque cet éclat est resté tel quel, brut, il a perdu tout le potentiel surnaturel qu'il avait. Voilà pourquoi je considère que votre signeur est infiniment plus précieux que mon éclat. Il a été taillé quand la Baleine dont il provenait était encore vivante.

— Et si l'on taillait un éclat issu d'une Baleine-Miroir morte, supposa Souris, il pourrait avoir un effet ?

Romuald secoua la tête.

— Ce serait trop simple. La ville de Cascade s'en serait mieux sortie, si c'était possible. Non, un éclat de la Baleine morte n'est plus qu'une roche, rien de plus qu'une roche.

— Que s'est-il passé, à Cascade ?

Romuald prit une grande inspiration, réfléchissant au point de départ de son histoire. Il fixa le plafond comme il m'arrivait de le faire pour étayer ma réflexion.

— Lorsque la Baleine-Miroir s'est échouée à Cascade, les marchands ont assailli sa carcasse. Aussi longtemps qu'elle respirait – aussi faiblement soit-il – ses écailles étaient façonnables. Et leur valeur, inestimable. L'économie de la ville s'est construite ainsi, sur une courte décennie. L'avidité humaine a rongé le corps de la Baleine-Miroir, au bord du trépas. Ses écailles miroitantes pouvaient être taillées immédiatement, et conféraient à leurs propriétaires une influence importante sur l'ordre du monde. La ville s'est enrichie en un rien de temps.

— Et la Baleine respirait encore ?

— À peine. Le monde s'est assombri à mesure qu'elle s'éteignait. Ses Messagers sont devenus plus sauvages et agressifs. Les humains aussi. L'avarice, la cruauté, le vice et l'égoïsme se sont répandus. Comme si, du jour au lendemain, les êtres humains s'étaient rendu compte qu'ils pouvaient commettre le mal sans en subir les conséquences. Au contraire, ils pouvaient même en tirer profit avec une facilité déconcertante. Cascade s'est peuplée en un clin d'œil, ville idéale pour celles et ceux qui voulaient développer ces nouveaux attributs humains. La Baleine s'est éteinte, mais ses écailles ont gardé sa chaleur encore quelque temps, permettant aux pilleurs de continuer à la dépouiller.

— Jusque-là, je ne vois pas en quoi Cascade a souffert de tout cela, intervint Felyn.

— J'y viens. Une nuit, un typhon comme il n'y en avait jamais eu a ravagé la ville et a emporté la carcasse au large. Au petit matin, il ne restait plus qu'une de ses nageoires qui s'était détachée de son corps à force d'être creusée. Au même moment, l'équilibre du monde s'est rétabli. Les Messagers ont retrouvé leur sagesse caractéristique, et les humains leur humilité, dans une certaine mesure. Même si certaines personnes ont voulu conserver leurs privilèges. Deux castes se sont alors affrontées au sein de la ville de Cascade : celles et ceux qui souhaitaient continuer à exploiter la roche de la nageoire subsistante, et celle et ceux qui souhaitaient la protéger, l'honorer et laisser le temps la changer en pierre.

— Pourquoi se serait-elle changée en pierre ? demanda Verne.

— C'est le sort réservé aux carcasses des Baleines-Miroirs. Certaines cultures considèrent que les chaînes de montagnes sont les squelettes des Baleines du passé.

— Mais cet éclat et ce signeur ne se sont pas changés en pierre, rétorqua lo Tiron.

— Non, car ils se sont détachés du corps de la Baleine avant sa pétrification. C'est là que réside leur valeur. Toujours est-il que les défenseurs de la Baleine ont combattu leurs congénères bien longtemps avant de parvenir à un pacte : la nageoire serait laissée tranquille et changée en pierre, mais alors ses défenseurs seraient condamnés à y vivre perchés, et à y dévouer leurs vies, tandis que les autres habiteraient paisiblement aux alentours, libres d'aller et venir en-dehors de la ville s'ils le souhaitaient.

— Pourquoi donc établir une telle règle ? m'offusquai-je.

— La ville était déjà très riche et possédait une importante réserve de pièces de miroir en tout genre. Le commerce de ce matériau était florissant. Ceux qui en bénéficiaient craignaient peut-être que les défenseurs de la nageoire s'en prennent à leurs réserves et cherchent à récupérer toutes les pièces de miroir qui octroyaient à la ville sa richesse. Les confiner à leur vulgaire bout de roche était un moyen de contenir leurs ardeurs. Peut-être espéraient-ils les faire fuir en leur imposant ce dilemme. Je ne sais pas qui souhaiterait condamner toute son existence sur une saillie rocheuse stérile en proie à tous les vents. Si les défenseurs renonçaient à cet ultimatum, abandonnant la lutte, les mineurs seraient libres de continuer à dépouiller la nageoire qui restait. Mais cela n'a pas fonctionné. Les défenseurs sont restés. Des générations plus tard, cette histoire s'est transformée en légende. Personne ne pouvait imaginer que ce vulgaire piton rocheux avait un jour pu être la nageoire d'une Baleine-Miroir. Plus tard, bien plus tard, cette légende s'est à son tour évanouie. La tradition est restée, car il existe bien peu de choses plus puissantes que les traditions douloureuses. Vous voyez, c'est pour ça qu'il me tient à cœur de rédiger tous ces contes ; car certains d'entre eux peuvent s'évaporer, malgré la force des conteurs.

J'acquiesçai, reconnaissante du don qu'il venait de nous faire : celui d'un conte que personne, en dehors de cette pièce, ne devait avoir entendu depuis bien longtemps.

— Merci, Romuald. Tu contes merveilleusement bien.

Ses joues s'empourprèrent et son sourire se dessina timidement.

La lune était haute dans le ciel, plus haute que nulle part

ailleurs. Et sous sa lumière ébauchée, un troupeau de chameaux des Hauts-Plateaux marchait paisiblement. Nous étions partis de nuit, car l'air était doux et les étoiles de bon augure. La steppe me rassurait. Ces collines avaient été les miennes, et celles de Boréalis. Son Amie, dont le poil blanc reflétait parfaitement les rayons de la lune, marchait à côté du mien. Baris me regardait. Ses longs cheveux ondulés se balançaient au rythme du chameau. Elle était mon étoile filante, celle qui m'avait arrachée à la Torieka, présentée à Bakarya, et celle que j'avais cru suivre à travers la Tar-Mara. Elle m'avait donné un petit peu de la lumière qui brillait en elle.

La chamellerie s'était encore amaigrie. Passé Valésya, bon nombre de voyageurs avaient décidé de retrouver une vie normale, tandis que leurs Amis les chameaux s'étaient dispersés dans les steppes environnantes. Une centaine de voyageurs nous accompagnaient encore, mais je sentais leur ferveur décroître de jour en jour. Peut-être s'étaient-ils imaginés tomber à la rencontre de magnifiques cités aussi peuplées que Bakarya ? Le monde était plus désert qu'on ne l'espérait. À défaut de fonder de grandes villes, des villages s'établirent le long du chemin pour profiter de la connexion entre Valésya et Bakarya qu'il offrait. On dressa des stèles de pierre à intervalles réguliers le long de la route puis on les peignit en rouge.

Nous atteindrions Bakarya en quelques jours. La chamellerie s'y arrêterait pour se reposer le temps que l'hiver passe.

J'ignorais dans quel état nous trouverions la ville et s'il faudrait à nouveau prendre parti entre Animalistes et Numéroteurs. Souris rendrait visite à ses grands-parents et à Tortue, en compagnie de Felyn. Peut-être choisirait-elle de passer l'hiver avec eux. Baris et moi avions pris une décision différente. Nous refusions de supporter ces longs mois de gel dans cette cité abominable. Nous irions d'abord à la Verilla pour raconter notre périple et transmettre à quiconque nous écouterait l'existence de Tirya et Villarondière, deux cités vides prêtes à être investies par celles et ceux qui souhaitaient changer d'air. Puis nous quitterions la ville boueuse pour rejoindre la Torieka.

Ça n'avait pas été un choix facile. Verne avait insisté pour nous accompagner, trop timide pour rester dans une ville étrangère avec pour toute connaissance Felyn. Nous ignorions ce que nous trouverions là-bas, chez nous. Personne n'avait accueilli notre départ avec chaleur, mais nous avions toujours promis à nos proches que nous reviendrions les voir. J'avais pensé le faire plus tôt, mais la vie m'avait menée sur un chemin pour le moins inattendu.

Boréalis ne rentrait pas de gaieté de cœur. Elle savait comment sa famille l'accueillerait : comme une traîtresse. Seule fille d'une large fratrie, chacun s'était attendu à ce qu'elle se montre aussi fertile que sa mère, et sa grand-mère avant elle. Elle avait choisi une destinée bien différente.

Les traditions forgées dans le désespoir de la Torieka poussaient toutes ses femmes à procréer à la moindre occasion, malgré l'échec auquel elles feraient fatalement face. Nous ne revenions pas pour accomplir un tel devoir. Et malgré la fierté que nous portions à employer nos noms véritables, nous savions qu'ils ne seraient jamais prononcés, là-bas. Nous serions à nouveau Yud et Baris, comme les adolescentes parties trois ans plus tôt.

Sous la lune de ce mois d'automne, je vis les yeux verts de Boréalis m'adresser un regard entendu. Elle pointa le ciel, mais je n'y vis rien d'autre que le firmament percé d'un milliard de cavités lumineuses.

— Ne sens-tu pas, Yadalith ? me dit-elle. Ne reconnais-tu pas cette odeur ?

Je sentais le parfum de l'herbe humide et de la boue battue par les serres des chameaux, semblable à de l'eau croupie. Il y avait, derrière cet effluve, une émanation lourde et chargée, presque épicée, quasiment imperceptible.

— L'air avait toujours cette odeur juste avant une lune étoilée.

C'était vrai, je m'en souvenais. Certaines nuits, la steppe se maculait de lucioles vertes. Les petites boules luminescentes se confondaient avec les étoiles et conféraient à la steppe une ambiance chimérique. Nous avions quitté notre village par l'une de ces nuits pour nous donner bonne fortune. Il semblait parfaitement naturel de revenir sous la lumière des lucioles.

21
Coda et son idée

Coda galopait sur un vent de fierté. Les mains plongées dans la crinière blanche de Compagnie, les jambes serrées contre ses flancs, le dos droit et le regard fixé sur l'horizon. Autour d'eux, des dizaines de chevaux aux statures de colosses galopaient dans l'océan mouvant des herbes hautes. Compagnie, l'œil vif et les oreilles à l'affût, se croyait prêt à s'envoler. Le corps de Coda s'accordait parfaitement au sien. Pour la première fois depuis des mois, l'enfant ne tombait pas. Elle était parvenue à trouver son équilibre. Elle savait pourtant que le moindre faux mouvement l'enverrait à terre. Les pieds de Compagnie ne pouvaient pas la décevoir. Il lui arrivait de trébucher, surtout dans de tels moments d'excitation, mais cela lui arrivait de moins en moins, comme s'il avait enfin pris conscience des conséquences de son inattention sur sa jeune cavalière couverte d'hématomes.

Les journées passées à cheval vidaient l'esprit de Coda, qui faisait ainsi le deuil de son retour imminent à Cascade. Elle préférait vivre loin des siens quelque temps plutôt que risquer de se faire rattraper par les baleiniers une fois débarquée dans la cité côtière. Elle n'était d'ailleurs pas si loin des siens : elle avait sa sœur à ses côtés.

Elle avait toujours songé que l'amour qui unissait deux sœurs était aussi puissant que le vent qui souffle sur la prairie, ou les vagues qui agitent l'océan. Elle s'était aussi persuadée qu'elle reconnaîtrait sa sœur au premier coup d'œil, qu'elles parleraient le même langage, et qu'elles auraient les mêmes goûts. Il n'en était rien. Calix lui était aussi étrangère qu'Hazel, avec qui elle ne partageait aucun lien familial. Malgré les yeux verts qu'elle tenait de leur mère, elle ne lui paraissait pas familière. La sœur qu'elle avait toujours souhaité retrouver n'était en réalité qu'une étrangère parmi tant d'autres. Au mieux, une amie.

Calix n'avait aucun souvenir de Cascade, de sa mère ou de sa grand-mère, naturellement. Aucun souvenir du passé. Elle refusait de dévoiler quoi que ce soit à sa sœur au sujet de l'avenir. Coda savait seulement qu'elles retourneraient ensemble à Cascade.

Ce n'était pas une sœur ordinaire : sa mémoire inversée creusait un gouffre entre leurs perceptions de la vie. Elles n'avaient pas la même approche au monde : l'une curieuse, l'autre désabusée. Calix cachait constamment des choses à Coda. Malgré tout, elle faisait tous les efforts nécessaires pour se rapprocher de sa sœur. Elle l'aidait à nettoyer la vaisselle, venait l'admirer monter Compagnie, et l'écoutait raconter des histoires au sujet de sa courte vie bien remplie.

En définitive, Coda ne se sentait réellement comprise qu'avec Pandore. Il se comportait comme un frère depuis leur plus jeune âge, à la Cité Rocheuse. Avec Pinaille, ils formaient un inséparable trio. Même quand les choses avaient changé, quand Pinaille les avait abandonnés, Pandore était resté l'ami loyal qu'il avait toujours été. Coda s'était jetée dans la gueule des baleiniers sans la moindre hésitation après qu'il avait disparu. Elle le referait sans hésiter, si nécessaire.

Il se mit à l'accompagner lors de ses visites aux chevaux. Coda lui apprit comment se hisser sur le dos du beau bai qu'affectionnait Tonia. Un après-midi, chacun juché sur le dos d'un cheval tandis que le troupeau broutait paisiblement, ils baignaient dans une mare de lumière assommante. Pandore faisait balancer délicatement ses mollets le long du flanc de sa monture tandis que Coda était allongée sur le ventre en équilibre sur la colonne vertébrale saillante de Compagnie. Ils discutaient de l'avenir, regrettant amèrement de ne pas pouvoir arracher plus d'indices à Calix.

— On peut attendre de nombreuses années, mais on sera jamais sûrs d'en avoir fini avec les baleiniers, déclara Coda. Si on veut partir, il faut choisir un jour, et cesser d'avoir peur.

Pandore ne répondit rien, le regard dans le néant. Code lut son indécision avec évidence.

— Tu ne veux pas repartir, comprit-elle, l'arrachant à sa torpeur.

— Si ! rétorqua-t-il d'une voix fausse.

— Non.

— C'est pas si simple, Coda. Regarde comme la vie est agréable, ici ! Mes parents me manquent, mais... ils m'ont jamais montré autant d'attention que Tonia et Vittali. Je commence à penser que même si je retourne à la Cité Rocheuse, je choisirai d'en repartir quand j'aurai vingt ans. Alors, à quoi bon s'embêter...

— Nous sommes loin d'avoir vingt ans. On peut pas laisser nos familles dans l'ignorance de ce qui nous est arrivé.

— J'ai pas la même famille que toi. À l'heure qu'il est, je pense que mon grand frère a dû quitter Cascade, lui aussi. Je le reverrai sans doute jamais. Et mes parents... j'ai appris à vivre sans eux.

Coda se retint de lui dévoiler ce qu'elle avait lu dans le journal de Calix. Elle savait déjà qu'elle retournerait à la Cité Rocheuse, mais les lignes du carnet ne précisaient pas la présence de Pandore.

— Alors... ton choix est fait ?

— Je me plaisais chez le Croque, et je me plais encore plus ici. J'ai discuté avec Vittali. Il serait prêt à me garder à la ferme. Tu comprends ? Mon avenir ne m'a jamais paru aussi radieux !

Coda voulut retenir la larme qui perlait au coin de son œil, mais n'y parvint pas. Elle ne pouvait cacher la peine que sa décision lui infligeait.

— Je suis désolé, Coda. Mais si tu y retournes, pourras-tu dire à mes parents que je vais bien ? On pourra toujours s'écrire.

— Tu sais bien que c'est impossible. La Cité Rocheuse a pas de droit de poste.

— On pourrait trouver un moyen de se faire parvenir des messages, tu crois pas ? Mes parents, en tant qu'adultes, peuvent se rendre à Cascade. Il suffirait qu'un Cascadien accepte de servir de messager...

— Je vois pas quel Cascadien serait prêt à rendre service à l'un d'entre nous.

— J'en ai déjà entendu parler. Ça coûte cher, mais c'est possible. Mon père l'a déjà fait pour rester en contact avec mon oncle qui a quitté Cascade.

Voilà qui surprenait Coda. Elle avait une vague connaissance de toutes sortes d'affaires obscures qui permettaient aux habitants de la Cité Rocheuse de combattre clandestinement leur isolement, mais ignorait celle-ci.

— Répète ce que tu viens de dire.

— Quoi ?

— Ton père, il correspond avec son frère par la poste de Cascade ? Encore aujourd'hui ?

— Je sais pas. Il le faisait avant qu'on ait été enlevés. J'imagine qu'il a continué. Il doit sûrement communiquer avec mon frère de cette façon. Je vois pas pourquoi il aurait arrêté, à moins de s'être fait prendre.

Coda bondit au sol, faisant sursauter Compagnie, et s'approcha de Pandore. Elle lui agrippa la jambe, le sourire jusqu'aux oreilles.

— Pandore ! J'arrive pas à croire qu'on n'y ait pas pensé plus tôt ! Ça paraît si logique !

— Ne tire pas comme ça sur mon pied, tu vas me faire dégringoler !

Elle prit appui sur une vieille souche d'arbre et se hissa sur le dos du bai, juste derrière Pandore qui se tordit le cou pour la regarder. L'équidé à la stature colossale ne parut pas se rendre compte du poids supplémentaire et continua de brouter.

— Ça fait des années qu'on se lamente en pensant à nos pauvres familles qui doivent nous croire morts ! Il nous suffirait d'envoyer une lettre à Cascade au nom de ton frère ou de ton oncle. Ton père la réceptionnerait et pourrait faire passer le message à ma mère et ma grand-mère. Nous pourrions leur dire que nous allons bien, tout ce qu'il s'est passé et...

— Et que je reviendrai pas ? acheva-t-il d'un air maussade.

— Et que Calix est avec nous !

— Ça nous coûterait cher, tu sais.

— Mais puisque tu ne viens plus, nous ne manquons pas d'argent.

— Je pensais offrir ma place à Calix.

Coda soupira. Elle s'était emballée trop vite.

— Et si nous demandions à Vittali ?

Pandore haussa les épaules.

— Et les baleiniers ? objecta-t-il.

— Quoi, les baleiniers ?

— S'ils ont vent de ce message, à Cascade...

— On n'est pas obligés d'indiquer notre position ni même la date de notre retour.
— Mais ils sauront que nous voulons revenir.
— Oh, Pandore ! Ce n'est qu'une lettre. Un petit bout de papier parmi un millier d'autres. Tu penses vraiment qu'ils iraient jusqu'à guetter la poste et ouvrir chacune des enveloppes dans l'espoir de tomber sur la nôtre ?

Le reste de l'après-midi fut passé à griffonner sur des feuilles blanches la lettre idéale. Coda avait tant à raconter qu'elle ne parvenait pas à tout faire rentrer sur une seule page, tandis que Pandore parvenait à peine à aligner trois phrases. Lorsque Calix rentra du village et les trouva là, elle ne feignit pas la surprise, mais son regard désapprobateur coupa court aux tentatives des deux jeunes adolescents.
— N'écris rien qui pourrait causer du tort, dit-elle seulement à l'adresse de sa petite sœur qui comprit immédiatement ce qu'elle voulait dire.
Elle s'éclipsa et ce fut au tour de Diana et Hazel de venir les épauler. La lettre ne devait pas excéder une page, sans quoi elle se ferait remarquer parmi toutes les autres, et coûterait plus cher à l'envoi. Au terme d'une longue soirée chargée d'adrénaline, on scella l'enveloppe sur laquelle on avait inscrit « Greton Le Toupet, Cascade », nom de l'homme qui se chargeait de faire passer quelques messages au père de Pandore. Celui-ci s'était miraculeusement rappelé ce nom, sans être certain de l'orthographe. Cela devrait faire l'affaire.

Tonia porta l'enveloppe au village, où la poste la prit en charge. Elle voyagea à bord d'un chariot plein à craquer de lettres similaires, tirée par deux bœufs flemmards, en direction de Périphélie, où la poste de la route d'Yadalith prendrait le relais. Si tout se passait comme prévu, la lettre serait chargée dans un chariot encore plus massif, tiré par une demi-douzaine de poneys intrépides, plus rapides que des bœufs, jusqu'à Camérys, magnifique capitale de la Terre du Soleil, et seul point d'accès terrestre vers Cascade. La lettre s'en irait sur une route cahoteuse dans l'humidité de la forêt tropicale, en proie à toutes sortes d'insectes, de singes ou de fauves avides. Mais les postiers de la Terre du Soleil connaissaient cet environnement. Rien ne les arrêterait. À Cascade, Greton ouvrirait l'enveloppe et y lirait « À l'adresse de Plon et Veda, dans la Cité Rocheuse ». Greton retrouverait le père de Pandore, et celui-ci transmettrait le message à Veda. Les larmes couleraient à coup sûr. Ils auraient entre leurs mains la preuve matérielle que leurs enfants avaient survécu à leurs nombreuses mésaventures. Les parents de Pinaille finiraient par apprendre le triste sort de leur fille, dont les baleiniers avaient retourné le cerveau. Perdue quelque part sur les océans, aux trousses d'une créature à laquelle beaucoup peinaient à croire.

Il y avait au service postal de Périphélie un jeune homme du nom d'Octave. Âgé d'à peine dix-neuf ans, il avait vécu la majeure partie de sa vie dans un orphelinat de la campagne environnante. Ses parents étant décédés d'une maladie qui avait ravagé son village, il s'était retrouvé seul au monde à l'âge de huit ans. Enfermé entre les quatre murs d'un établissement morne et austère, il avait appris à lire, écrire et calculer. Puis, le jour de ses quinze ans, on lui avait ouvert la porte et dit :

— Tu peux t'en aller, maintenant, si tu le souhaites.

Il pouvait aussi rester. Dans cette partie du monde, les orphelinats ne pouvaient mettre personne à la porte. Ils n'en avaient pas besoin, de toute façon. Nul ne souhaitait passer sa vie là, à part les rares qui décidaient de la consacrer aux plus jeunes orphelins. C'était un lieu qui ne connaissait pas le sens du mot « famille ». Il ne s'agissait que de survivre.

Octave s'en était donc allé. Il n'aurait pas dû. S'il avait été plus malin – ou mieux conseillé – il serait resté pour apprendre un vrai métier. Au lieu de cela, il se retrouva trop jeune dans les rues d'une ville titanesque à ses yeux. Il vit pour la première fois le chemin rouge, ses marchands, conteurs et voyageurs par milliers traverser la ville. Il tenta de s'y frayer un chemin. On le repoussa systématiquement. Il n'était encore qu'un gamin. Le gamin de personne. L'apprenti de personne. Qui plus est rescapé d'une épidémie lointaine aux échos terrifiants. Les cicatrices que la maladie avait laissées sur son visage le condamnèrent.

Un beau jour, alors qu'il errait comme souvent sur les bords du chemin rouge, l'air dépenaillé, les vêtements pestilentiels, un homme s'arrêta à sa hauteur. Il aurait pu s'adresser à n'importe quel autre miséreux comme lui – il n'en manquait pas – mais il choisit Octave. Il le regarda dans les yeux, chose que personne n'avait faite depuis trop longtemps, et lui demanda :

— Cherches-tu un travail simple et honorable ?

Octave ne répondit rien. Il avait l'habitude qu'on le tourmente. Mais l'homme insista. Octave finit par céder. On l'emmena au cœur de la ville qui l'avait répudié. On lui octroya une chambre minuscule et mal isolée dans ce qui pouvait s'apparenter à une école. D'autres jeunes perdus comme lui vivaient là. On leur apprenait à tenir la plume plutôt que le crayon, à maîtriser plusieurs dialectes, et on leur enseignait l'histoire humaine : le peuple des cités, le Souffle, la renaissance de l'humanité, le périple d'Yadalith. Et la Baleine-Miroir. Octave connaissait son nom, bien sûr. Mais on lui apprit des choses qu'il ignorait. On lui apprit à la craindre. Bête tout droit sortie des tréfonds de la Terre pour tourmenter les humains. Chaque jour se ponctuait d'une histoire sur la maladie qu'elle répandait parmi les mortels, jusqu'à les rendre fous. Octave s'y connaissait, en maladie. Il en était terrifié. Mais on ne le destinait pas à une vie de baleinier. Il était trop frêle, sensible, et entêté. Il aimait provoquer ses camarades ou ses professeurs, faire le mur pour aller s'amuser dans les bars de la ville, se soûler jusqu'à l'aurore puis vomir ses tripes. Il redécouvrait la vie et ne comptait pas en perdre une miette, quitte à désobéir à ceux qui lui avaient offert cette existence neuve. Il aurait mené un équipage à sa perte, sur un navire. De toute façon, la plupart des jeunes repêchés au bord du chemin rouge se destinaient à des tâches plus simples. Et de leur vie, ils n'auraient jamais à chasser la Baleine-Miroir.

Au bout d'un an passé sur les bancs de cette école singulière, on l'emmena dans le bureau de poste de la ville. Habillé de vêtements propres, le visage poudré et les cheveux démêlés, il passa un entretien et devint postier. Il put quitter la pension, vivre seul, loin des règles et des punitions. Mais on ne le laissa jamais complètement tranquille. Il devait sa position aux baleiniers. Et comme ses camarades – marchands, conteurs ambulants, infirmiers, professeurs, agents municipaux – il avait l'obligation de leur transmettre toute activité irrégulière. Peu importait, il leur était reconnaissant et, toujours terrifié par la Baleine, aurait fait n'importe quoi pour contribuer à sa disparition. On l'avait placé dans le service de tri du courrier. La plupart du temps, il n'avait rien à faire, hormis ouvrir les lettres des plus hauts dignitaires susceptibles d'apporter des informations précieuses sur la Baleine-Miroir. Octave devint maître dans l'art de resceller une enveloppe.

Puis il reçut une nouvelle directive, comme tous les postiers-espions de la Tar-Mara. Il avait pour ordre d'ouvrir toute lettre en provenance ou à l'adresse de Cascade, cité côtière dont il ignorait tout. On lui avait donné une liste de noms. Il devait faire remonter aux baleiniers toute missive comportant l'un d'entre eux. Il ne les trouva jamais. Pendant plusieurs années, cette liste resta gravée dans sa mémoire – il se la répétait tous les soirs. Et un jour, finalement, ces fameux noms apparurent. Coda. Pandore. Deux prénoms signés au bas d'une lettre mielleuse. Une lettre adressée à une mère, chose qu'il n'avait plus depuis des années. C'était un mot qu'il ne supportait pas de lire. Cette Coda possédait quelque chose dont l'absence avait laissé un gouffre béant dans l'âme du postier. Ces lignes l'agacèrent, d'abord. Puis il les relut. Encore et encore. Pendant plusieurs jours. Il ne put pas expliquer pourquoi il n'apporta pas directement la missive au repaire des baleiniers. *Après tout ce temps*, se dit-il, *attendre un petit peu ne changerait rien.*

Il ignorait pourquoi ces noms leur étaient si importants. En relisant le message, il espérait comprendre. Mais il réalisa seulement que les baleiniers avaient séparé une mère de sa fille, et une famille de son fils. Il ne le supportait pas.

Il songea à brûler la lettre. Il ne pouvait pas la laisser poursuivre son chemin jusqu'à Cascade. D'autres postiers à Dantilus ou Canal-Azur l'intercepteraient. Il contempla les flammes du foyer, dans le modeste appartement qu'il occupait en centre-ville. Il imagina le papier se tordre sous l'effet de la chaleur, se consumer et noircir. Personne n'en saurait rien.

Malgré ses fantasmes, la lettre atterrit finalement entre les mains d'un baleinier, puis d'un autre, et d'un autre. Combien ? Octave ne le sut jamais. On le remercia avant de le renvoyer à son poste de travail pour enchaîner les mêmes tâches pour le reste de sa vie. Il ne sut jamais ce qu'il advint de Coda et Pandore. Il se surprit à rêver d'eux, de temps en temps, rongé par la culpabilité. Puis il cessa de penser à ces enfants et sa vie demeura à jamais inchangée par cet incident.

Il ne fallut pourtant pas longtemps aux baleiniers pour localiser la provenance de cette missive. Chaque papier à lettre et chaque enveloppe étaient marqués du lieu de leur conception. Et puisque chaque village produisait son propre papier, il ne fut pas difficile pour les baleiniers de localiser l'origine exacte de cette lettre. Ils investirent la plaine des Vieux-Os à la recherche de la jeune Coda. Tous savaient que la Baleine tenait à l'enfant. La plupart ignoraient pourquoi.

L'ordre de pourchasser cette jeune fille venait d'un homme. Un homme à qui on avait un jour, par le passé, confié un secret qu'il n'était pas censé connaître. Cet homme, Totem, se déplaça pour l'occasion.

22
Yud, de retour à la Torieka

L'air était tranquille comme un fleuve, le ciel bleu comme le saphir. L'herbe molle de la steppe, chargée d'humidité, couinait sous mes pas. En contrebas, dans la cuvette qui m'avait jadis présentée à la Baleine-Miroir, la petite Souris – qui avait bien grandi – veillait sur deux aurochs au pelage dru. Je sentais la présence de nos Amis les chameaux, non loin, qui se repaissaient de leur environnement naturel.

Deux années s'étaient écoulées depuis notre premier retour sur les terres de nos ancêtres. Malgré la nostalgie, nous nous sentîmes à peine chez nous. Aux yeux des nôtres, nous n'étions plus toriékaines. J'ignorais ce que nous pouvions être d'autre. La chamellerie avait rejoint Bakarya pour quelques mois de repos au cours de l'hiver. C'était l'occasion parfaite pour revenir quelque temps chez nous, comme nous nous l'étions promis.

Quelque temps.

Comme si nous n'étions jamais parties. Mais nous n'étions plus les jeunes femmes tout juste sorties de l'adolescence que nos parents avaient vues pour la dernière fois. Les fables de nos aventures aux confins du monde connu s'étaient répandues dans la steppe. Désormais, plus aucun village n'ignorait les noms de Yadalith et Boréalis. Ces noms n'auraient pas dû être prononcés avant bien longtemps, à la Torieka. Nos parents nous regardèrent presque avec dégoût, au début, outrés par le blasphème que nous avions commis en revêtant nos noms véritables. J'avais comme oublié les nombreuses traditions futiles qui habitaient le village. Le temps et l'éloignement en avaient adouci les contours.

Il fallut donc nous construire une cabane suffisamment grande pour nous abriter toutes les quatre, avec Souris et Verne. La petite n'avait pas voulu nous quitter, malgré les insistances de ses grands-parents qu'elle venait de retrouver à Bakarya. Le vieux Tortue, qui m'avait légué ses merveilleux contes, avait quitté notre univers. Les choses avaient changé, c'était curieux de le constater. Certaines paraissent figées dans le marbre. Il faut partir pour en discerner l'illusion.

Lid et Kruk, mes parents, finirent par me pardonner. Ils préféraient me savoir près d'eux que loin, perdue dans mes blasphèmes. Peut-être espéraient-ils me ramener sur le droit chemin, mais personne à la Torieka ne pouvait croire que je serais prête à abandonner Boréalis pour la maternité. Nous étions inséparables depuis notre plus tendre enfance, après tout. Je supposai que la présence de Souris joua à mon avantage. Les enfants étaient les seuls à faire de cet endroit un lieu paisible. Leurs rires et leurs braillements amenaient de la vie dans le village. Souris prit sa place parmi eux comme si elle avait toujours vécu là. Mes parents s'imaginaient peut-être avec naïveté que j'avais adopté l'enfant – qu'elle était mienne –, mais ils n'osaient pas pour autant revêtir leurs noms véritables, que je ne connaissais même pas.

Souris, elle, comprenait encore bien mal les multiples traditions farfelues qui régissaient la société toriékaine, mais elle apprit. Elle aimait la vie au grand air des steppes. Elle aimait la neige poudreuse au cœur de l'hiver, et le poil épais des aurochs. Elle ne ressemblait pas aux petits Toriékains. Sa peau était trop claire, ses cheveux trop soyeux, son accent trop prononcé. Mais Verne non plus. Iels se comprenaient mieux que quiconque. J'aurais voulu que mon peuple soit plus clément à leur égard, mais il était presque impossible d'éveiller des gens qui vivaient enlisés dans des traditions vieilles de plusieurs siècles.

Boréalis ne se fit pas à notre retour. Elle avait tant insisté pour que je l'accompagne à Bakarya, des années plus tôt. Elle savait que personne ne désirait la voir revenir. Ses parents et ses quatre frères aînés ne lui adressèrent pas la parole. Ils ne la regardèrent qu'une fois : au moment de notre retour. Puis ils lui tournèrent le dos et firent comme si elle n'existait plus. Elle était devenue invisible. J'avais tant de haine pour eux.

Elle était tout ce que ce monde méritait, et ils ne le voyaient pas. Ils ne voyaient en elle qu'un ventre qui ne s'arrondirait jamais. Deux de ses frères étant déjà pères, ses parents portaient leurs noms véritables. Qu'attendaient-ils encore d'elle ?

Sa mère était la fille d'une immigrante venue du nord lointain, fille d'un marchand itinérant. Celle-ci rencontra le grand-père de Boréalis à la Torieka, et ne le quitta jamais. C'était la première fois depuis une éternité qu'une étrangère s'installait à la Torieka, berceau stérile d'une société qui remontait jusqu'au Souffle. Elle amena avec elle des gènes bien particuliers qui lui valurent de grandes célébrations : elle donna naissance à sept enfants en bonne santé. Solides, ils survécurent tous. Cet exploit n'avait jamais été constaté à la Torieka. Les couples les plus chanceux avaient au maximum deux enfants. Tous connaissaient le deuil. La mère de Boréalis, l'une de ces sept enfants, fut courtisée par de nombreux jeunes hommes, car chacun se doutait qu'elle avait hérité de la fertilité de sa mère. Ses six frères et sœurs quittèrent la Torieka. Je ne sus jamais pourquoi mais je le devinai. D'une part, le don qu'ils détenaient avait fait d'eux des bêtes de foire. D'autre part, leur peau était trop sombre. Ils n'avaient jamais été considérés comme de véritables Toriékains, alors que tout le monde chérissait leurs gènes reproducteurs. J'aurais fui aussi, à leur place. Il ne m'en avait d'ailleurs pas fallu tant.

La mère de Boréalis tomba éperdument amoureuse. Ce fut

probablement la seule chose qui la maintint là, parmi ce peuple qui avait fini par l'adopter, surtout après qu'elle avait donné naissance à cinq bébés au teint et aux traits, légèrement plus clairs, plus toriékains. Les garçons peinèrent à reproduire pareil exploit. Ils connaissaient le destin de la plupart des pères du village. Alors les espoirs se mirent à peser lourd sur les épaules de la seule fille : Baris.

Quand nous étions petites, les adultes s'amusaient à parier sur le nombre de bébés qu'elle enfanterait, et combien d'entre eux survivraient. Ils n'hésitaient pas à spéculer devant nous, alors que nous jouions dans la boue, ou avec nos poupées, complètement ignares. C'était injuste. Je me rappelle l'avoir pensé très tôt. Au début, je voulais qu'on dise la même chose de moi. Je voulais offrir cette fierté à mes parents, à mon peuple. Je voulais des enfants car on m'avait toujours appris à le vouloir. C'était pour ça que j'avais fini par donner naissance à Galiegu. Uniquement pour ça.

Puis, je compris. Je compris pourquoi Baris ne voulait ni enfant ni mari. J'avais aimé Galiegu avec tout le cœur de mère qui me composait, mais j'avais l'impression qu'on m'avait greffé de force une chose lourde et pesante : ce deuil qui ne se tarirait jamais.

Même la présence de Souris ne put adoucir la réaction des parents de Boréalis et, très vite, la cohabitation dans le village devint toxique. La conversation que cela provoqua me donna une sensation de déjà-vu. Nous devions repartir dès que possible. Elle avait tout prévu : nous irions au nord, loin, au-delà de Bakarya, là où la neige ne fondait pas l'été, là d'où sa grand-mère était originaire. Mais elle ne voulait pas y aller pour répandre les contes qui étaient les nôtres. Elle voulait y rencontrer les siens, s'y reconnaître et réparer la plaie que ses parents avaient ouverte. Je ne m'y opposai pas, mais je lui expliquai que nous ne pouvions emmener la chamellerie entière si loin, au sortir de l'hiver. Nous étions revenus nous abriter là pour supporter la neige et les tempêtes, nous ne pouvions en toute logique pas nous diriger vers des régions polaires alors que le printemps revenait enfin. Seule la douceur des températures convaincrait la chamellerie de reprendre la route.

Boréalis n'en démordit pas. Chaque jour, son souhait se renforçait. Aucune de mes propositions plus méridionales ne parvenait à détourner son attention. Elle n'avait que faire de ces aventures qui seraient semblables à celles que nous avions déjà traversées. Il était temps pour elle de prendre son destin à bras le corps. Quelque chose l'attirait irrémédiablement vers le nord. Pour elle, j'aurais accepté n'importe quoi. Mais la chamellerie n'était pas spécialement emballée. Certains nous auraient suivies n'importe où, s'il avait fallu, mais je ne pouvais me résoudre à exploiter leur dévouement. Ce fut Verne qui parvint à mettre un terme à ces hésitations.

— Partez toutes les deux. L'une au nord, l'autre au sud. Juste quelques mois. Divisez la chamellerie et accomplissez chacune votre destin respectif. Vous vous retrouverez apaisées.

Il fallait de l'audace pour nous faire une telle proposition. Verne n'en manquait pas. J'eus d'abord le réflexe de refuser. Je ne supportais pas l'idée d'une séparation, même temporaire. Boréalis ne fut pas si catégorique. Je lus dans son regard que l'idée lui plaisait. Je compris alors que cette quête était la sienne, et qu'elle ne tenait pas spécialement à ma venue. De fait, Verne avait raison. Ceux qui désiraient vouer fidélité à Boréalis jusqu'au nord polaire l'accompagneraient pendant que le reste de la chamellerie explorerait le sud avec moi.

Un an. On se fixa moins d'un an pour nos explorations. Cela me semblait déjà insupportable. Boréalis épongea sa peine avec l'excitation d'un audacieux périple. Felyn se joignit à elle, trop heureuse de quitter Bakarya et la rigidité de ses parents une nouvelle fois. Verne n'hésita guère à me suivre. Quant à Souris, le choix qu'on lui imposa fit redoubler sa peine. Mais trop intimidée par la rudesse du nord, et refusant catégoriquement de rester avec ses grands-parents à Bakarya, elle nous accompagna.

Dès la séparation actée, l'effervescence de nos futures retrouvailles m'anima.

Un an loin d'elle.

Nous nous retrouverions à la Torieka, au printemps suivant.

Évidemment, si les choses avaient été si simples, ces mots ne couleraient pas sous mes larmes.

Un an dans le sud. Un an insupportable.

Il n'y avait rien, par là-bas, pour les êtres humains, hormis une forêt luxuriante, aux mille couleurs de l'arc-en-ciel, plus haute que le ciel et dont les cimes chatouillaient les nuages, faisant tomber une bruine continuelle sur nos têtes. Des insectes de toutes sortes nous attaquaient quotidiennement. Nous peinions à avancer, la chaleur était trop moite pour nos Amis les chameaux qui haletaient chaque heure de la journée, le pelage humide. Boréalis me manquait plus que de raison.

Épuisés par notre périple dans cet environnement qui existait parfaitement bien sans notre présence, nous fîmes une halte à Aravanska, petite bourgade fondée là par dépit.

Malgré le climat, nos quelques mois passés sur ce campement se révélèrent amusants. La vie sédentaire convenait davantage à cet endroit. On bâtit des cabanes sur pilotis dans une joyeuse camaraderie, et notre quotidien devint celui de nos ancêtres chasseurs-cueilleurs. L'autarcie renforça les liens de notre chamellerie réduite. Et nos Amis, éreintés par la chaleur, finirent par s'adapter en se baignant à longueur de journée dans les multiples rivières qui jalonnaient le territoire. Il n'y avait pas un seul jour sans qu'on s'amuse à nager à leurs côtés. Mon Ami, particulièrement rapide sous l'eau, me révéla son côté joueur. Il s'amusait à remplir ses joues d'eau avant de m'asperger. Quand j'essayais d'en faire autant, il m'adressait un regard moqueur, car je m'en sortais beaucoup moins bien que lui.

Ces quelques mois de candeur apaisèrent la plaie causée par l'absence de Boréalis, et je m'imaginai un jour l'emmener visiter Aravanska, et lui faire découvrir la beauté de sa forêt tropicale. Puis, quand l'échéance de nos retrouvailles approcha, une large partie de la chamellerie se prépara à quitter ce havre de paix.

Quand on prit le chemin du retour, certains restèrent là, charmés par la forêt qu'on suspectait d'avoir abrité le Phantom, tant elle ressemblait au bois qui composait son histoire. Chaque branche était un bijou serti d'une pierre précieuse. Il ne passait pas une journée sans que je pose mes yeux sur quelque chose de nouveau. Mais l'année s'écoulait et l'appel de la Torieka se faisait plus fort que je ne l'aurais suspecté.

Je n'y trouvai pas Boréalis. Je le mis sur le compte de mon avance mais les jours, puis les semaines, s'écoulèrent, et toujours aucune trace d'elle. Je m'en allai jusqu'à Bakarya quérir de ses nouvelles. Un bout de chamellerie ne pouvait pas disparaître ainsi. On me conseilla de monter jusqu'à Antéluvya, jeune ville fondée sur la première branche de la Route Boréale, mais je n'osai pas m'y aventurer. J'y envoyai un messager. Il ne trouva pas la destinataire, mais il revint avec quelques nouvelles.

— Les gens connaissent bien Boréalis, là-haut. Elle est allée vers l'ouest, jusqu'à la Ligue Glaciaire, où elle a fondé Joikka, mais elle n'y est pas restée. Les peuples de la Ligue Glaciaire n'affectionnent pas vraiment les étrangers. Cependant, elle ne s'est pas attardée à Antéluvya. Certains disent que sa chamellerie est partie vers l'est, mais je ne sais pas ce qu'il y a là-bas, hormis le froid et les bêtes sauvages. N'y allez pas, honorable Yadalith, personne ne vaut la peine de risquer sa propre vie dans une telle aventure.

Il se trompait. J'aurais bravé n'importe quel péril pour Boréalis, mais je n'étais point seule. Je ne pouvais emmener Souris ou ma chamellerie dans une telle contrée par simple désir de retrouver une femme qui semblait volatilisée. Une autre chose était certaine : elle ne serait jamais partie si loin, pas après un an. Nous nous étions promis de nous réunir à la Torieka. Si Boréalis se portait bien, c'était là-bas que je la retrouverais. Il fallait continuer de lui faire confiance et l'attendre. Peut-être y était-elle déjà retournée pendant mon passage à Bakarya.

Les semaines se transformèrent en mois. Puis l'année devint deux années, et pas une trace de Boréalis à la Torieka, à Bakarya, ou à Antéluvya. Je payai des mercenaires pour aller la retrouver à la Ligue Glaciaire où je craignais qu'elle ait été piégée par des nations trop brusques, mais ils ne trouvèrent là-bas que des traces de son passage. Des traces qui s'effacèrent malgré mes tentatives de la retrouver. J'en vins à croire qu'il était peut-être temps d'accepter la terrible vérité qui s'offrait à moi.

    La Torieka avala mon chagrin. Je sentis mon teint devenir gris, à l'image de mes parents. Souris perdit sa gaieté à peine retrouvée, et Verne son optimisme. La chamellerie se figea dans la steppe. Certains s'en allèrent, d'autres restèrent, me vouant une fidélité que je ne comprenais plus. Je voyais la fin de nos aventures arriver. Je n'avais plus d'intérêt à repartir. Le lumière de ma petite étoile tombée du ciel m'avait toujours animée. L'étoile éteinte, je ne fonctionnais plus.

23
Coda ensanglantée

Du sang coulait sur la terre meuble qui l'absorba presque immédiatement, s'en nourrissant comme d'une pluie ardente. Il ne saignait pas souvent dans la prairie. Le sol ne connaissait que le sang des mises-bas ou du bétail qu'on abat pour nourrir une tablée. Ce n'était pas du mauvais sang, il provenait d'une violence nécessaire, presque involontaire. Il était le maillon indispensable d'une chaîne alimentaire qui existait depuis l'aube des temps. Mais le sang qui coulait ce jour-là n'aurait jamais dû se trouver là. Il résultait d'une violence sourde et tranchante qui avait sectionné une chair humaine innocente. La chair d'une enfant dont l'amitié extraordinaire avec une baleine faisait d'elle la cible d'une chasse inéluctable.

Lorsque le sang pénétra dans le sol, il dévoila son message aux feuilles, aux racines et à l'eau qui coulait sous terre. Elles transmirent ce message à tout ce qui les entourait, aux lacs, à l'air, aux pierres et, très vite, l'univers sut que quelque part à l'est de Périphélie, une petite fille était en train de saigner, allongée dans l'herbe, à demi-consciente. On avait porté un coup presque fatal à sa tête quand elle avait essayé de fuir.

L'enfant avait reconnu les baleiniers au premier coup d'œil. Elle avait dévalé les marches de la ferme avec l'intention de retrouver sa monture qui l'emmènerait loin, là où jamais aucun tueur de baleine ne pourrait la retrouver. Mais voilà : elle n'était pas aussi rapide et coriace que Compagnie. Trop concentrée sur sa fuite, elle n'avait pas remarqué la silhouette qui l'attendait au détour d'un muret. Ses yeux constituaient sa faiblesse, elle commençait à le comprendre.

L'homme qui avait porté ce coup n'était pas maléfique. Il était simplement animé par une peur irrationnelle qu'on lui avait appris à ressentir à la moindre évocation de la Baleine-Miroir. Une seule chose pouvait tarir cette crainte : un harpon lancé dans la bonne direction, sous le bon angle. Un harpon qui mettrait fin aux siècles d'hégémonie de la créature. Alors, pour convoquer la Baleine-Miroir, il fallut faire ce qui avait toujours fonctionné jusqu'ici : mettre en péril une de ses petites protégées. La Baleine n'y résisterait pas.

Elle n'y résista pas.

Malgré son état et ses yeux fatigués, Coda fut la première à l'apercevoir, là, qui voguait dans le ciel comme elle aimait tant le faire. Sa carapace de cristal rutilante attrapa tous les rayons du soleil et fit de la prairie un merveilleux kaléidoscope coloré. Alors, le sang cessa de couler, et déjà, la plaie de l'enfant se fit moins douloureuse. Elle entendit le chant de la

Baleine avant tous les autres, car il lui était destiné. Comme dans l'océan, où elle avait réussi à respirer sous l'eau, elle sentit son corps se régénérer.

— Sauvée, murmura-t-elle. Je suis sauvée.

Alors, seulement, les baleiniers avisèrent le cétacé. Ils crièrent et Coda paniqua car elle comprit que son sang n'était qu'un appât. Un appât idiot. Elle maudit cette amitié car elle n'apportait rien que du danger pour la Baleine-Miroir, et ça n'en valait pas la peine. Coda se redressa et aperçut ses amis entravés contre la barrière de bois. Ils regardaient tous le spectacle qui s'offrait à eux : cette Baleine aux dimensions dantesques qui nageait parmi les nuages moutonneux.

Coda se rassura. Rien ne pourrait entamer sa cuirasse. Elle était trop grande, trop haute dans le ciel, et trop solide pour risquer la mort. Les baleiniers ne représentaient aucune menace pour la divinité. Elle sourit et admira le spectacle. Il n'était pas flou, pour une fois. La Baleine-Miroir se dessinait aussi nette que jadis dans le ciel d'un bleu cristallin.

Coda se redressa sans faire attention à la terre humide de son sang. La tête lui tournait, mais elle se leva pour libérer ses amis. Personne ne pouvait détacher son regard de l'étrange danse qui se déroulait sous leurs yeux : des centaines de baleiniers armés d'arbalètes couraient dans la prairie, la tête levée vers la créature qui semblait s'amuser de leur manège. Parfois, un carreau s'élevait dans les airs où il disparaissait, comme avalé par le vent, sous l'indifférence de la Baleine-Miroir.

— Va-t'en, maintenant, murmura Coda.

Mais la Baleine n'avait que faire de cet avertissement. Des baleiniers sur la terre valaient autant que des fourmis au milieu de l'océan.

— Totem est là, se lamenta Pandore.

Coda ne pouvait le voir se pavaner dans l'herbe avec les autres, sa vision ne le lui permettait plus, mais elle crut son ami sur parole. Elle imaginait le capitaine jubiler de la réussite de son plan, toujours dans le déni de son échec à venir.

— Je comprends pas, dit Hazel. Qu'essaient-ils de faire avec leurs flèches minuscules ? Tu as vu la taille de cette bête ?

Malgré tout, Coda sentit son inquiétude monter. Elle était témoin de l'instant que les chasseurs de baleines avaient attendu toute leur vie. À coup sûr, ils devaient avoir un plan plus efficace que ce qu'ils présentaient.

Ils avaient planifié l'attaque ce jour précis : le soleil étincelait, et à cet endroit : une plaine sans obstacle. Ils ne cavalaient pas au hasard, ils formaient une chaîne régulière qui avançait selon un rythme cadencé. Ils tiraient les uns après les autres et même si leurs carreaux semblaient ridicules à cette distance, Coda pouvait apercevoir leur trajectoire, ce qui signifiait qu'ils devaient être d'une taille suffisamment importante. Elle ne les voyait pas retomber. Quel que soit leur matériau, il leur permettait de s'élever haut et vite et de s'enfoncer dans une chair de miroir comme dans du beurre, même si la Baleine ne semblait pas s'en rendre compte.

Alors, pour défendre leur maîtresse, les chevaux lancèrent

une offensive. Coda entendit d'abord leurs hennissements avant d'apercevoir leurs silhouettes floues se dessiner sur l'horizon, comme une armée sans cavaliers. Elle reconnut Compagnie, sa robe caramel, prêt à en découdre, et à côté de lui, le beau bai. Les chevaux déferlèrent sur les baleiniers dans un tonnerre de sabots martelant la terre. Ils assommèrent les assaillants, les bousculèrent, et brisèrent leur danse macabre.

— Éliminez-les ! entendit-on Totem hurler.

Pandore prit la main de Coda : il tremblait de tout son corps.

— Pandore… murmura-t-elle. Que…

— Pinaille… balbutia-t-il.

Une jeune fille les regardait. Coda ne pouvait pas reconnaître ses traits – elle était trop loin –, mais remarqua qu'elle était armée d'une arbalète. Elle n'avait jamais dit à Pandore qu'elle l'avait aperçue, dans une scène très similaire, à Dantilus. Elle n'en avait pas eu le courage.

Elle voulut s'avancer vers elle, crier son prénom, la supplier de leur revenir mais Pandore la retint. Il devait voir quelque chose sur le visage de Pinaille qui l'inquiétait. L'instant fut troublé par un hennissement d'agonie, et le bruit sourd d'un cheval qui tombe à terre. Le hurlement d'une femme y répondit. Tonia s'écroula à genoux, incapable de calmer ses sanglots.

— Non ! gémit-elle.

Vittali la tenait fermement, l'empêchant de se précipiter

vers le cheval bai qui gisait désormais sur le flanc. D'autres équidés reçurent des carreaux. Coda chercha Compagnie du regard, se précipitant dans la mêlée malgré la poigne de Pandore.

— Compagnie ! cria-t-elle, incapable de discerner les formes qui galopaient autour d'elle, humaines ou équines.

Elle leva les yeux vers la seule chose qu'elle discernait parfaitement dans cet environnement de terreur. La Baleine-Miroir, meurtrie par l'agression dont ses Messagers étaient victimes, geignait d'une manière horrifiante.

— Va-t'en ! cria Coda en agitant les bras. Je vais bien. Envole-toi si tu veux sauver les tiens !

Elle vit le nez du cétacé s'approcher d'elle, sa masse énorme paraissait si proche tout en étant si loin. Ses proportions ne suivaient aucune logique. Il semblait à Coda qu'il lui suffirait de tendre le bras pour effleurer les écailles de la Baleine, mais elle se doutait que ce n'était qu'une illusion. Malgré tout, elle leva la main vers la silhouette miroitante et, sans la toucher, la sentit. Elle sentit son souffle entre ses doigts, sa chaleur sous ses ongles, et sa lumière dans le creux de ses os. Sa coupure sur le front ne lui causait plus aucune douleur.

Elle voulut s'excuser d'avoir guidé les baleiniers jusqu'ici, mais la Baleine-Miroir parut lui répondre qu'elle ne souffrirait jamais de leurs attaques. Son dos se hérissait pourtant des pointes qu'ils lui avaient envoyées. Un liquide translucide suintait entre ses écailles, le long de sa carapace, et coulait en aspergeant l'herbe de massives gouttes gluantes.

— Ils t'ont blessée, lui dit l'enfant. Tu saignes.

Son chant retentit et fit vibrer la prairie. Un homme cria – c'était Totem – mais Coda ne distingua pas ses mots. Son regard restait fixé sur celui de la Baleine-Miroir dont l'œil noir ressemblait à une comète. Elle lui répondit par un gémissement qui se voulait rassurant. Coda pouvait presque l'effleurer, désormais. Elle se pencha et crut l'atteindre, en vain. L'œil se voila d'une paupière cristallisée et, quand il se rouvrit, une épine vint s'y enfoncer.

La Baleine cria et se contorsionna, soudainement agitée d'une énergie vengeresse. Coda répondit à son cri en vidant ses poumons. Elle dévala les marches recouvertes d'herbe verte qui la séparaient de la prairie. Compagnie, qui attendait son réveil, vint la trouver, l'œil inquiet, les naseaux grands ouverts. Il était animé d'une agitation qu'elle ne lui connaissait pas.

Elle bondit sur son dos avec légèreté et le laissa prendre le contrôle. Il se lança vers les baleiniers, suivant la Baleine qui évoluait désormais à demi-aveugle, comme incapable de prendre de l'altitude.

Coda ne pouvait détacher son regard de cet œil sanguinolent qui déversait son pus translucide sur le chemin de la Baleine-Miroir. Les baleiniers hurlaient de joie sans faire attention à Compagnie qui slalomait entre eux. À tout moment, la Baleine reprendrait ses esprits et s'élèverait dans le ciel avant de disparaître. C'était du moins ce que Coda pensait.

Au lieu de cela, elle se rapprocha du sol, et l'enfant, au galop sur le dos de son ami équin, fit décroître la distance qui les séparait réellement, brisant l'illusion de proximité qu'elles avaient entretenue plus tôt. Mue par une énergie qui lui était étrangère, elle se mit à genoux sur la colonne vertébrale de Compagnie, insensible à son balancement. Elle posa ses pieds à plat et par une impulsion, s'éleva dans les airs entre le cheval et la Baleine.

L'instant parut durer une éternité, comme si le temps venait de se figer. Comme si les bruits s'étaient tus, comme si l'histoire s'était arrêtée. Mais la conscience de Coda ne flancha pas, concentrant chacun de ses muscles sur leur tâche.

Elle s'agrippa enfin à une écaille de cristal et grimpa le long de la carapace avec agilité. Debout sur le dos de la créature, elle se mit à courir vers sa tête avec maladresse, sautillant par-dessus les aspérités en ignorant les coupures qu'elles causaient à ses pieds nus.

Elle se laissa ensuite glisser le long de sa joue, évitant la chute *in extremis* en se retenant à la roche miroitante du bout des doigts. Elle descendit au niveau de l'œil blessé par un laborieux numéro d'escalade. Du liquide coulait à flots de cette énorme masse noire démesurée, inondant la prairie où la créature avait fini par s'échouer.

La main droite agrippée à une écaille, elle saisit le pieu de l'autre et le tira de toutes ses forces. Mais il n'était pas seulement enfoncé dans l'œil, il était comme incrusté dans de la roche. Coda l'empoigna de ses deux mains, les pieds de chaque côté, et tira de toutes ses forces. À chaque centimètre qu'elle gagnait sur le harpon, davantage de sang brunâtre s'écoulait de la plaie. Il finit par céder, l'envoyant valdinguer dans l'herbe avec violence. Elle roula trois fois sur elle-même avant de s'arrêter.

À ses côtés, la Baleine-Miroir échouée peinait à respirer, envoyant de larges râles coucher les herbes hautes. Coda se releva d'un bond et se blottit contre l'œil percé, essayant vainement de reboucher le trou béant à l'aide de son corps minuscule. Elle ignora le sang de la Baleine qui imbiba ses cheveux et ses vêtements, terrifiée à l'idée que les chasseurs sautent sur sa carcasse désormais inerte, s'armant de pioches pour déloger la roche de miroir encore fraîche. Elle ne vaudrait plus rien quand la Baleine se serait vidée de son sang.

— C'est qu'un œil ! sanglota Coda. Des tas de gens ne vivent qu'avec un œil ! Réveille-toi !

Mais ce n'était pas qu'un œil, pour la Baleine-Miroir. C'était son unique organe exposé au monde, une fenêtre trop fine vers ses entrailles. La Baleine-Miroir ne cicatriserait pas comme le ferait un être humain, car son organisme en était incapable. Il n'était pas censé en avoir besoin.

Alors le sang du cétacé s'épancha autour de Coda, formant une flaque qui se changea vite en mare. Si personne ne venait l'extirper de là, elle finirait par s'y noyer.

Il fallut la force de Calix et Pandore réunis pour l'arracher à cet œil désormais mort. Le sang leur arrivait à la taille. Il n'était pas complètement liquide, mais plutôt gluant et collant. Au terme d'un effort terrible, ils sortirent l'enfant de cette marée funeste. Son corps entier en était recouvert, comme si elle avait plongé la tête la première dans un bout d'éternité.

Elle hurla sans discontinuer encore longtemps, insensible aux consolations futiles de ses camarades. La Baleine-Miroir vivait encore. Coda voyait sa cage thoracique soupirer et ses nageoires titanesques s'agiter vainement.

— C'est pas possible... balbutia-t-elle. La Baleine-Miroir peut pas mourir ! Non !

— Elle n'a jamais été immortelle, chuchota Calix dans l'espoir de la raisonner.

Coda se libéra de sa poigne, le visage aliéné.

— Tu le savais, Calix ! Tu savais qu'ils allaient l'attaquer, tu t'en souvenais ! Tu aurais pu la sauver ! On aurait pu tout prévoir, et s'enfuir, et les baleiniers nous auraient jamais retrouvés !

Calix ne prit pas la peine de répondre à sa sœur, elle savait que ce serait vain. Mais celle-ci revint à l'attaque, la secoua et lui hurla au visage :

— À quoi est-ce que tu sers ? Tu pourrais au moins mettre ton don au service du monde ! Espèce de monstre ! C'est à cause de toi !

L'adolescente retenait ses larmes. Elle n'était surprise de

rien, évidemment. Elle savait que les baleiniers les retrouveraient à cause de cette fichue lettre, elle savait qu'ils attaqueraient sa petite sœur pour atteindre la Baleine-Miroir et que leur stratagème serait efficace. Elle savait que Coda lui en voudrait de n'avoir rien dit. Chacun des mots qu'elle lui crachait à la figure étaient gravés dans ses souvenirs depuis longtemps. Il n'y avait pourtant pas moyen de s'y préparer.

— Coda, intervint Pandore, allons-nous-en ! Vite ! Avant que les baleiniers ne nous retiennent.

— Ils ne nous retiendront pas, souffla Calix. Plus maintenant. Ils ont eu ce qu'ils voulaient.

Pendant qu'ils pillaient la carcasse de la Baleine-Miroir, délogeant chaque roche miroitante qui composait sa carapace et laissant sa peau fragile et nue à l'air libre, le cétacé céleste gémissait. Son chant n'était plus. Sa plainte s'élevait dans la prairie comme un glas. Autour d'elle, les chevaux survivants observaient la scène dans une immobilité bouleversante. Une sensation terriblement glaçante saisit les humains témoins de la scène, comme si le monde se rafraîchissait soudainement, comme si le ciel se voilait, comme si la planète ralentissait dans son tourbillon quotidien. Ce n'était qu'une illusion, mais personne n'y échappa. Seuls les baleiniers, euphoriques, n'y firent pas attention. Totem, le plus sage de tous, fixa Calix et Coda d'un air froidement reconnaissant.

Calix ne reconnut pas son visage, mais il ne l'avait pas oubliée. Coda avait raison : c'était bien sa faute. Calix le savait, car elle avait lu ces pages qu'elle avait noircies des années plus tôt, dans lesquelles elle faisait l'aveu de cette erreur qui venait de coûter au monde sa Baleine-Miroir. Mais il était trop tôt pour le révéler à la jeune Coda. Totem lui adressa un signe de tête qui se voulait respectueux, mais l'enfant, malgré la distance et sa vision déficiente, essaya se ruer sur lui pour le rouer de coups. Pandore, Calix, et Hazel, qui venait de les rejoindre, l'en empêchèrent. Ils la traînèrent loin du capitaine des baleiniers, loin de la carcasse mourante et des chevaux endeuillés.

Ils l'emmenèrent jusqu'à la ferme de Tonia et Vittali, et ils attendirent, tous les six, que les plaintes de la Baleine s'arrêtent enfin et que sa souffrance s'évapore. Coda, engoncée dans les bras de ses proches, sentit une chaleur destructrice entrer en fusion au plus profond de son âme. Enrobée du sang de la Baleine-Miroir, mais orpheline du lien qui les unissait, elle sut, alors que le monde s'obscurcissait, que les baleiniers passeraient de chasseurs à chassés.

24
Yud raconte une histoire

— Raconte-moi une histoire, s'il te plaît, Yadalith, demanda Souris d'une toute petite voix.

Elle était perchée dans son lit, au-dessus de la couche de Verne. La nuit tombée nappait la steppe d'un manteau glacial qui traversait sans peine les interstices laissés par les planches de notre cabane. Par chance, nous étions toutes les trois emmaillotées dans d'épais duvets confectionnés à partir de fourrure d'aurochs, comme seul obstacle contre l'air extérieur. Une bougie agitait sa flamme sur notre unique table et imprégnait la petite pièce d'une lumière aléatoire presque imperceptible. Je m'approchai de la couche de la petite fille et réfléchis un instant.

— Cette histoire commence il y a près d'une éternité, dans un pays dont on ne parle plus aujourd'hui. Ses habitants avaient la peau si translucide que leurs veines traçaient des routes sinueuses sur leurs corps...

— Non, pas celle-là... protesta l'enfant.

— Très bien. Alors envolons-nous vers les montagnes du

sud, remparts contre l'océan, où le peuple du ciel vivait si haut et si léger qu'il parlait aux nuages…

— Non, Yadalith, je la connais par cœur…

— Dis-moi, alors, laquelle veux-tu entendre ?

La fillette réfléchit quelques instants avant de constater qu'il n'y avait pas une histoire qu'elle ne connaissait pas déjà. Son arrière-grand-père, Tortue, lui en avait raconté une bonne partie, et je m'étais chargé du reste au cours de nos voyages. L'oreille attentive de la petite Souris n'en avait pas perdu une miette. Elle se rappelait chaque conte comme si elle en avait été une protagoniste. Elle les aimait tous, mais elle en était lasse.

— Raconte-moi une nouvelle histoire, implora-t-elle.

— Une nouvelle histoire ?

J'avais beau chercher, je ne voyais pas où la petite voulait en venir.

— Toi, Verne, tu dois connaître des histoires que nous n'avons jamais entendues. Des contes du Tir…

— Non, Verne, protesta Souris. J'aimerais beaucoup les entendre un jour, mais là je voudrais une histoire qui n'existe pas encore.

— Comment ça ? Je ne peux pas te raconter quelque chose qui ne s'est jamais déroulé !

— La plupart de tes histoires racontent des choses impossibles, pourtant.

— Je sais bien, mais elles partent toutes de quelque chose de réel, rétorquai-je en lançant un appel à l'aide du regard à

Verne, qui s'amusait bien de notre échange.

Souris se redressa et rapprocha son visage du mien, l'air mesquin.

— Pourquoi n'inventerais-tu pas une histoire, pour une fois ? Du début à la fin.

— En voilà une excellente idée ! s'exclama Verne avec enthousiasme. Ça nous changerait un peu. Allez, on t'écoute !

— Je ne comprends pas bien... protestai-je. Que voulez-vous que je vous raconte ? Je suis conteuse, pas faiseuse d'histoire.

— Tu n'as qu'à commencer comme tu commences à chaque fois, proposa Verne. « Il y a bien longtemps, dans un pays qui n'existe plus... » On connaît la rengaine.

— Oui ! s'amusa Souris. Et après tu parles d'un enfant qui se sent incompris par les siens, car il est un peu différent...

— ... jusqu'au jour où son peuple découvre qu'iel a un pouvoir particulier...

— Il ne faut pas oublier les animaux, ajouta l'enfant. Il y a toujours des animaux, dans tes histoires.

— Ce n'est pas vrai ! m'agaçai-je sans pouvoir me retenir de glousser. Vous n'y connaissez manifestement rien.

— Alors invente vraiment une histoire ! insista Verne. Ça n'a rien de sorcier, j'en suis sûr. Parle de quelque chose que tu comprends, que tu connais, quelque chose de vrai dans ton cœur. Quelque chose d'universel.

Je méditai la question. Nous autres, conteurs itinérants, parcourions le monde en quête d'histoires à transmettre, et nous dispersions les nôtres au passage. Nous n'étions pour ainsi dire que des médiateurs. Notre art, la parole aérienne, résidait si profondément dans le sol des cultures humaines que nous nous retrouvions désemparés une fois dépourvus de nos outils habituels. Pour autant, il n'existait pas une seule histoire capable d'exprimer avec exactitude l'essence de mon âme. Cette réflexion m'avait toujours habitée sans que je parvienne à en faire quoi que ce soit.

— Vous avez raison, murmurai-je. Mais si je commence à inventer des histoires qui ne viennent de nulle part, comment les gens pourraient-ils me faire confiance ? Ce qui unit l'humanité, ce sont ces contes qui existent par-delà les chaînes de montagnes et les déserts, qui nous atteignent tous, peu importe nos croyances ou nos coutumes. Une histoire orpheline n'aurait pas ce pouvoir.

— Peut-être, mais elle aurait le pouvoir de m'endormir, rétorqua Souris en bâillant.

J'interrogeai Verne du regard. Ses conseils m'étaient toujours précieux. Sa sagesse n'avait pas d'égal malgré son apparente naïveté.

— Toutes ces histoires que tu racontes ont bien été inventées, d'une certaine manière, même si elles partent d'une part de vérité, commença-t-iel. Qui donc aurait pu les faire naître et les répandre dans notre monde, si ce n'est les histoirologues ? Et puis, une histoire dans ta tête n'est rien d'autre qu'une pensée prête à partir en fumée. Elle ne t'engage en rien.

Un jour, peut-être, aurais-je la force de transmettre une

histoire qui serait mienne, pensai-je. Le monde était si vaste, les possibilités si grandes, et les plus belles œuvres existant déjà, je me doutais que la tâche serait plus difficile que Souris n'osait le prétendre.

Elle dormait déjà à poings fermés lorsque j'émergeai de mes pensées. Verne avait éteint la bougie. Iel regardait dans le vide, le visage détendu, comme s'iel voyageait loin, très loin, peut-être jusqu'au Tir. Je connaissais le vide que pouvait laisser l'exil. Iel n'en parlait jamais, par pudeur ou pour ne pas remuer le couteau dans la plaie, sans doute. Allongée dans ma couche, dans l'angle de la cabane, je n'avais qu'à tendre la main pour tenir celle de Verne. Iel m'accorda un regard, puis un sourire, et même au plus noir de la nuit, je pouvais voir ses taches de rousseur scintiller.

En fin d'après-midi, alors que le vent se levait pour laisser présager la nuit, je prenais plaisir à monter en haut de la colline la plus haute qui entourait notre village. Enveloppée de ma cape rouge, et accompagnée pour l'occasion de mon Ami le chameau, j'observai ma steppe, vaste étendue vallonnée recouverte d'une herbe d'un vert terne et fatigué, sous un ciel le plus souvent chargé de nuages. Ces terres auraient semblé hostiles à n'importe qui venant d'ailleurs, mais après des années de périples au travers du monde connu, je trouvais un certain réconfort à la vue de cet espace qui avait toujours été le mien, malgré les malheurs dont il était porteur. Et malgré l'absence toujours plus douloureuse de Boréalis, je pouvais encore l'apercevoir entre les maisons de bois, ses cheveux noirs battus par les bourrasques, et ses yeux verts étincelant comme des étoiles. Je pouvais l'entendre rire et se lamenter – car elle était toriékaine, malgré tout. Je m'imaginais la rejoindre, mais je savais qu'au moment où je poserais un pied dans le village, son fantôme disparaîtrait. Alors, du haut de la colline, je créai ce monde idéal que je n'avais pas suffisamment chéri lorsqu'il était à ma disposition.

Ce jour-là, je caressai le chanfrein de mon Ami qui gardait les yeux fermés, sa tête posée dans mes bras. Sa chaleur corporelle m'envahit, et je lui demandai dans un murmure s'il ne pouvait pas retrouver sa cousine, une chamelle blanche, Amie de Boréalis. Ne possédait-il pas un lien indéfectible avec les siens, octroyé par la Baleine-Miroir dont il était le Messager ? Je n'attendais pas de réponse de sa part et pourtant, ce jour-là, j'en obtins une.

Sur l'horizon, un minuscule point se dessina. Une silhouette humaine, comme il était rare d'en voir par ici. Cela aurait pu être un marchand itinérant, ou un confrère conteur, mais mon cœur se mit à battre très vite, déjà convaincu que ce n'était pas cela, car aucun marchand ni simple conteur n'aurait cheminé dans notre direction accompagné d'un chameau noir. Je ne bougeai pas, car la lueur de Baris habitait encore la Torieka, entre ce point et moi. Il se rapprocha pendant ce qui me parut des heures. Puis mon cœur ralentit, car ce n'était pas Boréalis qui me rejoignait enfin.

— Yadalith ! cria Souris en contrebas. Regarde qui voilà !

Viens vite !

L'enfant se mit à courir vers la silhouette qui la prit dans ses bras. Je marchai dans leur direction, laissant mon Ami à demi assoupi derrière moi. Verne me rejoignit et me prit par les épaules, sentant ma déception.

— Nous allons enfin obtenir des réponses, dit-iel.

Je n'étais pas la seule habitée par l'inquiétude. Nombre de nos camarades partis dans le nord avec Boréalis étaient nos amis, et Verne, qui n'avait aucun mal à s'en faire, en avait donc perdu beaucoup.

Nous étions désormais à portée de voix. Souris sautilla d'excitation, serrant fort la main de notre invitée.

— Yadalith, dit celle-ci.

Les chameaux des Hauts-Plateaux qui peuplaient la steppe avoisinante nous rejoignirent, ravis de retrouver l'un de leurs congénères. L'Ami de Souris en était le reflet parfait, slalomant entre les chameaux pour partager sa joie avec chacun. Quant à moi, je m'approchai de mon amie et la pris dans mes bras. Ses cheveux avaient terni, et sa peau s'était durcie. Le froid boréal n'avait pas fait preuve de clémence avec elle.

— Felyn, dis-je en retour. Comme c'est bon de te revoir.

J'en vins à me demander si je l'avais déjà prise ainsi dans mes bras, auparavant. Peu importait, elle m'avait manqué. Notre étreinte compta pour toutes celles qui n'avaient jamais été. Quand je m'éloignai d'elle pour enfin lui sourire, elle me dit simplement :

— Il est temps de repartir.

Je n'eus pas le temps de rétorquer que Verne sauta au cou de Felyn qui ne put réprimer un rire affectueux.

— Tu m'as beaucoup manqué, Verne, plus que je ne l'aurais cru.

— On vous croyait mortes !

En réalité, nous n'en avions jamais parlé avec des mots aussi crûs. Felyn se tourna vers moi, me prit la main et la serra.

— Boréalis m'envoie.

Mon cœur manqua un battement. Je me mis à trembler et Felyn raffermit son étreinte.

— La Baleine-Miroir nous est apparue. J'étais avec elle. En pleine nuit, dans un pays où la neige ne semble jamais fondre. Le ciel était zébré de rubans verts et violets qui dansaient comme s'ils étaient habités par des âmes. La Baleine est venue jouer avec eux. Puis tout a changé. Boréalis... a changé. Elle a refusé de revenir ici, considérant qu'il ne fallait pas perdre de temps. Elle est partie vers l'est. Je l'ai suivie, j'ai essayé de la convaincre de te retrouver pour compléter la chamellerie, en vain. Alors elle m'a demandé de venir seule, avec mon Ami, pour te transmettre un message. Elle veut que tu la rejoignes.

— Que je la rejoigne où ? On avait rendez-vous ici, il y a un an ! Où est-elle partie ? Felyn, tu m'inquiètes, que veux-tu dire par tout ça ?

— Tu sais bien que tout le monde ne réagit pas de la même manière à la Baleine-Miroir. Tu y as puisé ta force, et moi, j'y ai trouvé ma faiblesse. Mais pour Boréalis, c'est différent. Je n'ai pas bien compris, au début. Puis je me suis rappelé les mots des Tirons au sujet des effets que peut causer la Baleine-Miroir. Tu te souviens ?

Je fouillai dans ma mémoire, mais cela remontait à si longtemps que tout se mélangeait.

— Iels prétendaient que la Baleine-Miroir pouvait inverser la mémoire de celleux qui la rencontraient, se remémora Verne.

Felyn hocha la tête, mais quelque chose en moi refusait d'ingérer l'information.

— Comment ça ? parvins-je à peine à balbutier sous le regard peiné de Felyn. Boréalis… ne se souvient plus de nous ?

— Si, mais pas de la même manière que toi. Elle ne se rappelle que l'avenir, et n'a pas voulu me dire grand-chose à son sujet. Elle est partie en direction de la Mâchoire. Elle veut traverser la mer et rejoindre l'autre continent. Elle m'a dit qu'elle n'irait pas trop vite pour qu'on puisse les rattraper, mais il ne faut pas traîner. Yadalith, nous devons partir le plus rapidement possible, est-ce que tu comprends ?

La Mâchoire. Un royaume dont j'avais entendu quelques histoires. Des histoires de richesse et de prospérité. Une nation à l'image de celles qui peuplaient le monde avant le Souffle. Un territoire coupé en deux par la mer, à califourchon entre deux continents. Le seul endroit où il était possible de traverser l'océan sans avoir à naviguer. Mais je n'avais entendu que des histoires affreuses sur cette traversée, connue comme étant le périple le plus périlleux que l'être humain soit capable d'achever. Romuald l'avait décrit ainsi. Il s'agissait de traverser la mer gelée au cœur de l'hiver. À pied.

— Pourquoi aurait-elle pris la décision d'aller là-bas sans m'en parler ? demandai-je.

Felyn ne répondit pas. Elle se contenta de me regarder avec compassion, gardant ma main dans la sienne. Elle aussi semblait différente, grandie, plus mature. La douce Boréalis qui naviguait dans mes souvenirs n'était plus. Celle qui s'était aventurée vers la Mâchoire était animée par quelque chose que nous ne pouvions imaginer. Une part de moi se sentait profondément soulagée d'apprendre qu'elle était en vie, mais une autre part m'empêchait de me réjouir. La femme qu'elle était devenue n'était peut-être pas celle que j'attendais.

— Alors, on y va ? ajouta Verne.

Les regards de Verne, Souris et Felyn se posèrent sur moi dans l'attente de ma décision, comme si j'allais hésiter.

— Rassemblons la chamellerie, dis-je. Il est temps.

Deux semaines plus tard, le temps d'avertir tous les membres de la chamellerie qui séjournaient à Bakarya et dans les différents villages environnants, je dis au revoir à mes parents pour la seconde fois. Je ne pris pas la peine d'annoncer à la famille de Baris que j'allais retrouver leur fille. En réalité, ils ne la reverraient jamais.

Nous quittâmes la Torieka par une lune étoilée. Je l'ignorais encore, mais je n'y reviendrais pas non plus.

Remerciements

Je remercie mes proches tels que ma sœur, Marie, ma cousine, Zoé, et ma meilleure amie Margaux, pour leur soutien indéfectible dans chacun de mes projets. Je sais que je pourrai toujours compter sur vous, et c'est ce qui me donne la force de croire en moi.

Je tiens aussi à remercier ma bêta-lectrice et correctrice, Élise, pour son travail précieux sur mon manuscrit. Je continue d'apprendre beaucoup de choses au sujet de l'orthographe et de la typographie grâce à toi. Tes encouragements continuels m'aident jour après jour.

Enfin, merci à Myriam Thomas, que vous pouvez retrouver sur Instagram sous le pseudo @hellocookies67, qui a conçu la magnifique illustration de couverture. Tu as su donner vie à mes personnages d'une façon qui m'apporte beaucoup d'émotion.

Réseaux sociaux

Si mon livre vous a plu et que vous souhaitez continuer à suivre mon travail, je vous encourage à me suivre sur Instagram et Tiktok (@claratrebla) pour ne manquer aucune de mes actualités littéraires.

N'hésitez pas à laisser un commentaire sur les plateformes de lecture (Goodreads, Babelio, Booknode, Livraddict, …) et sur les sites d'achat. Vous pouvez aussi m'envoyer un message sur mes réseaux sociaux, je me ferai un plaisir d'y répondre.

À très vite pour de nouvelles histoires extraordinaires.